芣苢在野

FUYI ZAI YE

名家植物手记系列

刘梅花 著

长江出版传媒 湖北科学技术出版社

序

满山草木风送来

风是天地之气，满山的草木可都是它送来的。中医说，风游窜于天地之间，善行变数，行无定数。它能衔来草籽，召唤一场大雨，安置好一山草木。

风喜条达。吹落了花，吹残了叶，却又重来一遍，枝头冒芽，遍野青绿。年年岁岁，草木拂拂，风推着光阴的轱辘，轮回不息。

读本草到了痴迷的地步。卸下累赘的人情世故、各样应酬，只剩下安静的自己。日子删繁就简，喝茶、散步、读几行字，安心去山野里看植物，听它们在风里飒飒响动。草木不读书，它们扎根，拔节灌浆，抽枝散叶，说闲也闲，说忙也够忙的。

在山野闲逛，看风的臣民，真是一件逍遥的事情。这儿一山杏花，那儿半坡秦艽。沟沟岔岔，挤满花花草草，挤得“肋骨”都变形了。采药赶时间，三月艾，六月蒿，九月艾蒿当柴烧。艾采回来，做成青团子吃，相当美味。荆芥剪回家，晒干，当作枕头，清凉祛燥热。

夏天的时候，从山里采回来几枝草红花。那是人家种的，隔着庄门喊：“你家的红花，送我几枝行吗？”狗听见声音，没命地吠，声音里满含着气愤和凶狠，好像我是它前世的仇人。

破旧的木头门“吱呀”响了一声，出来一个老婆婆，头发灰白，手搭凉棚看我。“只要几枝呢。”我说。她回头呵斥了一声，狗就悄悄地没有声音了。她转身掐了几枝给我，手指枯瘦、黝黑，像树枝。人老了，苍天就收走了颜色，只留下一把老骨头和光阴磨叽。

我解下束头发的缎带，扎好了那几枝红花。老人表情淡定，波澜不惊的样子。这深山里就算见一面，也是彼此修习来的缘吧？几枝红花，也是人和草木的一次邂逅。红花插在红花瓷瓶里，看一眼，莫名欢喜。

满山的草木，是修炼得有灵性的。如果俯下身，把耳朵贴近大地，会听见它们窸窸窣窣走动着的脚步声吧？我沿着青石头小径出山进山，喜悦不多不少，刚刚好覆盖我的安静。阳光也刚刚好，不浓不淡晒着我手里的花花草草。路上的石头也恰恰好，不稠不疏，磕绊着我的鞋底。

其实，光阴也刚刚好，风清月朗，布衣素食，煮字疗饥。大野有大气魄，小野有小欢喜。在山间来来去去，觉得自己像个“深山老妖”，吸纳了草木之精气，连梦里都一梦花草。或者，是风帮我把深山里的草木，一枝一枝搬出来，我把它们齐齐收纳在《芣苡在野》里，暗自欢喜。倘若你读了，刚好也喜欢，那才好呢——我在山里头采药，你在山外头探听草木的消息。

老了，如果我们遇见，就一起坐在开花的树下，翻一翻书，喝一盏花朵泡的茶。闲闲看风把光阴驮来背去，看风把花瓣纷纷偷走。你说，世事纷扰，都被风一掌推开。我想，是风送来满山遍野的消息，大而涌沸，沉而细软。

世间美好的时光，大约莫过于此。

目录

第一辑 草木穿风破沙而来 / 001

第二辑 天地有四气，野谷有五味 / 065

第一辑

草木穿风破沙而来

CAOMU CHUANFENG POSHA ER LAI

有一天，我走了很远，大漠里静寂得什么声音都没有。愈走，心里愈加不安，那种盛大的空旷，简直让人无力招架。就在我转过几座沙梁，打算返回时，一大片大蓟齐刷刷出现在眼前，吓了我一跳。花朵开得浓烈真挚，露出一抹人间烟火的亲切。我坐在沙滩上，想了很多。大自然值得我们感激之处，是超越凡尘，是给许多偏执的草木留出一条生命之路。

沙漠草木

沙拐枣

一丛，一丛。虽说是灌木，可长得有房子高。显然，沙拐枣并没有把自己当作灌木。沙漠太浩瀚了，以至于沙拐枣长着长着，就迷失在岁月里，以为自己是树，大树。

越长，越长不出激情来。相反，沙拐枣有些放弃世俗的想法。沙漠里看似远离尘嚣，人烟缥缈，其实并非如此，沙漠里红尘滚滚，尘嚣一点也不比别处少。外面是大千世界，沙漠是洪荒光阴。

沙滩蛇四处游走，光着身子。它一丝不挂并不是因为穷，而是为了和黄刺猬打架的时候不被撕破衣衫。那样就显得相当不体面了——它时时刻刻想着和刺猬殴斗。红嘴鸦儿虽然一身黑衣裳，只是口红浓艳，却依然端出鲜衣怒马的架子来，对谁都翻着白眼。沙蜥蜴是奔波的小贩，它们刨出沙米草叶子底下的甲壳虫，一些自己吃掉，另一些拿去卖给沙雀子。花腹鸟一只爪子蹬在沙拐枣枝条上，另一只爪子蜷缩在肚腹下，思忖着如何把自己的老巢从沙芦苇丛里搬迁到沙拐枣的枝丫上。沙兔子飞扬跋扈，它是职业杀手，专门咬断柠条的脖子。沙老鼠在深夜里四处流窜，散布谣言，偷野鸡的雏鸟，打洞找到桦棒根，吮吸汁液……

沙拐枣早已厌倦了沙漠里这些世俗尘嚣。它想什么呢？超然脱俗，活在自己别有乾坤的天地里，不必同骆驼蓬、黄毛柴周旋。算啦，就活自己。若总是应酬，它深感疲惫。虽然在茫茫大沙漠里，可也算是“独坐幽篁里”。心无尘埃，处处清幽。

沙拐枣也不是很高大，但它似乎在高高的上方俯视整个沙漠，以一种超然脱俗的心态对待光阴。至于一般的寒暄、唠嗑，统统都不要，它和小动物们、植物们都没什么交流。当然，也没什么冲突。沙拐枣心平气和地吸纳沙漠里的露气，心无杂念地开花。只因为它脱离了世俗，它的花开得有一种不可思议的美。

老枝灰白，一点隐约的绿气儿都没有。嫩枝不是老绿，是石青色的，一节一节，不直，以曲为美，拐来拐去，所以叫沙拐枣。枝子上有刺，稀疏不稠密。沙漠实在水太少了，沙拐枣删繁就简，直接把叶子给省略掉了，枝条就那么光秃秃的，晃荡晃荡。

叶子本来也是有的，只不过它一直收缩，收缩，收缩了三生三世，没了。叶子缩进枝条的骨节间，使枝条节间很短，虽然拐来拐去，但其实也很美的。没有叶子，它可怎么呼吸呢？当年的新枝子就接替进行光合作用，还可以兼顾同化作用的功能。又省水，又简练。

沙拐枣很看不上黄毛柴，总是缩成一团，战战兢兢的样子。黄毛柴怕风沙，怕人类来收割，又怕鸟儿来啄。骆驼也喜食，野羊也喜食。其实，被逼成孤单懦弱的样子，黄毛柴也没有办法啊，它的身体长得实在太蓬松了，叶子繁密，有些招摇过市，不好躲藏。虽说有刺，但是沙漠里的动物并不怕刺。天长日久，它们的舌头粗糙，胃口强大，毛毛小刺算什么。

沙拐枣可不一样，它直接省略了叶子，决绝之极。沙漠里的动物们无处下嘴：单单是枝条，又老又韧，有什么嚼头呢？人类进了沙漠也不好砍：剁点黄毛柴，算是搂草，没啥；若是砍沙拐枣，那是毁树，一旦被抓住可就惨了。沙拐枣逍遥自在，一手搭在额前遮太阳，一手指着云的方向——虽然它手多，但两只也就够用了。沙漠深处回荡着悠长的风声，夹杂着一点点野狐狸的骚味。

沙漠贯穿寂寥，贯穿粗暴，贯穿古今。沙拐枣不理睬这一切，它只贯穿自己的一生一世。它省下长叶子的劲儿，力气全部拿来扎根。往下扎，往下扎，一刻不停地扎。根直竖竖扎到深处，三四米是有的。若是算起分布在浅表层四处蔓延的，几十米都有。总之，它的根下扎扎，左扎扎，右扎扎，四处乱扎。

看似柔弱的一棵沙拐枣，它的根系在沙漠地层里有很大很大的领土，风撼不动，沙拔不掉。一旦遇上雨水，沙拐枣豁出老命一顿暴长，几天就能蹿高一截子。若是沙尘暴肆虐，它也应付得绰绰有余。沙生植物最怕被风沙埋掉，流沙水一般淌过来淌过去，沙拐枣吸纳地层深处的水分，竭力往上拔节。它一路狂奔，生长的速度远远大于沙压过来的速度。黄沙压一尺，它长两尺；黄沙压三尺，它蹿出去五尺。总而言之，它的生长心无挂碍，在风沙里强势逍遥。

当然，也有凶猛的风，它们揭走几尺地皮，把沙拐枣的根拎出来，裸露在外，并且一把搡倒它，吞噬它。倒在地上的沙拐枣也很悠然，伸伸腿歇息会儿。再大的风，总有退下的时候。哪有一直刮着不停歇的风，那样，风会自己把自己累死。

狂风一停，沙拐枣把根收拾收拾，裸露的根上生出新的根须，渐渐靠近沙子多的方向，锥子一样攆着扎进沙子里去。这个过程并不慢。很快，增生的新株开始新一轮的扎根，圈地皮，生出茂密的枝条。浓密的枝条拦住黄沙，形成沙包，它生长得更加好了。沙拐枣虽然远离世俗，但喜欢挑战自己。

五月，风沙都弱了，沙拐枣从容开花。花极美，甚至惊艳，像一粒粒小绒球，晃荡在枝条上，绯红绯红。沙拐枣很有意思，没有叶子也就算了，它开花，不开花瓣，直接就是一根一根的花刺凑成一朵小球，很小，很轻。世界上居然有刺开成花，真是令人惊讶！它开花也很恣意，浩浩荡荡一直开到六月，繁花似锦，极尽奢侈。开累了就收，花刺渐枯，果实渐熟。成熟的果实依然很轻，随风飘飞。果实有硬壳儿，有刺，可以保护自己，存留生命力。一旦遇见合适的环境，便破土而出，在流沙上也能萌芽拔节。

一株草木，强大到这个地步，简直算是独孤求败了。我以为沙拐枣可以沙漠无敌。可是，古浪八步沙，一位治沙老人告诉我，另有一种植物，比沙拐枣厉害，名字叫沙霸王。闻听此言，无端觉得沙漠深处，那种叫沙霸王的草木正在发出轰隆巨响的生长声音，横扫荒漠流沙。沙漠世界，芸芸众生。草木江湖，暗藏高手。

大蓟

大蓟野生，不用栽。但是它依赖别的沙生植物，不喜欢独自活在孤寂的荒野里。哪儿有柠条林、榆树林、花棒林，它就跟踪到哪儿，跟着它们一块儿过日子。大蓟也是一味药材，能凉血止血，行瘀消肿。

我们把大蓟叫马刺盖。大蓟浑身都是刺蛋蛋，它的高度刚好够着马的膝盖，马走过大蓟丛，膝盖被刺扎得不行，尽管马的皮也厚。

大蓟在沙漠里很挑拣，不喜欢沙丘，只挑戈壁荒滩里的低处生长。有一茎独摇的，也有分枝的。茎上斜斜伸出带刺的叶子，主茎直直竖立，叶子一片一片往上叠，不歇气的样子，一直叠到茎梢。叶子长，披针形，叶梢退缩成一针长刺。不仅仅是一针长刺，沿着叶子边缘，全是尖锐的刺。一枚叶子，最少也有十几枝尖刺。牡丹的叶子见过吧？大蓟的叶子和它模样儿有点相似，不过狭长很多，边缘都生了针刺。茎上也是刺，花骨朵上也是刺。沙漠总是控制不住自己的暴脾气，随心所欲乱来，一会儿飞沙走石，一会儿又暴晒，所以草木们都长成一身硬刺来对应。

大蓟怎么开花的？茎梢，顶着一个刺球，像浓缩的刺猬。刺球长呀长呀，球顶钻出一撮紫红色的花丝。花丝慢慢抽，抽出半寸来长时，花球松散开，紫红的花丝全部窜出来，蓬松抖开，像菊花。一撮柔美的花丝，挑在刺球顶端，盛大绽放。

一株大蓟没什么看头，很孤单的样子。在沙漠里行走，翻过几座沙梁，眼前突然出现一片紫灿灿的刺儿花，直晃眼睛。千万株大蓟，一株动，百株摇，在戈壁沙滩里迎风齐齐摇曳。密密匝匝的针刺，反射着阳光，青绿青绿，简直震撼人心。这小东西，都成精了。

人在沙漠里容易迷失方向，被沙子带往无边无际的旷野。那旷野，空旷得只有不可思议的无限。无限的沙子，无限的寂寥，无限的大地。若是猛然遇见一大片开花的大蓟，简直惊喜得在心里发出一声轰然巨响。人和草对视的刹那，觉得整个旷野都摇晃起来，连缓慢起伏的沙丘都像波浪一样涌动。

沙漠里，最容易让人生出幻觉。因为对于浩瀚的沙漠来说，人显得实在渺小，幻觉是人心底生出的恐慌。而一片突然出现的大蓟，好似无边无际的天地突然打岔一下，惊醒昏昏欲睡的神思。令人觉得，是在大地之上踏踏实实行走，没有在虚幻的空间里漫游。

有一天，我走了很远，大漠里静寂得什么声音都没有。愈走，心里愈加不安，那种盛大的空旷，简直让人无力招架。就在我转过几座沙梁，打算返回时，一大片大蓟齐刷刷出现在眼前，吓了我一跳。花朵开得浓烈真挚，露出一抹人间烟火的亲切。我坐在沙漠上，想了很多。大自然值得我们感激之处，是超越凡尘，是给许多偏执的草木留出一条生命之路。

沙漠听上去是绝地，将一切生命视若无物。但实际上它并不绝情，还是有各种生命匍匐在地，发芽滋长。也可能，沙漠是有情的，只是它实在太穷太暴躁罢了。沙漠把千年的期望寄托在寥寥的草木上，朝也盼，暮也盼，盼草连天，盼树成荫。

大蓟在日头底下，晒得几乎要冒烟了——紫色的烟雾。但它的针刺直戳戳的，毫不蔫呆。它没有爪子，不好跑到树荫下去歇凉，只好死扛着。看起来似乎悲壮，实际上大蓟活得相当轻松。它早有一套应对毒日头的法子，只不过不被人类察觉罢了。

大蓟的花朵，在毒日头底下朝气蓬勃，自己弹开一苞紫红丝絮儿，极艳，极妖。尽管大蓟锋芒毕露，冷漠得似乎拒人千里之外，但我看了许久，心里生出怜爱之意。多么沉稳、柔韧的花朵。无边无际的沙漠中，它开了，凋了，单单有勇气还不够。还要什么呢？要有穿云破月的心，要抛弃哀怜的情绪。

多数时候，我们不知不觉把自己活得楚楚可怜，不如一株大蓟坦荡。

花棒

荒凉枯寂的戈壁滩，一种宛若小蝴蝶一样的粉红花朵，在枝子上随风飘荡，令人心生喜悦。

我一直觉得花棒应该为“桦棒”。为什么呢？因为这种植物的枝干和桦树一模一样，树皮卷起来，被人乱撕过一般。树皮一层一层纷乱卷曲，露出微红的内瓤。植物界，这样经典的撕皮行为，桦树最为内行。可是，大家都写“花棒”，可能也是它的花朵实在美，就“花棒”算了。

沙漠有一种不负责的作风：随意而为，想做什么就做什么。花棒想了想，也摆出一种不负责的样子来，把自己的树皮随意乱撕一顿，头发也抖乱，以乱制乱。一枝乱动，百枝胡摇。看似纷乱的树皮，其实很有意思。夏天，沙漠毒日头晒到四五十摄氏度，石头都要冒烟的时候，花棒的树皮慢慢裂开，剥落。剥落树皮，是为了绝热，保护茎秆。据说温度达到六七十摄氏度，花棒照样生长，不过是多剥掉一些皮罢了。你以为它的皮是随便撕掉的吗？

这天，我坐在花棒树下，看着风里翻飞的碎碎粉红小花朵，心里突然冒出这个念头：沙漠里，一定住着神灵，这些花棒，就是神灵写下的字符。谁能破译它的玄机呢？

有人深谙此秘密。凉州治沙老人王天昌告诉我，花棒碎碎的花落下，覆盖在黄沙上，像撑开的伞一样，紧贴地皮，牢牢抓紧流沙。人踩在那一层落花上，感觉硬邦邦的，留下一个脚印儿，就像从硬纸壳上裁下来的一样，浅浅地浮起来。

我在凉州东边的沙漠里乱转悠，这儿、那儿都是花棒。花棒可不挑拣地方，生长在哪儿都行。有一处，沙子几乎把多半株树埋了，只露出来几尺树梢。没关系，树梢活得很好，它的枝条穿透沙层，迅速开花，洋洋洒洒的样子。实际上，这棵花棒的不定根已经新长出来几枝树芽，正钻出沙子抽枝散叶呢。

花棒的生命力，强大到无孔不入的地步。黄沙都拥堵到它的脖子了，可它的根在沙层深处又暗暗生出许多新芽，钻出沙层来。活着，是多么美好的事情，所以要顽强——生长的心就像射出去的箭，不会因为任何事情而停滞，只有不停地长长长。

花棒也直接省略了叶子，只有树枝。浓密的枝条，一种比石青稍微浓一点的绿色，相当悦目。当年的新枝上聚结了花芽，五六月开花，开呀开呀，一直开到九月。枝条柔美干练，花朵玲珑，细细看，打心底感到喜悦。世界种种美好，这样洒脱的植物，算一种。

沙漠有一种小东西，叫沙老鼠，喜欢啃食花棒的根。这小东西很烦人，它的牙，长得飞快。为了磨牙，它爱咬粗纤维的东西，也不知道为何会在这个世界乱打洞。沙老鼠并不知道别人讨厌它，反而得意扬扬。它们出没在黑夜里，对花棒进行攻击，不，简直是谋杀。沙老鼠一路打洞，打到花棒的根，一口咬断，吃嫩皮、吮吸汁液。一棵美丽的花棒，强大的花棒，没有毁于风沙干旱，倒死在一只沙老鼠的嘴里。

我闲来无事，在沙漠里胡诌了两句：大漠花棒清奇，月下老鼠瞎忙。路过一个沙老鼠的洞穴，把这两句当作对联，写在沙老鼠洞穴两侧。

我总认为，草木、色彩、环境之间的关系是最为隐秘的。草木呈现出来的颜色，与身处的环境气氛有高度的契合度。沙漠里的植物，色彩的基调都很明亮、清雅，不过于浓烈，有种风轻云淡的惊艳。朝有云容，暮有烟色，沙漠里藏着各种纯净的美好颜色。

坐在花棒开花的枝条下，仰头，是层层叠叠的柔绿枝条、碎碎花朵。透过枝条缝隙看天空，白云游荡。枝条和花朵的颜色都很清雅，避开世俗之气，谦卑而尊贵。我还做了个白日梦：白袍子白胡子的老人，赶着一大群草木，浩浩荡荡进了沙漠……

柠条

柠条不够妖娆，太过于朴实，直冲冲从沙地里冒出来，散开枝条，蹭蹭上蹿，就这样简单生长。柠条有繁密的叶子，簇生。叶子多，就裁成狭长的样子，减少风沙的摩擦，消耗的水分也少。枝子上有针刺，在无风的时候也晃来晃去。

真是有趣，沙漠里的植物，浑身都是刺。它们的小名要么是沙沙，要么是刺刺。万变不离其宗，一身的刺拔不掉，铁骨铮铮的样子。

柠条开黄色的小花朵，好看不好看都没有关系，人家凭颜色取胜。小昆虫们偏爱这个亮丽的颜色。花朵翼瓣稍尖，花期也不短。每年五六月，沙丘上的柠条都顶着满头碎碎的黄花朵，澄澈的颜色，招蜂引蝶。空寂的白昼，那些金黄的花朵，像是从燥热的空气里渗出来的，一滴一滴。

花谢去，荚果慢慢长成。荚果也是狭长的，梢子尖。柠条的种子就藏在荚果里，淡红色。深秋采回柠条荚果，晒干捶打，得到种子。治沙人的收入，卖种子的所得也算一部分。世间的清苦，治沙人都尝了个遍。那点儿紧巴巴的收入，供养他们继续清贫的光阴。

柠条的枝叶、荚果、花朵，都极为平常，甚至有些灰扑扑的味道，比寻常的灌木更为朴素，一点都不起眼。但是，柠条的根，也是相当了得。没两把刷子，怎么在沙漠里混，还拖儿带女拉扯着那么多叶子。

柠条主根直达地层深处，一米高的身子，必然有三四米深的主根。侧根也毫不含糊，向周遭沿水平方向延伸，纵横交错，织成一张网。长在沙湾里固然好，若是生在沙丘上，也没什么，沙子埋得越多，分枝越多，生长越旺。

这样庞大的根系，是固沙一霸。兵来将挡，水来土掩。柠条也会这一套——沙来根挡，风来枝条招架。枝子上也有细细的茸毛落下，覆盖在沙子上，固沙。

得水而活，得风而茂。柠条在枯寂的沙漠里相当低调，也相当自在。似乎只有它自己活在广袤的大地上。柠条一旦形成林子，那就威力十足。盘根错节，枝蔓缠绕，一枝动，千枝颤，层层锁住黄沙。细碎的枝叶像无数剪刀手，将黄风剪得磕磕绊绊，刮不利索，不得不降低风速。漠野里，只有簌簌的声音——风扫柠条沙不动。叶子多，枯叶落下，又积肥，又可保护沙土——大面积的落叶可以减轻土壤风蚀。

枯了的柠条，是上好的木柴，枝子里含有油脂，火力旺，耐燃烧。治沙人实在清贫，这些枯枝子，卖了也可补贴家用。

我在初夏时分进入腾格里沙漠。在八步沙，看到成片成片的柠条林，风拎着细沙斜斜撒在我的衣裙上，摇曳的柠条枝条繁密而淡然。枝条上缀满荚果，黄灿灿的，梦境一样，令人惊叹。荚果在枝头欣喜雀跃地相互呼唤打闹，枝子忽高忽低，不形于色地彼此周旋着，多么欢喜。

很多时候，我们都活得过于清醒，而错过了这种梦境似的迷离之美。是的，谁会在大太阳底下跑到沙漠里呢？可是，沙漠里，有天籁之音，有大自然最本色的刹那。单单是看那些沙丘上冒出来的柠条，都会觉得很愉快。躺在很高的柠条枝叶下，枕着沙子，看蓝得冒水的天空，若无其事享受大自然的恬然意趣，很是惬意。

我在沙漠里见到了一个治沙人，栽树压沙几十年。瘦削、朴实，看起来相当沉稳。他年年种树，岁岁压沙，眼神深处有一种超脱世俗的气势。他和柠条很神似，都是与世无争的朴实模样。几十年来，他义务栽了上千亩沙地的柠条，都是自己出钱买苗木，全家跟着受苦出力气。他站在沙丘上，脚下是十万草木——

那一刻，他的周身闪着菩萨般的光芒。

没有问他为什么这样做。他的人生境界，澄澈得让人仰望。

红柳

红柳也喜欢远离世俗。寻沙而居，靠沙而活。它的枝条在沙滩上拂来拂去，拂不走一粒黄沙。沙子，是它宿命里的约定。沙丘忽高忽低，岔路左拐右歪，干河里的大石头忽隐忽现。沙漠，原本变幻多端，原本杂乱无章。红柳的花穗也开得乱纷纷的样子，刷子一般，在空气里乱扫着。白亮的日光深深笼罩着红柳，干燥的热气一团一团扑来，浓烈得似乎有分量，可以拍扁，可以攥一把燥热抽出来。

红柳是有叶子的。可是，它的叶子并非直接是叶子，而是像柏树叶那样，披针形，似树枝一般。老树干微微有枯色，颜色暗淡。新枝子分叉出来，枝干淡红色，玛瑙一样干净晶莹。新枝子上分出许多叶子来，不是一片一片，是一枝一枝，颜色青翠。枝梢不见叶子，全是花穗，一穗一穗层层叠叠叠上去，末梢是很大的一穗花穗。花穗淡红色，些微带点淡紫、淡粉，好看得很。

红柳枝子直，花穗柔，长得极为怡然自得，也很逍遥，有些守拙的意思，美好而含蓄。看着，心生欣喜，像梦中的红颜知己。美好的东西，让人能感觉很舒服，忍不住亲近。风吹动红柳粉红的衣裳，树下衬着干净的沙滩，一种奇异、柔和之美，油然而生。

红柳的根，最深的可达二三十米。想想看，这样固执的植物，真是不白来地球一趟。倘若被流沙压住，红柳会把枝干变成根须，在沙层里生出新根，吐出一根一根的细枝钻出流沙，重新抽枝开花，把淡红的小花穗覆盖在流沙之上。满树都是如梦如幻的淡红花穗。

沙漠里没有很丑陋的花朵，而深山里有。我在大山深处见过一种花，说不上名字，花开成喇叭筒。微黄的花瓣，那淡黄色，也很浑浊，一点也不清冽，边缘一圈黑线，十分难看。丑也就罢了，还散发出古怪的味道，熏得人不敢近前。而沙漠里的草木开花，颜色必定澄澈干净，它们都是领悟能力强大的草木，不会把自己生长得浑浊。生在贫瘠荒漠，却活得一身贵气。

沙漠里，还有各种各样的草木。沙米、麻黄、黄毛柴、沙芦苇、毛条、梭梭、沙棘刺、枸杞、胡杨、骆驼蓬、沙葱、沙竹、苦豆子……它们是不会齐刷刷聚集在一个地方的。草木各有各的脾气，各有各的选择。有些植物，一辈子都不会相遇。也有一辈子厮守在一起，死活不分离的，比如梭梭和锁阳。锁阳必须依赖梭梭的根，才能穿沙而出。还有桑寄生，它必须寄生在桑树枝子上才好。沙漠草木易作诗，可惜我只能作些口水诗，白白浪费了大漠呈现给我的繁华之美。

我穿过一个峡谷一般的沙漠之谷，大批大批枯萎的沙芦苇倒伏在地，看上去有些悲壮凄凉。脚踩上去，枯萎的枝叶响起“沙沙”声。新的芦苇叶子穿透厚厚的枯枝败叶，倔强立着，仿佛脚下堆着褪色的旧裙子。沙芦苇每年荣了枯了，反复堆叠，最底下的已经变黑，最上面的还是沙黄色。积满了陈年枯草的沙漠之谷，那种荒凉的感觉令人难以形容。

枯萎的芦苇封住沙漠之谷里的寂静，我的闯入那么突兀。它们，远离人类，远离古今，远离一切喧嚣，偌大的枯寂啊。我挑了一枝粗壮的沙芦苇茎秆，当拐杖，一杖行天下的豪情是那一刻才萌生的。走至谷底，枯萎的沙芦苇厚得有半墙高，不能走了。满谷都是寂静，天地都是寂静。这寂静，实在醇厚，似乎从乾坤某处漏下来的。

那一刻，我呆在那里。以红柳为代表的沙漠草木，必定是参透了这无声的寂定。它们超越环境的拘束，以强大的生命力活在沙漠，摆脱干旱、沙尘暴、毒日头……摆脱种种烦恼，坦然洒脱地活出一番境界来，活到白发苍苍，活到天荒地老。想起一句话：生虽说是艰难的事情，却总有许多快乐在这艰难之中。

所有的沙漠植物，都深谙此理。

沙蓬

沙漠里的人家，黄土夯的院墙，又疏于修补，被风蚀得又矮又豁落老牙。墙根是一丛一丛的沙蓬，叶梢被太阳晒得变黄。劲风刮来刮去，沙蓬不能紧贴墙根，虚隆隆的，鸟巢一般，一溜儿沿着院墙摆过去。

沙蓬是草，正经的草，一点也不游手好闲。沙蓬别的都好，就是头发蓬乱得很。沙漠里日光灼灼，很是无聊。沙蓬枯坐沙子里，干巴巴的，邻居也少，它的心就乱了，杂想纷呈，把自己长成了一团乱麻。

春生秋枯，是草的一生。春天的沙蓬比较提心吊胆，若是一点雨星都不落，它连个发芽的机会都没有哩。沙蓬总是生于流动的沙丘上，沙丘就是它的车马，载着沙蓬这儿、那儿乱逛。沙蓬叶子窄而长，尖有刺。根不深，最多一尺而已。不能跟梭梭比，梭梭的根最深可以扎二三十米呢。沙蓬主根短浅，就把毛根竭力拉长一些，牢牢贴着流沙。

沙蓬的种子藏在流沙里，得点雨水，赶紧发芽。遇见干旱的年份，那就待在沙子里，慢慢等水分。一粒沙蓬种子，最多可以保存五六年，总有雨来的时候。

因为活命不易，沙蓬生得粗简朴素，不敢分心追求衣裳华丽奢侈。人家沙拐枣也在沙漠，生得多么鲜衣怒马。可人家实力强大，几乎称王称霸，几十米深的根，连叶子都省略掉了，可见多么决绝强悍。沙蓬不过一蓬草而已，一尺深的根，不敢那样鲜美豪华。它灰扑扑的，素面朝天。

沙蓬是会躲避干旱的植物。天干气燥，沙蓬几乎不发育，一直低矮的样子，默默蹴在沙子里。一旦遇见雨水，便凶猛地生长，几天就长成蓬松一团，株高可达两三尺。它们利用一点点雨水急忙分枝、拔节，在短时间内完成开花结籽，迅速把细小的种子借助风力传播到远方。

种子被风刮到村庄里，拦在庄院墙下，它们悄悄蛰伏起来。等来年开春，稍微有点雨，便迅速发芽。随便走进一个沙漠小村，到处可见沙蓬，墙根下、路边，都是一蓬一蓬石青绿的身影。

沙漠里有许多强悍的生命，霸气豪放，风沙奈何不了。但沙蓬不是，总觉得沙蓬像一群流浪的小孩，晨霜夜露地疲于奔命。沙蓬知道自己穷，但绝不是随意苟且的草，宁可彷徨无计，也要活得干净逍遥。

沙蓬的种子，叫沙米。人们把沙蓬收割回家，晒干，用棒子猛捶，敲打出来沙米，做成一种叫沙米粉的吃食。沙米和粮食一样，耐饥、果腹、长筋骨。古人记载说："今甘、凉、银夏之野，沙中生草，籽细如罂粟，堪作饭，俗名'登粟'，一名'沙米'。"

沙米晒干，浸泡在凉水里，泡软。铺开麦草秆，倒一层沙米。合拢麦草秆，使劲儿揉搓成细浆，用细箩滤。滤好的浆汁下锅烧开，盛入盆中晾凉。待其凝结，切条切块，浇上油泼辣子、老陈醋，味道鲜美之极，吃过不能忘怀。

我去年在腾格里沙漠边缘的小镇吃过沙米粉，有一丝焦味，很馋人。小镇上慕名而来吃沙米粉的游人络绎不绝，他们舔嘴咂舌，吃得万分过瘾。其实我是担心的，游人太多的话，沙蓬就惨了。沙蓬的草籽，并不多呀。

苦豆草

我小时候就读的学校，劈开半坡沙子，修盖了房子。校园里到处是沙子，既无树木环绕，也无院草杂生。课间我们在沙滩上打滚翻跟头，一派天然野趣。实在无聊，就跑到学校后墙外大片的沙滩上拔苦豆草玩。

苦豆草不孤寂。它们要么没有，要么大群大群出现。植物群落连片生长，都喜欢伴生，苦豆草也一样。我在腾格里沙漠边缘的八步沙，见到成片的苦豆草和大蓟掺和在一起，你开你的紫红花，我开我的淡黄花，透出欣欣的生机，极有情趣。

苦豆草不怎么高，也就一尺来长。也不很绿，有些灰的样子。主茎直立，叶子串在一枝叶梗上，一枝一枝叠上去，茎梢是花穗。叶子小、狭窄、尖，对生。叶面灰绿，叶背青白。一枝叶梗上串着二三十片叶子，支棱起来，不垂。花穗是好多小筒状花凑成的，淡黄色，不好看。花落了有荚果，串珠一样，翘在茎梢。种子扁扁的、圆圆的，黄褐色，很轻，跟着风连滚带爬，四海为家。

虽然苦豆草灰楚楚的不明艳，但我是很喜欢的。它总是能牵惹旧情，令人思念往昔。小时候，总是跟着老师进沙漠拔苦豆草，拔呀，拔呀，背回来压在沙土里积肥。除此之外，苦豆草也没什么用处。小学时光，就是拔苦豆草的时光。现在每逢遇见，就忍不住怀旧，内心有清凉之感。谁的童年不是清凉的呢？

苦豆草根附近藏着黑色的甲壳虫，有一种尖嘴鸟儿掏开沙子，搜寻甲壳虫吃。它的长嘴叩在草根上，笃笃有声。劲风吹过苦豆草滩，十万叶子翻卷，泛着霜似的青白气儿，颇有意趣。

苦豆草枯萎得迟。深秋，叶子变黄，慢慢卷曲起来。沙漠里落霜厚，苦豆草尖亦是霜。地气冉冉，苦豆草在初阳的照射下，有些寒烟缭绕的意味。沙漠里，澄澈的天空，澄澈的黄沙，草木亦是澄澈的枯萎，令人有寂寥清净之感。

红尘之事，纷杂枯寂。唯有草木，跟着时序节令推移变化，各有天然情趣，叫人心生欢喜。

苦豆草看似没什么用处，其实不然——每当大片大片的苦豆草消失的时候，就暗示着生态系统已经失衡崩溃。苦豆草是植物群落中的一员，它和甘草、大蓟、黄花草等各种杂草挤在一起生长。苦豆草消失的时候，别的草也一起迁徙，剩下的，是真正的荒芜和不毛之地。

麻黄

麻黄还有个名字叫卑相。李时珍说，其名殊不可解。

麻黄的叶子退化了，全是枝茎，一节一节，直竖竖立着。古人叫它无叶草。

据野史说，它本来叫麻烦草，因为根皮赤黄，后来改称麻黄草。一株草，有什么可麻烦的呢？有，它是一味特殊的药，用好了，功效大，用不好，麻烦多。

麻黄长在沙漠里低洼处，太高处不去，嫌招摇。它们不是一枝一枝孤独生长，是一大墩，盘根错节，密匝匝。像什么呢？像扫马路的扫帚头，无数枝茎齐刷刷直刺天空。一旦找到一墩，接下来就看见一大片。麻黄喜欢群居。草茎一节一节接上去，叶子省略。夏日里，茎梢开小小的、赤黄的花朵，簇生。结浆果如覆盆子，五瓣，通红通红，据说能吃。一粒粒的浆果挑在茎梢，红红的外瓣裹着黑仁，煞是好看。

也有人说麻黄分雌雄，雄者无花不结籽。这个我可分辨不清，都一模一样的绿秆子嘛。

至冬，麻黄枯萎如草，倒伏于地。次年春来，返青。麻黄不是很高，我见过的都一尺来长。粗壮的程度，像芨芨草。

麻黄是一味重要的草药，是解表发汗的首选药材。若是药用，就在立秋后收采草茎晾干。也有用根入药的，那就直接挖出来晒干。不过，采根的话，对生态毁坏极大。沙漠里，长点儿草很难的，连根都挖了，太残忍。

天地有情，捐金于山，沉珠于渊。最好，把草木还给沙漠。若是药用，可以自己栽种。

麻黄很美，模样儿古朴稳重，格调清雅，简约低调。不粗笨，不烦琐，优雅可爱。

虽多，却总也看不厌的，只有草木了。今儿看，是一种好；明儿看，又是另一种好。想来一定有很多像我这样痴迷草木的人。

有治沙的老人，幽静地居住在沙漠里。我们在清晨薄烟缭绕时走近他的小屋。粗陋的屋子旁拴了两峰长睫毛的骆驼，一峰卧着，一峰立着。门前有一大片野生的麻黄，缀满鲜红的浆果，丝丝缕缕暗盈薰香。清早天光里，草影绰绰，沙粒干净，别有一番幽雅景致。太阳一出，万物熠熠生辉，草木像久别的亲人，倍觉亲切。

沙葱

沙漠里，既生长着生命力强悍的植物，也有柔弱的生命，比如沙葱。虽柔弱，但人家也有蔚为壮观的一生。

《本草纲目》记载：“茖葱，野葱也，山原平地皆有之。生沙地者名沙葱，生水泽者名水葱，野人皆食之。开白花，结子如小葱头。”

沙葱不高，长不到一尺。纤细、柔嫩，一丛一丛生长在戈壁、沙滩、荒山野岭。沙葱疏疏落落，生长得很零落，不喜欢大片大片挤在一起。葱叶尖而细弱，也抽薹开花，淡紫的，有点粉，有点白，很寻常。

雨水多的年份，沙葱也密。遇上干旱年份，便找不到几根。没水，可怎么活呢？其实我一直觉得沙葱活得很散漫，闲闲地消磨时日，做一些自己喜欢的“无用之事”。比如，开几枝花，在风里晃荡啊晃荡……

若是说到味道之鲜美，沙葱绝对顶呱呱。这样的野味，自有一种天然纯净。古人说，草衣木食。编草为衣，以树木果实为食。这是一种清贫但格调相当高的生活。不过，乡野人家，食草的时候多，各种野菜不都是草嘛。我小的时候，整个春天的蔬菜，是紫花苜蓿芽儿，是苦苦菜，是黄花辣。

沙漠里有些草很忙，比如梭梭、毛条，它们一刻不停地扎根，忙着抖落身上的茸毛覆沙固沙。有雨水，它们拼命抽枝拔节。没雨水，拼命扎根抽取地层深处的水分，活得兴致盎然。旱也旱不死，晒也晒不死，实在强悍之极。而沙葱不是这样的，它羸弱很多。这个世界，需要强悍，也需要柔弱。很多强悍都是柔弱成全的。

沙葱对光阴很淡然，有点雨，就长一长；沙漠落霜，就枯萎了。它活在尘世，似乎没有贪婪心，安心窝在沙漠里，清净度日。它就是一味素淡的野草，不会对沙漠有惊天动地的贡献，亦不会有一丝儿害处。它不过是淡淡过好自己的光阴，不太受世人的瞩目，索取也不多，不过一点儿水分、阳光罢了。

沙葱看上去很柔弱。但是，你嗅不到怯懦的气息，真的，一点楚楚可怜的味道都没有。沙葱有一种飒爽、自在、干净、清淡的味道。当然，葱的味道也有。沙漠虽然贫瘠，但胸怀的宽广准确无疑地遗传给了沙葱。蓝得要冒水的天空，白得耀眼的云朵，土黄得发光的沙漠，组合出来一个寂静的世界。在这个空荡荡的世界里，野草长得毫无压力，要多飒爽有多飒爽。

初夏，在一个不大的沙湾里，遇见沙葱，还没有开花。它们的邻居是花棒，细软的枝条垂下，沙葱躲在枝条下，垂帘幽居。正是花棒开花的时间，紫红的花，开的开，谢的谢，落花遍地。沙葱叶尖也顶着落花，在自己的庭院里观赏花事，悠然逍遥。

乍然相遇，我不禁愣了一下。那些寂静的沙葱，被落花覆了的沙葱，淡然清美——此情此景，怎一个美字可说得清呢？风吹，花幽香，葱叶拂拂，饶有意趣。

不过，尘世之人，俗人居多。我愣神的当儿，有几个人兴高采烈跑过去，拂去落花，开始采拔沙葱。拔一些也就罢了，还脱下衣裳，把沙湾里的沙葱一网打尽，裹在衣裳里，塞在背包里。他们嚷嚷说，回家凉拌了吃，鲜美无比，吃不掉的可以送送亲戚落个人情。

人间若有老妖，这些人必定就是。

我看着沙湾里剩下残枝败叶的沙葱，心里难过。这样一个望之沁人心脾的诗意之境，就如此迅速残破掉了。我的心里，像打碎了一块玉，一地玉屑。

有些人，总是贪婪过度，遇见美好的事物，忍不住霸占一番。遇见繁花，必定要折在手里，鼻子骑在花瓣上，闻饱才算。遇见清澈溪流，必定要把脚伸进去泡，泡到抽筋才行。至于看见能吃的草木，必定不会放过，一一收入囊中。

倘若人懂得沙葱的心，贪欲就会散淡很多。世上的好东西实在多，占不尽，也享受不完。何必呢?

肉苁蓉

它是天地之间的稀客。难得一见。河西走廊虽然处处是沙漠，野生的肉苁蓉也不多见。它长得很有趣，属于名贵中药材。

肉苁蓉知道自己娇贵，所以活得不独立，很懒，依附别人而生。沙漠里有生命力顽强的草木，比如梭梭、红柳，肉苁蓉寄生在它们的根上，吸取养分，懒散过日子。

沙漠里的草木，是地球上最不可思议的生命了。它们过日子的方式，像在另一个时空里。花棒在高温灼热的状态下炸裂树皮，求得绝热存活。卷柏在干旱的时候把自己连根拔起，四处流浪，等待雨水。据说国外的沙漠里还有一种像兰的植物，只有两片叶子，却一直长呀长，足足能长几十年不曾枯萎，从远处看去，一大堆叶子堆在沙地里，软塌塌地叠起来，很骇人。

至于肉苁蓉，也奇怪着呢。它祖祖辈辈都是寄生的，就是不独立。现在人工种植，先种梭梭、红柳，等这两种植物根系茁壮了，再寄生肉苁蓉。它生长得也很缓慢，端着好大的架子。

细细说起它的长相，黑不溜秋，很难看。扁圆柱形，五六寸长。粗大、肥糯，全身细鳞片层层相叠，稍微有点扁，有点弯曲。它不用长叶子，不用抽枝开花。删掉繁复累赘，也不要清爽之致，就活成一根短粗的棍，粗鲁野蛮。

寄生、不合时宜、样子难看，倘若省去药用价值，这样粗陋的植物是会令人生厌的。可是，野生的肉苁蓉是非常名贵的药材，珍贵得不得了，千金难求一根。所以，尽管长成这样，尽管深藏不露，还是被人类采挖得几乎绝种。

没用的，可以活千年万年，没人理睬。用处太大的、太珍贵的，动不动就濒临绝种了。沙漠里，连头发菜都被耙得找不见了。

沙漠里的人家，院子里都种花。沿着矮墙，疏落地开着牵牛花、蜀葵、九月菊之类。没有罕见的绝美草木，都是极其寻常的。有时也种点药材，比如三五丛草红花、麻黄，看个稀奇。有没有栽种肉苁蓉的人家呢？几乎没有，不好种。大体说来，凡是世间罕见的东西，都很难伺候。

春去夏来，秋尽冬至。草木的世界，嫩芽儿催走枯老叶，依序更替，不会犹豫的。一荣一枯间，便是一年。

人在草木间，花开花谢，很难做到无动于衷。

古时，有修行的人说，对于外物更替变幻，心中要保持自然平静，不必为外物所烦扰。不要花开了就喜得手舞足蹈，雪落了就暗自伤神——这样做等于做无益之事。

可是，人生的种种小欢喜，可不就藏在这些无益之事里吗？对外物太过于冷淡，就把日子里的意趣都给省略掉了吧？尤其像我这样爱草木成痴的人。

天地无垠，沙漠有情。

我一次次地进沙漠，看草看木。沙漠的草木，简淡朴素，自与别个不同。而沙漠，亦是颇有意趣。有月的夜，下雨的清晨，花棒枝子上晃荡的紫红花朵，烈日里躲在树荫下啃完的半个西瓜，都让心情颇为愉快，只觉得光阴清新有味。

世间种种好，草木总是令人倾倒。沙漠虽粗野，亦有可爱之处。

补中益气汤

黄芪、人参、白术、炙甘草、升麻、柴胡、当归、陈皮，共八味草药。冷水浸泡十分钟，在药罐里煎，文火熬。干这些活，我十分老练。药味在空气里飘呀飘，坦坦荡荡的苦味儿把屋里的每个角落都啃一遍。

这些草药的药性我知道。比如，黄芪补中益气；陈皮理气调中，补气而不滞气——就像你的哥们，表面帮你而暗地里也不使绊子；升麻、柴胡是搭档，升举阳气，升清降浊。这些草药们搂抱成一团，相互提携配合，非常默契。

人有人的日子，草有草的活法。人活成人容易，活到一株草药的境界就难了。就说甘草，药方子里用得最多，解毒调和，谁喊就帮谁的忙，从来不使坏耍脾气。这些年我跟草药们熬熬煎煎地过日子，它们总是沉默着，像雨水冲刷掉树叶上的尘土般，转移走我身体里的小毛病。

方子是补中益气汤，不是大夫开的，也不是我自个儿琢磨出的，应该说我还没这个本事。它是药书上记载的，剂量也是定好的，只需咨询下我的老师，抓来吃就可以了。我学医学到的能耐，就是知道生小毛病时吃哪种药比较合适，哪些药不能经常吃，仅此而已。

事实上，我总觉得自己本身就是个药罐子，和火炉上炖着的药罐子唯一的区别是，它留下药渣，我留下药汁。这个发现曾让我激动不已。要是刚好反了，那是多么痛苦——这一大堆药渣，什么时候才能嚼完啊！曾经有一段日子，我天天喝大碗的草药汁。喝着喝着，就不免犯糊涂，这到底是人吃草药，还是草药消耗人呢？

生活艰难，清贫拮据。有点小毛病，自己解决，不敢轻易麻烦大夫。将这些药撮合在一起，主要是使中气足，寒热除，气陷升，保持机体平衡。中医是讲究平衡的。五行要平衡，阴阳要平衡。一旦机体哪儿有点倾斜，失去平衡了，那就要生病了。人能生气，就能生病，道理是一样的。生气，也是一种失衡，心气失衡。

阴阳是怎么保持平衡的？据古籍记载，“阴静阳躁，阳生阴长，阳杀阴藏。阳化气，阴成形。阴在内，阳之守也；阳在外，阴之使也。阴平阳秘，精神乃治。阴阳离决，精气乃绝。阳盛则外热，阴盛则内寒”。阴阳是很笼统的，自然界分阴阳，比如天地日月。人也一样，单个的机体也是一样分阴阳的。阴阳的消长、相互转化，阴阳的对立与互化，能保持万物的平衡运转。

想想看，这是多么奇妙的事情。草药的气息在阴阳学说的奥秘里，像大自然的脉搏一样，衰而衰，旺而旺。

煎好的药，盛在白瓷碗里，热气浩浩荡荡地占领了屋子里的空间。药汁的热气和清茶的热气是不一样的。茶水的热气，清、升、柔、收敛。药汁的热气，浓、冲、肃杀、张扬。

常听闻有人说品茶闻香。品茶是品一种心境，至于闻香，只是意念而已。茶的香气难以捕捉，如果你心里觉得茶香，那就香了。清茶的气味，真的不是以侵袭的方式蔓延的。只有药味才是。药味相当霸道，简直有攻占的意思，是拔剑，出鞘三尺的苦，刺在空气里，入气三尺。

如果是一味草药，比如甘草，独味煎煮是淡淡的清甜；再如黄连，单独煎也没有多浓的苦味。独味草药熬煎时，它只是一种草，不是药，还保留草的本性，怎么煎也煎不出药味儿。可是，它一旦入了药柜，和别的草木们混在一起，呼啦啦，药味立刻释放出来。入水煎，苦的更苦，涩的更涩，咸的愈咸，五味俱全，味道非常隆重。这是草与药的区别。诸药合用，取的是个气儿，拧成一股劲的合气儿。

中医中有些治法，其实是取类比象，抽象的方法，是讲究意念的。比如说五行，水木金火土，就是取类比象。木，取它生发柔和之特点，习性是条达、舒畅；火，炎热，上扬；土，有长养、变化之意，万物土中生；还有金，是取其清肃、坚劲、肃杀之性；水呢，自然是寒润，下行。

中医应用五行学说，将人体的内脏归属于五行的同时，还以五行的关系来解释五脏的生理活动特点。有经验的中医大夫，就是通过分析有关脏腑之间的五行生克乘侮关系来准确地诊断病情的。

比如一个人的心脏做过手术，受了创伤，自然心功能就弱了，需要恢复。心属火，木是用来生火的，火弱了，木就要全力相助。木对应哪个脏器呢？肝属木。肝是藏血养心的，有滋生心阳之作用。心功能弱，心阳下降，心阴则升，所以失去平衡了不是？这时肝要藏血上济于心。木费力，水就及时补给，肾属水，精以养肝。

就这么着，脏腑相互滋生，相互协调，保持高度一致，真是不容易。五行相生相克，一个轮回一个圈儿，像人的一生，从起点衔接到起点。像一种思念，相互依托滚动着。

中医的有些解释是很精到的。比如说女孩的生长，七岁时，“肾气盛，齿更发长”，十四岁开始行经血发育，是“二七而天癸至，任脉通”，到了中年以后，“七七，任脉虚，太冲脉衰少，天癸竭”。一个女人的一生，几句话就叙述毕了。

古代中药又称为“汉药”，来源以草木居多，故称为“木草”。又因诸药以草为本，也称为“本草”。采集药也非常讲究。采摘花时，多以含苞欲放的为佳，花开败了，药效就没有了。树皮于春夏之交时采摘，为的是皮下分泌的浆液，药效较佳。根茎在春秋采挖。全草、叶子，要在生长最旺盛时采。一花一天堂，一草一世界，一念一清净。风吹，草齐眉，绿如烟，柔软，采撷。这是《诗经》里的意境啊！

采药呢，我想一定是非常浪漫的。长衫，衣袂飘飘。打马，穿山。马蹄声起，马蹄声落。蹄踏青苔，蹄踏落花。锄起草落，将暮未暮的山野，草翻动，花翻飞，何等的诗意。马蹄声过后，带走草药的肃杀之气，留下它温软的气息，为山野把脉。草木们达到的高度，是禅境。草药们抵达的目的地，是归隐。

草药都是有药性的，有升降之分。升，就是上升。人体内病势下陷了，就用草药来提升，保持固有的平衡。但凡花叶等质地轻的草药，多为升浮药。不过也有例外，有一味花非不升，反而下降。口诀是：诸花皆升，复花独降。旋复花因味咸而独降。它以柔软覆盖坚硬。

如果体内病势上逆，头重脚轻，即用沉降药降逆。说到底还是保持一种平衡。一般来说，植物的种子、果实，矿石，贝壳等质地重的药材，多为沉降的。但还是有例外，诸子皆降，苍耳独升。苍耳子由于质轻而独升。以柔软包容柔软。

我小时候常流鼻血，喝的中药里有“锅灰子”，就是从烧草木的灶火里，把大铁锅底上的黑灰刮下来随药冲服。学医后知道，那是有道理的，“血见黑则止”。草木们一拨又一拨浩浩荡荡开进药典，开进方子。梦想，被笔尖抬了又抬。

白瓷碗里的药汁温了。门外，半截柳树墩，拦挡不住清风。两棵松，衔住一片月光。月光下，草药们进驻我的身体，它们脚步轻轻，“咕咚咕咚”。

莱菔子

莱菔开花的时候，青稞正在灌浆。谁开谁的花，谁灌谁的浆，都各自忙各自的。至于花的颜色，是莱菔自己决定的。想开白花就是白花，想开紫花就来一朵紫的，主要看莱菔的心情如何了。

不过紫花一般来说开不成深紫色，只是一种淡淡的紫，很清雅，一点也不像大蓟花那样俗气。当然，莱菔的花也算不上美丽，顶多平常罢了。但这只是我一厢情愿的见解，蝴蝶们可不这么认为。

这世上所有的花，蝴蝶们都认为很漂亮，所以莱菔的花欲开未开时，它们就扑扇着翅膀从我不知道的地方赶来，挑挑拣拣，拿不定主意该落在白色的蕾上，还是紫色的蕾上。

莱菔攒足了劲儿往枝上扔花朵。早上还是点点的花苞儿，中午未到，“哗啦啦”全打开了，简直有些迫不及待的意思。这些沉不住气的花儿们！那花，一小朵一小朵凑成一簇，好像是一小口一小口呵出的气凝结而成的一样。花没有香气，轻拢在一起，样子谦逊。

不是每棵莱菔都可以开花的，真的不是。开花的莱菔是经过挑选和历练的。等到开花的时候，开成哪种颜色，才是莱菔自己做主的。莱菔还有个俗名，叫萝卜。

莱菔花败了做荚结种子，那种子就可入药。入药的种子就贵气了，叫莱菔子，不能说是萝卜子儿。中药材的世界是很高雅的，是从《诗经》里走出来的。每味药走进古风的药材世界，就得把俗名扔掉，换个笔名进入。比如，蚯蚓，一旦药用就叫地龙；僵蚕，药用时叫天虫；还有橘子皮，青的是青皮，老的是陈皮。我们小时候常挖来吃的辣辣菜，“贱”得天底下都是，可是一旦结了种子，那种子就是葶苈子，简直像来自书香门第。益母草，也叫坤草，可见天之大，母之贵了。牵牛花的种子，是二丑子，大俗即大雅么！当然，有些花花草草、皮皮根根入药，并不改名字，大约那些名字本来就不错。想想这是多么有趣的事啊！

莱菔子入药，归纳到消导类药里去。吃到人的身体里，归脾、归胃、归肺经。啥药走啥道都是预先知道的，药们按自己的脉络走就对了。药是不会走错路的。比如莱菔子，理气开胃，绝对不会跑到骨脉里止痛活血。不过开药的大夫们常常会开错药。有时候，人是不如药材的。自己明明该走阳关大道，却偏要跑到七拧八歪的羊肠小路。人走错路，回头就难了。不像药，牢牢记着自己该走的道。

莱菔子入药，主要用来理气消食，还可以配以白芥子、苏子降气平喘。莱菔子和人参相克，服用人参时不用莱菔子。此外，莱菔子和地黄、何首乌也不能同用。吃地黄、何首乌时，要忌口，就连莱菔，也就是萝卜，也不能吃。中药其实挺好，小毛病，煎一碗药汁喝喝就好了。

种莱菔得起垄。我喜欢看一垄白白胖胖的莱菔挨挨挤挤地生长，那种旺盛的生命力看着非常舒服。待莱菔长到镰刀把粗细时，就可以挑选备用的了。如果让它们一直这么长下去，只能长成大萝卜而绝对不起薹开花，当然就没有莱菔子可收了。

这时，挑一些缨子旺盛的，拔出来，拎到南墙下晒晒日头。晒多久呢？两三个时辰，下午日头不毒时最好。待太阳落去之后，缨子蔫了，莱菔也塌水了，就重新栽下，浇水。只一夜，莱菔就缓上气儿，又活过来了。

二茬长起的莱菔，过段日子就起薹抽枝，打蕾开花。同时栽下的一垄，有的开白花，有的开紫花，让人不断有惊喜。不停地猜，这棵该是白花吧？可偏是紫的。那棵应是紫花吧？却是白的。花朵就这么不断地绽开着，我就是贪图那份实在的欢愉。

有些付出是要等很久才能有收获的，等的过程要耐心才行。多大的耐心呢？直到差不多忘了曾经付出过的时候，收获才翩然而来。花败了，结荚。赶在白露之前拔起晾干，就能收到莱菔子了。此时的莱菔，已经不是白胖胖的水萝卜，而是地道的柴萝卜了，变成莱菔子的根。

那一年，我们种了很多莱菔，后院里几乎被撑满了。到了栽二茬的时候，我就跑到后院，把先生栽好的刚换了气的一垄莱菔统统拔起扔一边，让它们集体晒太阳。黄昏，先生呵呵地笑着，将晒好的莱菔捡来又一棵棵重新栽下，浇水。我是很粗心的人，居然没有发现重栽的痕迹。我们担心那些莱菔会死掉，但过了两天，它们居然活过来了，只是有些羸弱。然而不幸的是，莱菔正抽薹的时候，被邻居家的一群鸡把叶子连吃带糟蹋，弄得七零八落，惨兮兮的。注定，收不到多少莱菔子了。

其实我的心，已经悄悄走向那些莱菔，还梦想着它们把一场将要到来的美丽，埋伏在未来的天气里。可是一群鸡，打碎了我预想的浪漫。生活总是无奈的啊。

那年秋天，我们翻整后院的菜畦。莱菔被拔掉的地方，一个个圆圆的坑空着。从此岸到彼岸，莱菔度完了自己的一生。

吴茱萸和辛夷

吴茱萸

茱萸是一味草药，姓吴，就叫吴茱萸。草药也有姓啊？有哩，刘寄奴、马兰、胡黄连、徐长卿、白薇、高良姜、何首乌、辛夷、王不留行……你看，哪一味不是有名有姓的呢？名医陈藏器说，吴茱萸南北总有，不稀缺。若是说起入药的疗效来，吴地生长的顶好，所以有吴之名也。茱萸是什么意思呢？李时珍翻遍泛黄的古籍，也未能找到。只好说，“茱萸”二字含义未能详也。

在远古的时候，茱萸是一味用来祭祀的神草。每年秋冬时节，暑气消散，寒气普降，大地要交替更换气场，这时候正气弱，而戾气趁机升，疾病容易流行。古人要在这个时节，烧香草以祈求降神，祛除人间瘟疫。燃起香草，然后献以茱萸，以此来供养神灵，接引众生。仪式最后，用蓍草占卜，感知神灵的旨意。

古药典里记载的神草，首先是蓍草，“蓍”读shī。这是一种长秆子的草，细瘦、劲韧。很诡秘，无缘的人根本找不到。据说是伏羲挑选了蓍草与白龟作占卜之物。占卜时，烧了蓍草作卦，跟龟壳的作用一样。蓍草能活一千岁，可预知祸福。其次是薰草，古时也叫香草。人们烧香草以祈求降神，故叫作薰草。茱萸因为香气辛烈，叶可治霍乱，古人认为它可以辟邪去灾，采来供养神灵。

在春秋战国时期，吴国赠送给邻国的礼物，就有吴茱萸。这么贵重的吴茱萸主要拿来入药，驱疫防病，那时候已经作为药材，不单单是祭祀用的了。

据《本草纲目》和《神农本草经》记载，吴茱萸“辛热，能散能温。苦热，能燥能坚”，主治“温中下气，止痛，除湿血痹，逐风邪，开腠理，咳逆寒热”。

李时珍记载了一个医案：中丞常子正患了一种病，口中发苦，多痰饮，每当吃饭过饱，或者天气阴晴变换之时，就开始发病。几乎十日一发，不得消停。动不动头疼背寒，呕吐酸汁，挺痛苦的。常常好几天伏枕卧床，吃不下饭。请来大夫开了好多药，几乎没有疗效。宣和年初，他被封为顺昌司禄，在太守蔡达道的宴席上，不敢多食，诉说自己病情，抱怨日子过得索然乏味。刚巧有人能治这种病，于是他得到吴仙丹方，服后就不再发作，竟然慢慢好了。后来每遇饮食过多腹满，服用五七十丸便愈。

这个药很好，服用之后，过一会儿小便中就有茱萸气味，酒饮均随小便排泄。常子正前后用过许多祛痰药，都无此方灵验。吴仙丹方中的君药就是吴茱萸，用热水泡七次备用。辅助的臣药是茯苓，等份，研末，炼蜜制成药丸，梧子大，每次五十丸，开水送服。这个方子后世一直沿用，疗效很好。

晋代有位名医叫葛洪，依照他的记载，汉高祖刘邦和戚夫人于每年农历九月九日，登高望远，头插茱萸，饮菊花酒，食蓬饵，野外欢宴。据说茱萸能令人长寿，辟邪去灾，所以茱萸也叫辟邪翁。

汉朝的时候，农历九月九日是很隆重的节日。吴茱萸风行得不得了，依当时的风俗，在重阳节时爬山登高，家家户户都携带着茱萸出行。每个人的臂上佩戴插着茱萸的布袋，头上和牛车上也插满茱萸，骑马坐车，路上都是熙熙攘攘的人群。一来吴茱萸避邪气招吉祥，再来在重阳节之前，总是细雨潮湿，秋热也尚未褪尽，人容易烦闷。在重阳节这天热气褪尽，清爽地出来透口气儿，借机会会亲友，叙叙家常。到了高山，呼朋唤友，聚在一起饮酒赏菊，舞文弄墨，好不风雅，这样一种清幽的热闹，着实让我羡慕透了。古人过节，绝不为吃吃喝喝，不会沦为比阔气的聚会，而是有一种清雅的气氛，可真教人深深向往。

李时珍说，茱萸的枝条柔韧而肥，不是细瘦干枯的。树皮青灰，略略带点儿褐色，幼枝紫褐色，叶子狭长而皱，果实结于枝梢，累累成簇而没有果核，颤颤地在枝头弹动。一种果粒稍大，一种果粒稍小，小的那种入药最好。

古人的院落里，哪里能少了草木，还要有吴茱萸才好，这才叫家园。有古人说，井边上一定要栽种茱萸，叶子掉落到井水里，人饮用了井水，不得瘟疫，也无灾痛。将茱萸采摘下来悬挂在屋内，可以辟鬼魅，不做噩梦。在庭院东边栽种茱萸，则家里吉祥，增年除害。

另有医家说，吴茱萸，长得不甚高，叶子细碎，开小黄花。花落去后，结果实。果实呈圆形，味酸，紫红色，颜色却不顶深，很好看。茱萸果生嫩时，还是黄绿色的，稍微有点浑浊，黄里掺着绿，是硬朗混沌的那种感觉。成熟后慢慢变成紫红色，那色泽可就清冽透彻，很纯正干净了。

这样清新的叙述实在够令人神往的。我也极喜欢田园的生活，在门前屋后栽种了树木，庭院里种了花草，井边栽几棵茱萸，枝叶婆娑，该是何等美好的光阴啊！

吴茱萸药味辛，性温，有小毒。茱萸叶可治霍乱，根可以杀虫。咽喉口舌生疮者，用醋调茱萸末，贴于两足心，一夜即愈。有人治小儿痘疮口噤，将一二粒茱萸嚼烂后外抹，口噤即开。

有个故事是这样的：北方有个叫木粟的人，为人和善。他家的院子里有几棵大树，树上像灯笼一样挂满了鸟巢。为什么呢？因为他的邻居们都是喜欢安静的人，有一种鸟儿顶喜欢叫了，在树上结了巢，整天叽叽喳喳的，真是可恨透顶。于是，邻居们就捣掉了鸟巢，撵走了鸟。无家可归的群鸟纷纷投奔到木粟家的树上来。这下可好啦，他家的鸟儿多得简直要吵死人了。家里的仆人们也想赶走鸟儿，可是木粟说：“我家的院子这么大，难道容不下一群鸟儿吗？”仆人都惭愧而去。

这一年的冬天，出奇的冷，天空里飘着清霜，泛着寒气，冷得几乎要冻死人了。不久，人们得了一种病，耳朵、手脚、脸颊都生了冻疮，流着脓血，疼得不得了。州城里的医馆里挤满了看冻疮的人，可是，草药的疗效很慢，没有特效药。奇怪的是木粟家的人都好好的，不但没有冻疮，人人脸上红扑扑的，皮肤细嫩光滑。邻居们都上门来讨教治冻疮的方子。木粟说，也没有什么神秘的，不过就是捡了树下的鸟粪，用吴茱萸煮水泡在瓦罐里，每天睡前，用泡软的鸟粪搓手脚、脸颊和耳朵。待两个时辰过后，用吴茱萸煮汤清洗干净即可。如此洗过几次，再也不生冻疮。

方子倒是很好，吴茱萸也好买，可是村子里的鸟都被赶走了，没有鸟粪。于是，木粟家的树底下挤满了抢鸟粪的人，无奈人多粥少，满足不了众人。有些人家就穿戴厚实了，跑到山野里拾鸟粪。木粟感叹说，天下万物，皆可入药。这鸟粪，也是药材哩。

这个故事记载在医案里，可能是真的吧。

秦椒

秦椒不是辣椒，也不是秦艽，就是姓秦的花椒。李时珍说，秦椒，花椒也，别称大椒。始产于秦地，今处处可栽种，很容易繁衍。它的叶子对生，尖而有刺。四月生细碎的小花，五月结果实，生的时候是青色的，饱满坚挺；熟了渐渐变红，大于蜀椒，其目亦不及蜀椒目光黑也。

似乎历代的医家们很重视花椒的药效。陶弘景说，秦椒今从西来，长得像椒而稍微大一些，色黄黑，隐隐有点暗红。闻起来亦很有花椒味，民间也称呼为大椒。至于蜀椒呢，出蜀郡北部。寻常人家种得很多，皮肉厚，颜色黑红，腹里白，气味浓，越是颜色红艳的越好。

苏恭说，椒丛生，花椒的叶及茎，籽都似蜀椒，但花椒细小一些，味道较温和，不似蜀椒那么醇厚猛烈。

总之，秦椒、蜀椒都是花椒，功效也接近，都一样麻，一样香，吃火锅不能缺，只不过产地不一样罢了。

花椒和芣苡一样，出自《诗经》，很古风了。“椒聊之实，蕃衍盈升”，意思是花椒树结实累累，寓意着子孙兴旺。古代的宫廷里，用花椒研磨成细粉，掺了细白土拿来涂抹墙壁，这种房子称为椒房，是给宫女们住的，因为花椒的香气可辟邪，气味纯正干净，符合女儿家的身份。到了魏晋时期，椒房是后妃们的居所，皇帝的后妃们住在用花椒泥涂过墙壁的椒房里，期盼着皇子们能像花椒树一样旺盛繁茂。这也是一种美好的寓意了。

汉朝的端午节，古人把好几种气味芳香的草药糅合了，置入绣花的锦袋里，其中就有花椒叶，叫辟邪药玉。有情的人儿可以相互赠送。在我老家，端午节人们要佩戴一种古风的刺绣品，叫针扎，也是祛除邪气的意思。先用细白布做芯囊，芯囊里装上香草、花椒和各种研磨成粉的药材，然后用绸缎做成绣花外罩，罩在内芯上，坠了珠子和丝线穗子，垂挂在孩童和少女的腰间，委实赏心悦目。

花椒也真是个“妖精”，它能长成茱萸的样子。陆机说，椒树长得有点儿像茱萸，枝干有针刺。远处看，花椒和茱萸还不怎么能一下子就辨别清呢。花椒茎叶坚而滑泽，味道也很辛香，蜀人和吴人拿来作茶，用花椒叶子合煮的茶水香浓得很。拿花椒叶子煮茶，是因为古人的饮食习惯与现在不相同，蜀吴人现在肯定是不会用椒叶烹茶了。可是，我倒是有以花椒叶煮茶的习惯，难道我是穿越来的？也不见得，古人那么风雅，我这么粗笨。但是我的确有这个嗜好，没有花椒叶时，只能拿花椒来替代。清晨喝奶茶，先把黑砖茶加在清水里，调一点儿青盐，几粒花椒，一起熬煮。待茶水煮到紫红，茶香和花椒的香气飘绕之时，把茶水滗进煮沸的牛奶里，味道是顶好的哩。奶茶喝了很多年，滋润得很。

若是哪天早上缺了一碗花椒奶茶，日子顿然不美好，心里那个失落呀。花椒奶茶也能喝出瘾来，其中美妙的滋味，可真是无法言喻呢。

我也吃过花椒叶做的饼子，在黄河边上的一个村子里。花椒叶晒干研磨成粉，在一张擀好的面皮上淋了清油，撒一层椒叶粉，卷起来，擀成一张饼，烙熟，味道清香，别有滋味。

在我们雪域高原，有个叫天堂镇的地方也生长花椒。天祝高原平均海拔三千多米，别处都冷，唯有天堂镇，气候很温暖，生长着藏红花、柴胡等药材。花椒树也长得还算不错，不高，但枝条繁密。灰褐色的茎秆上有稀疏的短刺，很锐利。嫩枝上覆盖着细细的白色柔毛，连短刺也是嫩绿的，看着柔软。老枝条干雀雀的。狭长的叶子，叶缘有细裂齿，隐隐泛着一脉暗红。尚未成熟的绿花椒也好看，窸窸窣窣的，一簇簇，青绿的色泽。

若是成熟的花椒，呈现出一种深红的颜色，表皮长满小颗粒。若是再熟一些的，就裂开一道缝隙，呈两瓣，露出黑色的籽，小而精巧。到了八九月，小城里人们呼朋唤友地说，走啊，到天堂镇摘花椒去。我也去过几趟，趁机摘了些花椒叶煮茶。

花椒味辛，性温，有毒，能祛风邪气，“温中，除寒痹，坚齿发，明目，疗喉痹，吐逆，出汗，利五脏。久服轻身好颜色”。治疗伤寒、牙齿风痛都有疗效。药典记载，小孩子耳朵里不留心钻进了小虫子，用花椒末一钱、醋半盏，浸泡，少少滴入一滴，虫子就会跑出来。

辛夷

辛夷也叫木笔。陈藏器说，辛夷花还未开的时候，花苞像小桃子，有茸毛，叫侯桃。花苞初发，跟笔头顶顶像，北方人叫它木笔。开花很早，南方人也称呼为迎春。

依我看，有些草木的名字，也没有个特别的说头，看着像什么就随意取个名字，自然亲切。天地这么大，花草这么多，若是一一都有来头，恐怕也难。除了特殊的一部分，别的花花草草们都不是从《诗经》里来的，直接是大野里驶着一辆马车“哐啷哐啷”就来了。至于叫什么，就看你的心情如何了。比如我家养着的花儿，不知道名字的都叫刘花花，至于草们，就是刘草草啦。不过，也有较真的人。一盆刘花花，邻居说叫对莲；一盆刘草草，朋友说叫兰草。

辛夷入药，要用干燥的辛夷花苞。早春花蕾未放时采摘，剪去枝梗即可。药味辛，性温，无毒。主治五脏身体寒热，风头脑痛，面皯，解肌，通鼻塞涕出。治疗鼻渊、鼻塞，用辛夷研末，以葱白蘸入鼻中，几次即见效。

《名医别录》里说，辛夷生在汉中、魏兴、梁州的川谷里。辛夷树长得也像杜仲，高丈余。结的籽实似冬桃而小。九月采实，暴晒干，去掉心和外毛。外毛一定要取干净，不然能射进人肺，令人咳嗽不止。这个很重要。

名医苏恭却不同意，他说，最好是树花未开的时候收。正月、二月好采。说是九月采实，恐怕有误呢。

陶弘景说，今出丹阳近道。形如桃子，优美从容，小时候气味辛香。

另外有位叫寇宗奭的名医是这么说的，辛夷这味药材处处有之，人家庭院里也是很多的。先开花后长叶，就是木笔花。辛夷花未开之时，花苞上有毛，茎秆光滑细长，很像毛笔，故而取象而名。花开了，颜色有桃红、紫色两种，入药挑选紫色的好，必须在未开之时采收，已经开花的药效不佳。若是为着观赏，满树花开起来幽雅飘逸，红云一般，挺好看的。

李时珍是怎么说的呢？他说，辛夷花，初出枝头，花苞长半寸，而尖锐俨然如笔头，重重有青黄的茸毛顺铺，长半分许。及开，似莲花而小如酒盏，紫苞红焰，香味既有莲花的那种清幽，也有兰花的清澈纯正。偶然也有白色的花朵，人呼为玉兰。也有千叶者。诸位医家说花苞似小桃子者，比类欠妥。

经李时珍这么一说，我就无限向往有一棵辛夷树了。花蕾呈倒圆锥状，形如毛笔头。这一树繁密的毛笔，枝枝卓然不群，枝枝妙笔生花，恐怕是天上的神灵在书写吧？

待到春季，花一开，又是多么好啊，枝木纷繁，紫苞红焰，灼灼的，粉妆玉琢，想一想都美好得不行。人生好多奢求，总是不能满足。见不到一棵正在开花的辛夷树，这才是天大的遗憾哩。

陶弘景、苏恭、李时珍、寇宗奭，我自是很熟悉了，当然他们可不熟悉我，中间可是隔着千重百重的光阴呢。你若是不熟悉，也没有关系的，反正你也不打算做中医，知道他们都是医家就行了。

为啥叫辛夷呢？李时珍并没有说。不过，我胡乱猜是这样的：辛是药性，花苞的味道。夷，是古代的一种很像锄头的农具，《诗经》里有夷出现，是锄地的。既然辛夷花像毛笔头，那么可能也像那种原始的锄头。辛夷花入药味辛，花苞如夷，就叫辛夷了。我若是取个笔名，就叫辛夷好了。不过，说不定过段时间又反悔，重新用个虎杖、五加皮什么的。我这样热爱草药热爱得头脑发昏的人，恨不得把每一味草药的名字都据为己有，真是贪心透顶。

有些事，再努力都是徒然的，因为太过于遥远。比如，积雪草怎么努力也长不成辛夷树，秦椒怎么奋斗也成不了吴茱萸。虽然枯藤上能开出一朵花儿来的事情偶尔也有，但毕竟不是常见的，还不如静下心来度光阴。平淡的日子其实是最好的，你看乡间的人们，拉着牛去饮水，门前的木笔一树花纷纷，路边的篱笆下母鸡晒着太阳，这难道不是《诗经》里的风雅吗？

行走的草木

石南

李时珍说："风药，生于石头间向阳之处，故名石南。"

石南多生于石头间，也有直接生长在石头上的，植株并不低。也有的在江湖浅水里，叶子如枇杷，狭长，叶面有小刺，凌冬不凋谢。春生白色小花，聚拢成簇。风来，摆一摆。风不来，那就不摆。秋天结红色小果子。

我有几盆孔雀竹芋，在日光底下，即使一点风都没有，植物的叶子也会像脉搏似的，一惊一乍地动弹，一跳一跳。暗自思忖，花草，大概也有心脏，就藏在根里。石南的叶子也如竹芋一般狭长，说不定它们是同科的。这样的话，石南叶子也会在没有风的时候，偷偷摇曳几下呢。

草木的美，非花即叶。如张爱玲所言："有美的容貌，以容貌悦人；有美的思想，以思想悦人。"草木呢？有美的花朵，以花朵悦人；有美的叶子，以叶子悦人。其实这是人的思维，草木才不是这么想的呢。草木率性坦然，只活自己，不看人的眉眼高低。你喜欢又怎样，不喜欢又怎样？

石南入药用叶子。入药最好的叶子，是生长在石头间的。高、窈窕，叶子似莽草，青黄色，叶背有紫点，青淡柔美。雨水多时，叶子并生，长及两三寸。青叶摘下，阴干，入药。

说起来石南这味药很有意思，女子万万不可久服。为啥呢？女子久服，令思男。每读到此，扔书大笑。服久了，女子会变花痴的。那么，男子服久了呢？李时珍并没有说。

石南入药，味辛、苦，能够养肾气，利筋骨、皮毛。不过，石南并不是常用药材，因为有毒。有些草木，很少入药。本草的记载，不过是让人们知道它的药效罢了。

突然记起来一件事。那时候，我家还在镇子上开诊所。有一天，来了几个男人和一个老女人。他们要买一种药，是能够让女人喜欢男人的那种药。

宝儿爹惊讶许久，他说，并没有这样的药呀。草药治病，并不能有邪心的呢。倘若这个男人是个痞子、混混、癞头流氓，也让女人喜欢，那可不作孽么？

石南的根，横生，细，紫色。雨水稠密的时候，石南枝繁叶茂，煞是漂亮。有人家把石南移栽于庭院里，浇足水，蓬勃一片，荫翳可爱，不透日光。

石南种植于庭院，生长葳蕤。它的气味随风荡漾，清凉可心。草药生长的气味，也会滤去空气里的戾气。

龙脑香

还有个名字，叫羯婆罗香，一听就不是本土的植物。

李时珍说："龙脑香，南番诸国皆有之。"

叶延珪说："乃深山穷谷中千年老杉树，其枝干不曾损动者，则有香，则有容。若损动，则气泄无脑矣。"

读此，又大笑。龙脑香是树脂，只说树没有树脂也罢了，非要说"无脑矣"。

龙脑香比较贵重，不是常用药。它的样子十分好看，白莹如冰，呈梅花片状。在我们乡间，只有五月过端午节的时候，大家会把一点龙脑香和香草糅在一起，塞进香包里，缀上花花绿绿的穗子，戴在小儿身上避邪。

我家宝儿小时候过端午，都有几个很大的香包。我手笨，缝出来的香包格外难看。但宝儿爹配香草药材很舍得，家里开药铺嘛。宝儿戴着丑香包，欢天喜地拿去夸耀，味道倒是足够香。

药典里记载，羯婆罗香，在西方。树干像松株，叶异，湿时无香。采干之后折之，中有香，状类云母，色如冰雪，此龙脑香也。

这种高大的乔木，叶子也很漂亮；树脂含芳香；树皮灰白色或深褐色，纵裂；枝条浓密，也有花。云南有。我还没有去过云南，自然没见过。纸上读来终觉浅，有缘见到了，才算福气。

楠

李时珍说："南方之木，故字从南。"

楠木是南方之木，到了西北，一定不肯生长。不过，在西南蜀地，楠木活得很好，真是有趣儿。可是，有没有一种树叫西北呢？想来想去，还没有。西北的树木种类不是很多，种在南方会适应得很好，枝繁叶茂。

李时珍说，楠木生南方。枝干甚为端庄挺拔，高者十余丈，巨大的有数十围。气味芬芳，远远就能闻到丝丝幽香。树干扶摇直上，童童若幢盖之状，枝叶不相碍。

多么美好的树，想一想都心生欢喜。

又说，楠木是天生的良材，为梁栋器物都很好。色赤者，坚硬；色白者，脆。"其近根年深向阳者，结成草木山水之状，俗呼为骰柏楠，宜作器。"

我见过一串楠木手串，晶莹澄澈，真是美。

楠木虽能入药，亦是不常用的。一味木材，长得这样高贵，教人叹服。读本草，总是痴迷。草木之美，读来读去总是不过瘾，总想着要见一见才肯甘心。

石韦

还有个名字叫石皮，可把我笑坏了，一个比一个冲撞。不过是一味草，叫这么铿锵的名字算什么呢？可是，人家长得也很有劲儿啊。春发芽，蔓延在大石头上，叶子如厚皮，狭长、粗厚，叶面灰楚楚的色泽渗了老绿，叶背有点儿红棕的味道，不甚纯，覆了一层黄褐色的粉。据说深山打柴的人，受了伤，刮了石韦叶背面的黄褐粉，敷在伤口处，能止血收口。

石韦是“脑子一根筋”的草，喜欢抠着大石头生长。倘若没有可依附的石头，就挑拣一番，待在乱草丛里，越杂乱越喜欢，真个儿重口味的草药啊。乱草丛里生长的石韦叶子稍微柔软一些，色泽稳重，和枯枝败叶纠缠在一起，慢慢混日子，一点一点变老。

但是，巨石是石韦的最爱。待在乱草丛里，它们不精神，萎靡得很。石韦很喜欢背阴的悬崖，愈险峻愈好。石韦攀在阴崖险罅处，伸出柔韧狭长的叶子，像戟一样，锐利厚实，一尺左右的长度，宽寸余。在悬崖上的石韦，简直容光焕发，迷人之极。

它叶面的颜色吸附了岩石的气息，涩绿而稍微掺杂黛色，很老到的样子。老叶子慢慢变成黄绿色，那种黄绿也是老气横秋的，有股凛然之气。叶子背面是另一种颜色，或灰白，或棕驼，密生黄色柔毛，如毡一般。也有的叶子背面生黄粉，锈了薄薄一层。这种生在悬崖上的石韦叶子，气味重，入药挺好。当然，采摘起来就难了。

大概，每味草药都有自己的脾气。而石韦，生也恋着石头，枯败也恋着石头，所以取名字的人，就成全了它的心意。

夏枯草

夏枯草的别名也是挺多的，很古味的两个，读起来口齿生香：一个叫夕句，一个叫乃东。这样风雅的名字，拿来做笔名也挺好。

为啥叫夏枯草呢？古代名医朱震亨说：“此草夏至后即枯。盖禀纯阳之气，得阴气则枯，故有是名。”

有人说，夏枯草得春之气而不耐热，一到夏至就热死了。也有人说，夏枯草冬至后生，生发得很早，只耐寒气。

古书上说：“冬至一生阳，夏至一生阴。”也就是说，冬至一到，大地阴气渐弱，阳气生；而夏至一到，大气阳气渐弱，阴气生。这么看来，夏枯草是一味很神秘的草，它选择在阳气初生的时候出土为草，阳气尽、阴气生的时候枯萎死去。夏枯草实在会挑时间——只追赶阳气，拒绝阴气。多么决绝纯粹。

夏枯草遍生原野，不挑剔，荒地有，路边草丛也有。有点儿空地，就赶紧挤进去抽枝长叶。苗也高，一二尺是有的。茎秆略微方，不是很明显。叶子对生，很像旋覆叶，稍微长一些，阔一些。叶子边缘有细齿，锯齿一般，叶子背面多纹。

它的茎秆长一长，茎梢就开始抽穗开花。细密的小花朵积攒成穗子，紫色，飘散着淡淡的草味，在原野里摇晃。花冠萎谢之后，内有小坚果。这时候，夏至已经到了，夏枯草收敛起颜色，开始枯萎。生命轮回不止，早枯，早生发。

采药人把紫褐色的带花果穗摘下来，晒干，入药。行走在大野的夏枯草，一脚踏空，跌入药篓。夏枯草的一辈子完满归仓。

桂

南宋诗人范成大挺喜欢桂树。为什么叫桂呢？他说：“凡木叶心皆一纵理，独桂有两道如圭形，故字从圭。”

我家没有种桂树，不然锯开了看看树心到底有没有如同圭字形状的两个横道。实际上，高原上根本就不生长桂树，我一次都没看见过。无端觉得桂树的花朵扇子大才好，金黄色，一路摧枯拉朽地开下去，夏天开也开不败，秋天开也开不败。冬天嘛，算了，歇一歇。

有点薄雾，我想，独自从桂花树下走过，被香气追着，慢条斯理地岔入一条小径，路边是抽穗的芒草——美好得简直相遇成诗。我对所有的草木都一往情深，连刺蒺藜都畏畏缩缩地喜欢着。

我每天清晨都翻翻李时珍的《本草纲目》，新的一天，看看他在讲述哪一种草药。读草药，清气上升，浊气下降。他点了几种桂，没说自己喜欢哪一种。

他说，牡桂，叶子窄长稍厚，如同枇杷叶，坚硬有毛，边缘带锯齿；开花成白色，树皮粗糙、多脂。箘桂，叶子像柿叶，尖狭、光净，有三道纵纹而无锯齿，开花有黄有白，四月开；树皮青黄，薄而卷。这两种桂入药，药效可靠。若想细分，树皮卷成筒而薄者为箘桂；树皮半卷或者直接是板者为牡桂。至于有些桂树叶子长得怪异，气粗相类，大枝无肉，老皮坚板，味极淡薄，不入药用。

我把这些字细细咀嚼了一遍，咀嚼到了桂的精华，连桂皮的香味儿也在舌尖盘绕了。就像一个吸烟的人，美美饱吸了几口，然后把烟捻灭在石头上。我知道那些桂正在一路狂奔，和我在下一个路口相见。

遇见桂树，是八月的事情，在古城西安。突然就闻到了桂花的味道，有点妖艳，有点拘谨和羞涩，亦有点袅袅的缠绵。细细嗅，却又随风逃逸无踪。追过去看，路两边，金黄色的花朵从狭长的厚叶子底下钻出来，随风翻卷抖动，出乎意料的碎小。

就是这些小小的碎花朵，芳香得要命，顷刻间攻陷了一条街，在我的心里破壳而入。这种细微而甜郁的味道，真是不可思议，它和心灵有息息相通之处，让我恨不能把一棵桂树扛回家去，看着花慢慢开。

桂树的花，是碎小而乱的，让我想起小米粒、黄米粒，能够吃似的。也不知道为什么这么想，似乎应该想起步摇簪花才对，在枝头颤巍巍的，那样才显得尊荣。可是，我就觉得桂树的小花如米粒，就算是萎谢的花朵，也还是很像。倘若摘了小花当作茶泡在沸水里，大概也不难喝。

日光愈浓，古城的风就吹得有些枯瘪，太慵懒，使得花苞胀破，香气黏稠起来，粗手大脚地飘散着。我裙子淡绿，衣裳浅黄，立在桂花树下，色调好得几近妖艳。摘下几串小花朵，戴在发髻，算起来，我和花木也算是碰袖之交了。

树木高壮，花叶扑簌，香气晃动，这是生命蓬勃的感觉。独自在一座陌生的城市中，乍然遇见桂花，觉得可爱。一个人不可能走遍苍茫大地，也不可能遇见所有的植物——即便是遇见一种寻常的草木，也不是理所当然的事情。人的一生，多少事情还不都是巧合呢。

细细想，天地之间，一草一木，无不精细有致。哪怕多么卑微，都有它自己的生命轨迹，毫无违约。时辰一到，破土而出。掐掐算算，时令够了，便枯萎而去。苍茫大地的感应，真教人惊叹。其实每个生命都不容易，所以苍天让大家在红尘里平等相处——有爱，有喜欢，有怜悯，亦有照应。

本草经

中医先生授课，指尖捻动书页，慢悠悠地说：“时珍曰……”

时珍，便是李时珍。但是，历来医家都尊称其为时珍。医家弟子，都要顺着李时珍的草木经络行走，不能胡乱走岔路。“时珍曰”是至高无上的权威。因为，他在草木江湖里，达到了巅峰，后人无法逾越。

我常常怀疑，李时珍不是个凡人，他应该是仙人，来尘世度化穷人。

李时珍十四岁，考中了秀才。父亲说：“我们家世代行医，你长大了要做官。”李时珍却说：“我若不行医，等你老了，贫苦百姓生了病找谁去看？”

那时候，药局是官府的，不为穷人看病。也许，苍天看着百姓被疾病折磨得可怜，就从天上派来个李时珍。他到凡尘，就做一件事，悬壶济世。李时珍仁心，以医术普济众生。

单单看他对草木的洞悉，就叫人惊讶。

李时珍说，一味药能治病的，叫单方；两味药治病的，叫配方；一味药不能祛病，两味药也不能祛病，就用复方。复者，再也，重也。复方用药，十味补一味泄，脉症呼应，数方相合，则病祛矣。

他这么说的时候，每一味草药，都在他的心里暗自幽香。胸有草木江湖，他在百草百花的世界里踏露而行。除了草木的药性，他还知晓草木的故事。也许，他破解了天地之间玄而又玄的密码，深谙百草百木的前生来世。

红豆

李时珍说，红豆圆而红，又名相思子。昔日有人突而生病，去世于路边。

他的妻找到后，哭得肝肠寸断在树下卒，因而得名相思子。又说，女子喜欢它的颜色，作为首饰佩戴，也是有道理的。相思子通九窍，除蛊毒，可以防虫，百毒不侵。

我没有读药性，只读了这个故事，心里倏然疼了一下。他拿一味草药，折射了一段爱情的苍凉凄美。

菊

李时珍说，菊本来叫作蘜，从鞠。鞠，穷尽也。《月令》上说，九月，菊开黄花。花事至此已经穷尽了，所以叫蘜。

哦，原来菊花开了，百草开花便到尽头了，草木停止了生长。

李时珍对菊是偏爱的。又说，菊，饱经露霜。花衰了，叶枯了，风骨却还在，性凛，花槁不凋零。前圣比之为君子，神农列之为上品，隐士采入酒斛，骚人餐其落英。有人说，九月九饮菊花酒，可以辟不祥。也有人说康风子、朱孺子都是服菊花成仙的。饮菊花成仙的事情，我没有见过，但是，饮菊花水的人，都长寿。

菊如此贵重，怎么能和群芳伴伍？钟会说："黄华高悬，准天极也。纯黄不杂，后土色也。早植晚发，君子德也。冒霜吐颖，象贞质也。杯中体轻，神仙食也。"你看，这菊，好到了什么地步。

这还是没有看药性，只是对一味草药的解释。不，这说的不是一味草药，分明说的是一个人，清雅之极，像对他的老朋友一样亲切厚爱。一味药，一个人。爱得那样清澈。

贝母

关于贝母，唐朝有人记载了这样一个故事。

江左有个商人，很有钱，但不幸左胳膊上长了一个大疮。生疮并不是奇怪的事情，但这个疮诡异得简直难以相信。疮很大，长得像一张脸，眉眼嘴巴俱在。像一张脸则罢了，关键是那张破嘴要吃东西，不给吃，就疼痛难忍，喂饱了就好了。商人想戏弄一下胳膊上的这个人脸疮，就在疮嘴里滴了几滴酒，结果这张脸面红耳赤，醉意朦胧。滴几滴茶，这张脸立刻惬意起来，很享受的样子，破嘴甚至咂巴了几下。

商人很郁闷，天天得喂给它食物。食物要喂少一点，喂多了胳膊的肌肉就鼓胀起来，蠕蠕地动。味道淡的还不爱吃，偏爱味道浓烈的。若是忍痛几天不喂食物，则这条胳膊麻痹了，肌肉萎缩了。商人很有钱，就请来各地名医看病，结果还是不好。有个大夫想试试。他拿来所有的草药，一味味地研磨成粉，喂到疮脸上的嘴里，嘴吃得很欢，再苦的药，破嘴都吃下去，眉头都不眨一下。金石草木之类，疮嘴都吃了个遍，越吃越高兴，没有痛苦的意思。最后，剩下一味药，叫贝母，因为平时也不怎么用，就放到最后。奇迹发生了，当把贝母喂到疮脸的嘴里时，这张嘴立刻紧闭，眉头也皱起来，看起来很痛苦。商人大喜，他叮咛大夫把贝母研成细粉，用细苇筒撬开疮脸上的嘴，把贝母吹进去。疮嘴很痛苦地咧开后，又用贝母熬水灌进去，还用贝母水泼在疮脸上。数日，疮脸结痂消失了，胳膊上的皮肤好好的，连个疤也没有。

最后，李时珍感叹说，《神农本草经》上记载，贝母是主治金疮的，可是，这个疮脸成精了，岂是金疮之类的啊。又说，很多大夫都不知道这个病，听也没有听说过，到现在，也不知道是何种疾病，只是记载了这个药案。

或许，疾病也能成精。世间奇怪的事，多着呢。

徐长卿

李时珍说，徐长卿，其实叫别仙踪。因有个叫徐长卿的人，善于用此药，常常用别仙踪治邪病，病祛得很快，人们慢慢就把这味药叫作徐长卿。此药治疗鬼物、百精、蛊毒、瘟病，药效很好。

他的意思是说，为别人做过善事的人，人们都会记住。一个人能有善心，比医术本身更加重要。

黄芩

李时珍说，黄芩，还有个名字叫妒妇。黄芩是旧根，多中空，外黄内黑，就叫妒妇。为什么呢？因为妒妇心黯，故以此比之。

读了，忍不住笑。古人真是有意思，长得不好看，也没有个好名字。其实黄芩是一味好药，清热凉心。

黄精

李时珍说，黄精，又叫仙人余粮。仙家以为芝草能吸纳乾坤之精髓，所以叫黄精。土者万物之母，黄精受黄土之淳气，而诸邪自去，百病不生矣。又说，常服黄精，骨髓坚强，多年不老，颜色鲜明，齿落更生。古人的辟谷术，可以不食粮食，但日服三合黄精。凶年断粮，老少可以其代替粮食。

我喜欢他记载的这个故事：临川士家有个婢女，不知为啥事情逃入深山老林之中。找不到吃的，在荒野里看见野草枝叶可爱，就掘根吃。吃饱，夜里睡在大树下，突然听见草丛里簌簌地动，以为老虎来了，就爬上树躲避。第二天早上从树上往下跳，突然凌空而飞，像鸟儿一样轻盈。

小女孩在山林里就靠吃这种草根生活了几年。有一年，这人家的几个伙计进山打柴，看见女孩像猴子一样在树枝上跳荡，唤她回去，她一回头就飞了，影子也不见。这家人肯下功夫，在绝壁山林里布满了网围捕，还是逮不住，女孩径自飞跃腾驾到山顶绝壁之上去了，不肯下来。

他们捕不到很着急。不是着急抓一个婢女，而是觉得，这丫头仙风道骨的，肯定是找到了成仙的灵药，抓到她，就知道她吃什么东西了。他们知道丫头好酒，就在她来往的路上布下酒饵，诱惑她上当。丫头闻见酒香，果然来大喝一顿。

酒里是下了药的，她不能动弹，就被人家擒拿住了。问她这几年到底吃了什么，丫头说不上来，就领着人家去看吃的东西。她指的草，原来是黄精。

我很想知道丫头后来怎么样了，但李时珍没有说。他只是说，黄精是仙家道士的食品。我再不关心黄精，夜里睡不着，就一直想着，一个古代的婢女，逃进深山，又被人家捕获，想得揪心扯肺。

一部《本草纲目》，就是人生最美的光阴。香茗一盏，阳光落在书桌上，落在一粒一粒的汉字上，直落在李时珍的清愁里。一页一页地读，倦了，推开窗，清风吹进来，窗外的花儿开得漫天漫地。这么好的文字，一粒字如一朵花，在心里一粒粒地砰然爆开，哪里舍得一下子就读完，哪里舍得给人叙说？慢慢品，悄悄含在口里，含化了，独自幸福。有些好，不与别人分享也罢了。有些美，藏在窖里，需要一辈子去珍藏，独自窃喜。

刘寄奴

我一直觉得刘寄奴是个人名，某次闲来翻书，好像是古时的一个江湖侠客。可是，李时珍没有说这件事。只是说，刘寄奴，一茎直上，叶子很像苍术，尖长，长得粗糙不好看。叶面色深，叶背色淡。九月，茎顶端分开数枝，一枝攒簇十朵小花，白瓣黄蕊，和小菊花很像。

他说，刘寄奴治疗烫伤很好。先敷一层糯米粉，再把捣碎的刘寄奴敷上，伤好了不留瘢痕。他这么细致地描述一味草，读来，也觉得心里清凉。舍不得的草木，舍不得的光阴。太喜欢的草药，舍不得一笔带过，要细细地告诉你，这味草药多么好。每一株草木，在他心里都是最美的光阴，不敢错过，不敢潦草。敬畏天地，乃是敬畏草木。

山药

李时珍说，山药，本来的名字叫薯蓣。后来为什么要改名呢？因为唐代宗名豫，为着避讳，改名为薯药。叫了很久之后，又改名为山药。为什么又要改呢？因为宋英宗讳曙，就改了。改为山药之后，尽失往日的本名。他说，每一味草药的名字，都有天然的寓意和由来。这样一味药，被改来改去，失去了往日的精髓，胡乱安着一个不相干的名字，真是不应该。他说，之所以要详细记下山药名字的由来，是因为担心，时间久了，后人以为山药为别物。

语气淡淡的，有点儿小抱怨。活人难，活个草也难。单单一个名字，被改来改去。难道，草比人低贱吗？人这么自以为是，生了病不吃草药行吗？但凡为自己舍过的万物，都应该，也值得尊重。

冬瓜

李时珍说，冬瓜长得很大，皮坚厚，肉肥白。瓜瓤叫作瓜练，白虚如絮，可以拿来浣洗衣裳，也有妇人以其洗浴。他说，冬瓜煮食，使人体瘦轻健，要想瘦的人，可以长食。要想体肥的人，就不要吃了。妇人面黑想变白，就把冬瓜切开，用竹刀去皮，加酒一升半，加水一升，煮烂了滤去渣滓，熬成膏，敛收，每夜涂之。如果常常用冬瓜煮水洗澡，则肌肤悦泽白皙。

他说，桃花瓣晒干了，研成粉末，涂在脸颊，则肌肤润泽细腻，效果非常好。又说，女子常常饮一盏姜汁是好的，一来暖胃，二来去除身体的体味。

古人美白，是用冬瓜、桃花瓣，跟黄瓜没有一个铜板的关系。对于黄瓜，李时珍淡淡说了几句，只说是一味好蔬菜，并没有说美白肌肤的事。于是我知道，我的朋友常常贴着一脸的黄瓜片，是白白受罪，一点效果也没有。也知道，古人并不都是以瘦为美，也有人喜欢丰腴一点的。健康美，力量美，才是最美。

菟丝子

这种草很奇怪，有些巫气重重的样子。

李时珍说，菟丝子还有个名字叫松萝。它一定要依附在别的草木上生长才行。依附在木上，叫女萝；依附在草上，叫菟丝。虽是同物，但依附的对象不同，药性也很悬殊。

是女萝还是菟丝，取决于依附的对象，日子的好坏也很悬殊。附在木上，一直往上爬，爬到半空里去了，视野开阔之极，牛羊嚼食不到；依附到杂草上，一辈子只能匍匐在地，在乱草丛里扑腾。

他又说，这种草很奇怪。籽实刚入土发芽时，是有根的。攀附在别的草木上之后，其根自断，便成了无根草。没有叶子，却开花。花朵白色微红，香气袭人。果实如同秕豆一样，色黄，入药甚佳。女萝的籽圆润饱满，不容易采到。菟丝的籽稍秕，扁，但坚硬如铁，牛羊踩过去，第二年就扎根发芽，寻找依附的草木。

这段文字不多，我却细细读了好久。怎么读，都不是一味草药，是一个女人的人生。李时珍叙述一味草药，仿佛是在告诉我们，他那个时代一个女人活在世间的艰辛。幼时是有根的，根便是家。依附于别人之后，根断了，家成了娘家。不能独立，没有赚钱的办法，就如同没有叶子。开花，花香袭人——只能打扮自己，取悦男人。生了孩子，就如同结了籽实。嫁在高枝上的，籽实自然高贵；倒伏在草丛里的，籽实自然低贱。

李时珍说，无论是女萝还是菟丝，生长都很顽强，好像就是为了秋天结籽实一样。细细想，古时女人一辈子最大的牵挂就是自己生的孩子，其余的，有什么呢？唯有孩子啊，才能是娘光阴里最美好的期望。

破故纸

李时珍讲了一个故事。破故纸治病，必须和胡桃合服。破故纸无胡桃，犹水母之无虾也。他说，这个方法来源于唐人郑相国。

郑相国自己记载了这件事的来由。有一年，他为南海节度，当时已经七十五岁了。越地卑湿，长途车马的劳累，一下子伤于内外，众疾俱发作，大病一场。眼看都不行了，阳气衰竭，家人非常惊慌，服用乳石补药，百端不应。元和七年，有诃陵国舶主李摩诃来看他，知道他的病状，就传授给他一个药方，把药也同时拿来了。

但是，郑相国的家人对这个药方很疑惑，说："蛮夷之人，懂什么医术，乱说的。"不敢给他服用。李摩诃这个人很真诚，说："你们不相信，我吃给你们看，不会害人的。"他吃了，又叩首，对郑相国说："你的病，吃这个药很快会好的，请相信我。"

郑家人商量了一阵子，就给郑相国吃了李摩诃的药。吃了七八天，觉得药见效了，病情渐渐好转，最后竟然痊愈了。自此，郑相国常常服用此药，精神越来越好，功效很神奇。元和十年，郑相国回到了京城，这个药方立刻就传抄开了，很多人家重金求之。

那么，这个神奇的方子究竟是什么呢？就是破故纸。用破故纸十两，择净去皮，洗过后暴晒，晒干了捣碎成粉末。胡桃瓤二十两，以汤浸泡，去皮，细研如泥。两样药里掺进好蜂蜜，像糖饴一样，以瓷器盛之。旦日以暖酒二合，调药一汤匙空腹服下，然后吃饭。如果不饮酒的人，可以用暖水调之，久服则百病祛除，延年益气。常年服用，补添筋骨，悦心明目。

李时珍说，破故纸不是中华所产，是来自外番，海舶而来。番人称呼为补骨脂，汉人语讹为破故纸。又说，这个故事是真实的，王绍颜的书里详细地记载了这件事。破故纸治疗五老损伤、骨髓伤败、腰膝酸冷有神奇的疗效。

每一味草药，都像是江湖侠客，踩着一叶扁舟飘然而来，多么好。

何首乌

李时珍说，有一段时间，贵族们风行吃何首乌。本来，何首乌在古药典中就有记载，补肾、补肝、消痈肿。虽然此药流传很久，但人们并不怎么服用，一直被冷落。后来，到了嘉靖初年，有个道士制作了一种药，叫七宝美髯丹，进贡到皇宫里。世宗肃皇帝服用后很有效果，一连生了好几个皇嗣。道士说，丹药主要的成分就是何首乌。结果，何首乌之方，天下大行。服用何首乌，被贵族们当作一种身份来炫耀。

李时珍这么说何首乌的时候，口气淡淡的，有点调侃。读来，觉得有趣之极。大概，那时的贵族们见了面这么打招呼："何首乌，益血气，悦颜色，今天你吃了吗？"

独活

很孤独的一个名字。

李时珍说，独活、羌活，乃一类二种，以中国产者为独活，在西羌生长的为羌活。独活一茎直上，不为风摇，所以叫独活。又说，古医典记载了这样一个故事：唐人刘师贞之兄得了中风，看遍名医无效。一日，梦见神人说，胡王使者用酒浸泡，服了便好。病急乱投医，刘师贞四处询问胡人使者来了没有，胡人拿的是什么药。人们都说不知道。后来，又梦见自己的母亲，暗示说，胡王使者，不是人，是羌活也，一味草药。家人立刻求得羌活，泡酒一喝，病真的好了。真是神奇。

草药救了人的性命，人却好像不怎么在乎草药。山野里多得是，谁都觉得这是草药应该做的。可是这世上，谁又是应该给别人付出的呢？帮你治病，是情分；不帮你，是草木本分。其实，每一味草药，都是佛，都是来度化人的。只是，我们少了一颗对大自然、对草木虔诚感恩的心。

我学医的时候，被老师看作高徒，差去开药方。他说一味，我写一味。常常有病人抱怨说，草药没有药性，吃了不管用，假草药太多，人工栽培的太多。后来，吾师，那个山羊胡子的老头儿对我说，古代的草药，也有人工栽培的，但是那时候的人，采药是为了治病，种药也是为了治病，视草木虔诚如神灵。

我记得他说这句话的时候，阳光正落在桌子上用来号脉的腕枕上，小枕头歪斜地看着他，不说话。草木是有经脉、有心的，没有人去珍惜、敬重它们的时候，它们就会随便生长，只长成一株草，减去药性。

甘草

李时珍说，甘草还有个名字叫国老。国老就是帝王的老师，虽然不如王有威力，却统摄了王的思想灵魂。为什么呢？甘草能安和草石，能解百毒。我常常说草药，其实金石矿物也是中药，只是我不喜欢罢了。金石等中药，一般性子凌厉，攻击性猛烈。唯有甘草能柔和它们的毒性和烈性，让金石安静下来。

复方中，几十种药物挤在一起，难免会产生毒性损伤人体，这就必须要甘草来调和百草，解毒益气。这个本事，只有甘草有，别的草药没有。李时珍说，甘草通行十二经络，能治七十二种乳石毒，能解一千二百种草木毒，调和众药有功，所以也叫国老。帝王做不到的，国老可以做到。

草药江湖和人间一样。有的药相克，见面就要打架。有的药像兄弟，搭配在一起药效更佳。有的药会暗地里使坏，有的药脾气暴烈，见谁打谁。很多药乱嚷嚷挤在一个药罐子里，那是不行的。草药江湖有秩序，主次分明得很。

一个方剂里面，必须有君药、臣药、佐药、使药。君药为主，喧发为攻，是主要的攻打疾病之药。臣药配合君药，起协同作战的作用。佐药协助君药，主要治疗兼症，或者用来缓解、消除君药的烈性、毒性。也就是说，你感冒了，又引起胃痛，君药就主攻感冒，佐药去保护你的胃，缓解君药攻击过猛。使药是调和、引经，引导各种药物直达病变的部位，顺着经络行走，不要走岔路。甘草在每个复方里功不可没，调和诸药，解毒祛烈。

中医把疾病叫邪。中风叫风邪，湿症叫湿邪，热症叫热邪。每一个方剂喝下去，都是正与邪的较量。草药要在人体里与病邪激战，才能医好疾病。在这个过程中，每一味草药都必须协同，君、臣、佐、使齐心合力攻打才行。而甘草很忙，柔和了这个团队的韧性。我总觉得，草药的江湖，十分有趣，暗含着我们所不知道的玄机。

中医开药，陈皮、半夏……开到最后一味，必须开上甘草，要么生甘草，要么炙甘草，这味药是绝对不能丢下的。

李时珍说，甘草枝叶和槐相似，高五六尺。北山有人说他见过一种甘草，在安南，最大的像柱子一样，当地土人采伐了甘草去架屋，用甘草当栅栏，还用甘草桩子拴牛——这样的甘草我没有见过，不知道是不是真的。

他又讲了一个故事：席辩刺史是个脾气温和的人，他听说岭南俚人暗藏了一种草药，能解蛊毒。有人争夺地界，在饭食里下毒想毒害他们，谁知他们中毒后嘴里嚼了一种神奇的草，很快就好了，别人都十分害怕他们。这种草看起来很寻常，但他们不告诉别人是什么草。更加过分的是，他们很吝啬，担心别人知道这种草，便把草碎成粉末储藏，并且扬言说，谁想求得草药解毒，必须拿三百头牛或者三百两银子来换。

刺史便乔装打扮，去接近山民。读到这儿，我想，大概刺史也不很忙，有很多时间。混得时间久了，刺史和他们关系很熟络，就打探到了草药的秘密——神秘的草就是甘草。他们说，但凡食物中毒，先嚼蜜炙过的甘草，一寸长的一截就行，甘草汁咽下去，中毒的食物就吐出来了。然后，仍然用炙甘草三两、生姜四两、水六升，煮到剩下两升，一日服三合，则毒排出。山民们都是随身携带几寸甘草，随时备急。

我很喜欢这样可爱的小故事。读来，满心芳香。这个讲故事的人，坐在时光背后，酷酷的，有一种范儿，慢慢地告诉你一段草木的秘密。李时珍说，百姓本就贫苦，若是生病，便不能去耕田，吃不饱，穿不暖。医好了他们的疾病，就能愉快地干活了。世上高深的学问很多，要做的大事业也很多，但是人一旦受疾病困扰，就什么也做不成了。他著书，是要把草木金石的药性都详细记载下来，后人可以据此治病，免受疾病之苦。

同情穷人的疾苦，静心去伺候草木的人，心里必然藏着大慈悲，怎么会不懂得天地之间的玄机？懂得天地之玄机，难道不是大智慧的象征吗？拥有了大智慧，难道不是佛吗？隔着时光，一声时珍，千重敬重。若能溯了时空去寻找他，做个研墨倒茶的童儿也好啊！

风吹草木低

厚朴

药有厚朴，木皮也。

厚朴的笔名不算多，烈朴、赤朴、厚皮。都不怎么好听。还是厚朴最好，沉稳、大气，教人觉得心里踏实。为什么叫厚朴呢？李时珍说，因为木质朴而皮厚，故而叫厚朴。至于烈朴，是说它味道辛烈。赤朴，则是因颜色紫赤。厚朴子叫逐折，七月，逐折黑如豆，缀于枝条之间，闪着清幽光泽，也挺好看的。

《名医别录》里说："厚朴生交趾、冤句。三月、九月、十月采皮，阴干。"

医家看草木，就一个字：采。可怜的厚朴树，总是被采皮。不过，但凡怀有济世心，总伴着撕裂的疼吧？疼痛，是济世者深入到内心境界里的唯一途径。

寇宗奭说，厚朴在伊阳县及商州都有，但树皮薄而紫色淡，不如梓州者厚而紫色深，有油脂。

这些汉唐的地名都消失了，但读来，亦是清香的。交趾、冤句、伊阳、梓州……多么好啊。凉幽的地名，教人觉得有些天青色的悠然散淡。

李时珍说，朴树肤白肉紫，叶如槲叶。五六月开细碎的小花朵，结果如冬青子，果实生的时候是青色，熟了颜色变得紫赤，有核。七八月采之，味甘美。

厚朴树生长并不挑地方，皮实随意。树皮紫褐色，略略有些粗糙。细嫩树枝有细茸毛，等长到粗老时，已褪去茸毛。叶子对生，椭圆，狭长。也有的叶子长圆形，全缘，正面淡黄绿色，光洁，背面有细密的白灰色茸毛，叶脉清晰、疏朗。花与叶同时开放，花朵不是很漂亮，花瓣匙形，看起来朴实、安静。单生枝顶，一朵花就像一只酒杯，白色，纷纷散放清香，得细细嗅才行。花梗粗短，萼片淡绿里掺着白色，偶尔也带紫红色。

药材的花朵，多半都是顶朴素的，华丽不起来，妩媚不起来。就那样简简单单地开一开，吐故纳新，低低地在尘埃里静寂生长。但是山野之中，万物平等，也没有什么落魄卑微的草木，都一样。再不起眼的植物，都在庄重地拔节开花。木不会歧视草，草也不看贱自己。草木们自然地经受风吹雨淋，从容生长，生生不息。

那时节，我家还开着诊所。一束厚朴从麻纸包里打开，一股淡淡的辛辣味扑鼻而来，微微带些苦味儿。树皮卷成双卷筒状，形似“如意”，棕褐色。有的皮薄一点，有的可厚着呢，表面粗糙，质地坚硬。我把这些卷成筒的厚朴都折断、掰碎，收纳在药屉里。阳光落在药柜上，一味味的草木兀自清香沉静，不言不语。草木老了入药，都从容优雅，掸掸衣襟上的土，顺着药方，济世活人。而人老了，多半就会变得潦草。生命是一个不断修养提升的过程，能修炼到草木的境界，不失朴实的生命本分，亦是很难的。

黄杨木

黄杨木还有个名字叫千年矮，挺有趣儿。

李时珍说，黄杨生在诸山野中，百姓家中多栽插之。枝叶繁密，攒簇上耸，轻逸可人。叶子大概和初生的槐芽近似，稍微青厚一些。不花不实，四时不凋。黄杨木其性难长，生长极为缓慢。民间说：“岁长一寸，遇闰则退。”不过，仔细查实，一年长一寸是真的，还要风调雨顺的年景。遇见闰年，倒也没有退缩掉一寸，只不过是不生长罢了。

每读到此，总是忍不住笑。这个黄杨木，真个儿有脾气啊，一年长那么一点儿也就罢了，遇见闰年竟然还不想长，就那么呆呆地静寂着，参禅打坐，直接入定了。就是不想生长，就想慢吞吞地活，你能怎么着？

有人说，黄杨木生长慢得让人咋舌，就算是百年生的古木，其高也不过一米许，俗称千年不长黄杨木。据说几百年的黄杨木，高也才两米过些。这可真正是千年矮了，所以黄杨极少有大料。其实细细想，慢了也好，一辈子只能做一件事，只够爱一个人。去除了浮躁和迷离，多滋润。

段成式在《酉阳杂俎》里说：“世重黄杨，以其无火也。用水试之，沉则无火。凡取此木，必以阴晦，夜无一星，伐之则不裂。”

这么说来，教人心里怜悯。它都生长得这么慢了，还要被砍伐。大概黄杨木也生气，所以砍伐下来的木料总是裂。于是乎，伐木人像蒙面大盗一样，等一个天上连一颗星星也没有、漆黑一团的阴晦夜晚，摸上山，偷偷把沉睡着的黄杨木砍伐下来。砍来的木料，据说要放几年，让木头死了心才行。新木头心未死，沾潮气还要活，雕刻成物件容易开裂，白白浪费了木头。

我喜欢极了一串黄杨木的佛珠，那样的清凉、古朴。焚香，沐浴，念一声佛，轻轻捻动一粒珠子，该是怎样的静逸安心啊。

若是细数草木之中的君子，黄杨木怎能不算呢。李渔说：“黄杨每岁一寸，不溢分毫，至闰年反缩一寸，是天限之命也。”世上的事，总是充满了玄机。既然是苍天的限制，不让其快快生长，那么不妨长得慢一些，悠然一些才好呢。有节制地回到生命的根本，回到自己扎根的泥土，回到自己空灵的境界里去。

慢悠悠生长的黄杨木，虬枝曲干，看淡风霜，枝叶沾雨露薄雾，散发着很淡的香气，清雅幽香，蚊蝇都不近。

匆匆忙忙是红尘，而黄杨木，在红尘之外，淡然看着芸芸众生。

青灯黄卷
草木动

三蔓草

古时的巴郡及下邳山谷，都是三蔓草的老窝。这两个地方生长的三蔓草，像藤条，茎细，布满纵条棱，附了一层褐色粗茸毛。老枝呈棕色或稍微带点紫蓝色。藤枝生长很随意，身边有大树，就攀缘而上，在枝头叮当跳跃；身边是灌木，就缠绕成一团，死缠烂打和低矮的灌木枝子纠结在一起。倘若生在旱坡地里，只有一些杂草做邻居，三蔓草的藤枝就横卧着，肆意乱长，蛇一样从青草尖上窜过去，躺在野花丛里，跟着风打滚儿。今天朝南爬，明天朝东走，自在得很。若不是根牵绊着，连飞的心都有。

三蔓草藤叶两两对生，模样儿顶一般罢了——但凡好药材，都长得很朴实。好比人，有大智慧的人，都是最平淡的人。而那些太过于玄乎妖娆的草木，比如曼陀罗，骨子里有巫气呢。三蔓草朴素，甚至有点儿笨拙，嫩叶覆有一层疏短粗毛。等成了老叶子的时候，苍绿苍绿，叶面平滑，茸毛俱无——肯定是被光阴拔掉了细毛。

虽说三蔓草极为老实，可是藤叶还是忍不住变来变去。阳光浓烈的旱坡上卧着的三蔓草，叶子像倒卵形，饱满厚实，颜色也老绿一些。在灌木丛里挤着的三蔓草，叶子狭长，抱茎而生，颜色绿得不老，有些局促。人在屋檐下，不得不收敛一些嘛。若是攀缘在大树枝头的叶子，就是倒披针形，披散舒展，像花瓣一样——攀缘也是一种本事，借助大树的枝头，能抬高自己的枝叶，也不必践踏别的花草们。藤往高处攀爬，水往低处溜达，这话是我胡诌的。

三蔓草的嫩苗，很像茗，色气薄淡一些。宿根，经冬不枯萎，所以还有个名字叫不凋草。至于药用，采的是三蔓草的根。根长得也奇怪，如珠子连成一串，老根刚采下来是青紫色，嫩根的话是白紫色。老根和嫩根药性差不多，不过老根连珠多，肉厚，药效要胜出嫩根一些。

一方水土养一方草，在宜都出产的三蔓草，根的样子像牡丹根，稍微细瘦一些。外皮赤，内有黑心，入药的时候要打去黑心。而建平生长的三蔓草根，宛若一串紫色小念珠，有小孔，坚硬难捣。总的来说，别处生长的三蔓草药效不如巴郡及下邳山谷的。不过，建平、下邳这些地名都是古地名，现在都不这么叫了。

三蔓草的药效挺好，但是稀有，所以古代假的三蔓草很多。名医陶弘景教给医家辨别真假的办法。他说，方家用药，以紫色的三蔓草为良。可是有些不是紫色的三蔓草药效也挺好。采药者或者是药贩子为了卖得好价钱，把采下来的三蔓草根，用黑豆一起煮，欲令其有紫色。这样一煮，颜色是好看了，但失了气味，药效差远了。

陶弘景说的方家指医家，但又不是寻常的医家，是名医，还要懂得道术。古时候的医家，也有一个学术圈子。医术和道术修炼精湛的人，有着大境界的饱学之士，才可称为方家，单单是医术好还不算。所以名医一般多为道士，丹药也炼，草药也研究，名气又很大，同行们才尊称为方家。

我给自己也定位了一下，膜拜方家，癫狂地喜欢草药，可是只懂皮毛，就算作是资深“草丝儿”吧，“草丝儿”的意思就跟粉丝差不多。李时珍、陶弘景、寇宗奭，这些神仙方家路过，我坐在路边鼓掌欢呼的那种。

陶弘景接着说，还有一种冒充三蔓草的野草根，叫山葎根，很像三蔓草，但颜色是白的。土人采得山葎根，以醋水煮过，晾干后几乎莫能辨也。尤其是掺杂在真的三蔓草里，实在是真假难辨。不过，把根击破，纹理粗、中间紫而鲜洁者，是伪装的。若是根折断后虽也是紫色，但又有微微的白，掺有粉色，纹理小而色泽暗者，是真品。

还有两种植物，羊角藤和虎刺根，也常常被人拿来充当三蔓草，因为根茎的模样很近似。但细细分辨还是有差别的。不过，这样的本事，怕是道行深的老中医才有，一般人辨不清楚。我家开诊所的那些年，进药时总有假劣的中药材掺杂进来。宝儿爹常做的一件事就是把药材摊开在太阳底下，拨拉过来，拨拉过去反复琢磨。路人瞅见了笑话说："哎呀，是不是给药材号脉哩？"

单单从陶弘景记载辨别真假药材的医案来看，三蔓草肯定是好药材。药材好，用量大，才有掺假的机会。若是冷僻药材，十年用不掉一戥子，也没那个必要掺假。

三蔓草主治大风邪气、阳痿不起，强筋骨，安五脏，补中，增志益气。古人怕鬼，三蔓草可治男子夜梦鬼交精泄，也能治风癞。不过，辟邪是不用三蔓草的。

防风和莳萝

防风也叫茴芸。李时珍说："防者御也，其功效疗风最要，故名。"

防风以汴东出产的最好。此草柔弱，一点儿也不强悍。茎叶俱青绿色，不过茎的色泽稍稍深，叶子淡一些。样子有点儿像青蒿，稍微低矮一些。初春时，苗叶呈嫩嫩的紫红色，江东人采来做菜，极为爽口。五月，茎叶颜色逐渐变深变绿，开细白的花。花朵攒聚在一起，似乎像莳萝花。

可是，莳萝花又是个什么花？古人说了，莳萝是一种柔软的香草植物，浓绿色的茎叶，素朴的小黄花和一攒琐细的小果实，别名叫洋茴香。古人将莳萝挂在门楣上，寓意平静、吉祥，可以对抗带有巫术的符咒。民间认为莳萝是能带来好运的草，常常有人拿来当作护身符。

莳萝辟邪，是个心念，不是真能打鬼的家伙。

听别人讲过一个莳萝的故事：某人胆子忒小，一到夜里不敢出门，畏首畏尾。他的邻居就戏弄说："你要是半夜时分去坟地里钉一个木橛子回来，我的院子、房子就归你。"胆小的人很生气，就赌气要去一趟坟地。他父亲说："莳萝辟邪，鬼见了很害怕，你带一束莳萝草去，一定无碍。"胆小的人半夜到了坟地，没听见鬼叫，却看见隐约的鬼火，拿出莳萝草晃一晃，鬼火不见了，心里感叹说，莳萝果然辟邪啊。于是蹲下身迅速钉下木橛子，可是钉完要起身——起不来了，被"鬼"扯着衣襟，连站起来都不能了。他吓得要死，拼命晃动莳萝，越晃动越站不起来，于是嘶喊着救命。他父亲不放心，尾随儿子而来。才走到坟地，就听见儿子惨叫。做父亲的急了，抱着儿子拼命拉扯，"嘭"一声，"鬼"松开手，爷俩才得以逃脱，拼命跑回家。

天亮后，村人都听说了这件事，跑到坟地去看个究竟，看"鬼"是不是拔了木橛子。其实没什么鬼，不过是木橛子底下钉着半截腰带，旁边扔着莳萝草。因为夜里天凉，他在腰里缠了一条布带子，钉木橛子的时候，黑咕隆咚的，把自己的腰带钉到木橛子下边去了。爷俩拼命逃脱的时候，撕断了腰带。

所以讲故事的人说，心里有鬼就有鬼，心里无鬼就无鬼。凭借一束莳萝草，是拔不出来木橛子底下的腰带的，而这世间，哪里有鬼？

从"鬼故事"那里回到防风吧。防风开花像莳萝，不过结籽就不像了，籽实似胡荽，稍微大一些。防风根刚刚采下来是土黄色的，与蜀葵根类似。采防风根，二月、十月采之。不过，防风的叶子、花、籽实都可以入药。防风入药，主治大风、头眩痛、恶风、风邪、目盲无所见、风行周身、骨节疼痹、烦懑之类的症状。

还有一种石防风，江淮所产，生于山石之间，茎叶稍微柴一些。根如蒿根而微黄，叶子色青，花色白，亦是细碎的。五月开花，六月采根曝干，亦疗头风眩痛，药效比起防风略逊一筹。

我老家那边也有防风，只是不很稠密。早些年还有人去山野里采药，这些年没人去了。收购的价格低，划不来。不过从大夫的方子上开出来，那可就很贵了。若是说起来，山野里的野生药材，药效是非常好的，药性和药典上记载的完全一致。倘若是人工栽培的药材，化肥、农药、被废水污染过的土壤，都让长出来的药材药性改变了不少，恐怕不能治病哩。

每年夏天的时候，我都蠢蠢欲动，想着进一趟山采些草药回来。可是，没人和我搭伴儿，一个人又不敢去，只好作罢了。世上有些事情，看起来很简单，可就是做不到。

缩砂密

李时珍说，缩砂密出产于西戎、波斯诸国，多从安东道来。安东道是一条古道，古时在辽国那边。

为啥叫缩砂密呢？李时珍也不知道，他说，此物“实在根下，仁藏壳内”，或许是取这个意思吧。

古人真是学问好，取个草药名字都充满了神秘的意蕴。哪像我们村的人，给孩子取名随意之极，生个丫头都叫个花儿算了，兰花、菊花、梅花、梨花、莲花，要多俗气有多俗气。俗气得叫人想想都生气。倘若我都是八十岁老婆婆了，人家还喊我刘花花，多磕碜。可是，我们村那个八十岁的老婆婆却说：“知足吧，我连个名字都没有，户口本上就是个张氏。”真可怜。

缩砂密的苗很像廉姜，籽长得像白豆蔻，籽实的皮紧厚且皱皱巴巴，黄色里渗出赤色。药用的话，用的是成熟果实，八月采之晾干。

后来有医家在岭南山泽间发现了缩砂密。苗茎似高良姜，高三四尺，叶子青绿青绿，稍厚，长八九寸，宽大概半寸多一点。《本草纲目》中的原文是这样的：“三月、四月花开在根下，五六月成实，五七十枚作一穗，似益智而圆，皮紧厚而皱，有粟纹，外有细刺，黄赤色。皮间细子一团，八隔，可四十余粒，如大黍米，外微黑色，内白而香，似白豆蔻仁。七月、八月采之。辛香可调食味，及蜜煎糖缠用。”

读了几遍，可让人费劲的。古文底子好的人慢慢读，像我这么不学无术的人，一读《本草纲目》就忏悔，真是“少壮不努力，老大徒伤悲”。

一纸的草木们，允许我的痴迷无知。我自癫狂乱读，君且随意生长。

野生的缩砂密我无缘见到，但药材里的缩砂密简直是炒面捏娃娃——熟人，一天抓几遍也有的。缩砂密长得很难看，表面疙里疙瘩，棕褐色，顶端还连着果梗。果壳薄，种子纠结成一团，三钝棱，中间有一层白色隔膜，把种子团分成几瓣，每瓣集簇着几十粒。种子不是圆的，不是扁的，不是方的，也不是三角的，就是随便挤挤巴巴挤出来的闲散样子。

缩砂密也是常用药材，主治虚劳冷泻、宿食不消、腹中虚痛下气。用途比较广，是养胃益肾的首选要药。

我在灯下读《本草纲目》，读得走火入魔，和花草缠绵得几乎走不出来，书一动，满纸的草木婆娑，连“沙沙沙”的声音都听得见哩。都说情不重，不生婆娑。大概情也重，心也动了罢。爱着这味，恨着那味，一味一味从文字里嚼出来苦涩甘甜的各种味道。读着不喜欢的、有毒的，还要暗地里责骂几句，只觉得它们在山野里群魔乱舞，胡乱生长，辜负了一天一地好时光。遇见喜欢的，则恨不得从书纸上抠出来供养在清水里，很是谄媚。

在草木江湖里飘摇的时候，某天读到美国女诗人格特鲁德·施泰因的诗句：“一朵玫瑰不是美。不是世界之奥秘。一朵玫瑰就是一朵玫瑰就是一朵玫瑰。”合书，猛然惊醒。草木就是草木，它的化骨绵掌也罢，煞气三尺也罢，它暗含的天地玄机也罢，都是方士医家留给后人的话头。而它们本身，就是草木，无爱亦无恨，只在山野幽幽生长，吸纳天地雨露之灵气。

第二辑

天地有四气，野谷有五味

TIANDI YOU SIQI，YEGU YOU WUWEI

日常光阴是素淡的，不够繁华。这枸杞，可能是老天打发来给光阴配色的——多么清澈的红。读书人说，冬月天，读书天。读书少了茶，那可真真不行。那么，这茶水里，添几粒枸杞、几粒玫瑰花苞，多么好啊。不为滋补，不为治病，只为那一抹迷离的颜色。花香吃下，浆果香味也吃下，人、书俱不老。哪怕万斛愁，哪怕千层忧，都烟飞云散了。

蒺藜黄

黄茫茫的腾格里沙漠边缘，村庄小得像半撮羊胡子草。有个小丫头梳着冲天小辫，钻出庄门，畏畏缩缩在门前踌躇了很久，小小的身影单薄、寂寥。巷子里的白杨树叶子贼黄贼黄，半树迁徙走了，半树还留着，在高高的枝头掸掉来往的尘土。灰毛驴“咴儿咴儿”叫着，独自回来。它的圆蹄子踩在树叶上，“喀啦喀啦”发出干燥的声音。做毛驴真好，可以随意去田野里闲逛，还不用穿鞋子，连蒺藜也不怕啊。

小丫头当然是我啦，才七八岁。这秋天，可把人愁死了——没鞋穿。春天、夏天，我都光脚四处游荡。沙漠是我的地盘，骆驼蓬草、红柳、沙枣树都是我手下的千军万马，时时都要巡视一番。爹远远地一瞅，看见花衣裳的小丫头在巷子里晃荡，刚想张口喊一声，小丫头早已像一股子旋风似的逃遁无踪，连影子都看不见。黄昏时分，邻居们把放出去吃草的牛羊收回来，爹负责把疯了一天的野丫头收回来。

可是，秋天说到就到了。不要说沙漠，单单就是村庄，我也出不去，被一张巨大的网，困在家里。这张网，不是蜘蛛织的，它们没那么大的本事。谁布下的苍茫大网呢？蒺藜呗。真新鲜，不过是个破草而已，却威力无比。

墙根、树底下、路边，都悄悄伸出来一种褐红茎秆的植物，逶迤着，匍匐着，枝枝蔓蔓纠结在一起，堵在巷子里。春天它们抽枝的时候，我没见。夏天开小黄花的时候，也没见。可是现在，真令人惆怅。小小的叶子，已经半黄半枯，牙白色的柔毛也褪尽了。平铺在地面的蔓枝上，缀着半黄半绿的蒺藜果，果瓣上倏然竖起一支尖刺。斧形的蒺藜虽然还没黄透，尖刺也不甚锐利，但扎我的脚丫子，足够了。若是再刮几场风，蒺藜黄得透透的，那就把人拿捏稳了，一步都不敢多走。

黄透的蒺藜果，像个尖下巴的狐狸，三角四刺，掰开果实，有仁。蒺藜无论朝着哪个方向，必定都有一枚利刺朝上，直戳戳地等着扎人，真够邪性的。

蒺藜草大概是沙漠最喜欢的草，到处都是。路上那么多，牛羊蹄子也踩不完，车轱辘也碾不完，我的小伙伴们棍子敲也敲不完。每天早晨我推开庄门，就发现路上又会匍匐过来很多枝蒺藜蔓，织成一张疏朗的网，让我无处可跑。沙漠早晚温差大，清早的空气凉得砭人肌肤，冷得我两个肩膀激灵抖一下。匍匐在地的蒺藜不怕冷，慢条斯理地物色光脚丫的孩子。

不能去野外，在家也落得悠闲自在。上树总不用鞋子呀——像猫儿一样把脊背拱起来，打磨一下爪牙，“簌”的一声抱住树干，一蹿一蹿地爬上去，骑在枝丫上招摇。我家的树舍不得爬，就爬邻居家的树好了。上墙头就不行，墙头也有蒺藜草。上房顶还凑合，偶然有几枝蒺藜蔓，小心些可以躲过。躺在房顶上，天空蓝得冒水。沙漠里的天空真的格外高，远处的沙丘像水波一样逶迤而去。大雁“嘎咻嘎咻”叫着，排着队从我家房顶飞过去。我知道，晚夕里它们落在沙滩上，大片的草根底下被凿开一个小窝。

小丫头孤独地坐在房顶上发呆。脑门上梳的冲天小辫，也像一支利刺，风过来扎风，大雁过来扎那“嘎咻嘎咻”的叫声。再扎什么好呢？一枚黄叶飘飘摇摇落下来，落到屋檐上去了，扎不着呢。

不知道大雁吃不吃蒺藜，如果拔掉刺儿，大概也不难吃吧？大人们说，大雁在沙漠里只喝露水。我一直担心，没有露水的晚上可如何是好？房顶上搁着一溜儿摘下来的老南瓜，金黄色，脸盆那样大，一个个摆开，等着让清霜杀一杀，蒸出来沙甜沙甜。墙头上的杂草摇着黄穗，装作麦穗的样子，一摆一摆。老南瓜的缝隙里，伸出来几枝蒺藜蔓，我刚走过去，有一枝就扎在脚指头，疼得我倒吸一口气。

我坐在南瓜上抱着脚丫子拔刺的时候，爹从地里背草回来。他站在院子里，拿着牛尾巴拂尘掸去身上的草穗、草叶，跺着脚，抖掉衣裳上的灰尘。过一会儿，他仰起头，在树梢上、墙头上，四处寻找野丫头。爹瘦，脸色黑黄，额头上有几道皱纹。看见我，他“嘿嘿”笑出声来，笑声有点激动。爹字斟句酌地说：“黄毛丫头，一双新鞋子有啦！”他飞快跑进屋子里拿出一双红底白点的鞋子，高高举起来，叫我看，神态骄傲得很。

姑妈从山里捎了一双鞋子下来，挺漂亮。我探着脑袋朝下看，立刻笑翻在房顶上。我笑得像树叶一样在房顶翻卷，因为那是一双棉鞋，厚厚的鞋底子，絮了棉花的鞋帮子，方言里叫“鸡窝窝”。爹舔了一下嘴唇，干瘪地笑着，很不好意思。他把那双鞋子举在手里，摩挲一番。尽管是棉鞋，他还是喜得眉梢都吊上去，像捧着一双金子做的鞋子。

不过，隔天，我就穿了棉鞋风一样四处游荡。让一个野人蛰伏在家里，怎么可能。我横扫所有的蒺藜，肩上搭着一只布包，进沙漠打沙枣去了。沙漠里各种各样的树，成片的沙芦苇、黄毛柴，简直美不可言。我站在高高的沙枣树上，俯视我的草木臣民，只觉得繁华。沙滩上，密集的蒺藜草根底下，都被大雁凿出一个个枣儿大的窝窝。熟透的蒺藜，散落一地，孤独地把利刺伸向天空。这蒺藜草，一定是沙漠余气所生，因此才这样倔强。

多年后的一天，我拉开草药橱柜上的抽屉，倏然看见满满一格子的蒺藜。入药的蒺藜都被磨去尖刺，剩下光秃秃的果瓣，灰头土脸的样子。用手指拨弄，发出低微而干涩的“刺啦”声。那一刻，我笑得打战，眼泪都出来了。带刺的蒺藜，是我过去的时光——时隔多年，竟然又相遇。而我和它，都磨掉了身上的利刺。

那个下午，我对蒺藜细细端详了很久。每一枚蒺藜果瓣里头，都藏着一张狐狸的脸，下巴尖戳戳的。可能，蒺藜是一味修炼的草，还没变好，就带着刺儿转世。它的下辈子，也许会变成别的草，茎头开个小黄花，点点如乱星。而蒺藜的利刺，就会变成麦芒一样的东西，白色、绿色、褐色都行，像花蕊一样射出来，有些纷扬的意思。

总觉得，那坚硬的果瓣，肯定是蒺藜的心。它的前世，大概受了很多伤害，它把自己牢牢包裹起来，结一层坚硬的痂，提防着红尘所有的入侵。也不知道世间有没有一种温情的东西，能够扎壳而入，撬开它的心。不过，这很难——蒺藜果瓣上早已竖起利刺，靠近即被扎伤。

实际上，沙漠里的植物大多有尖刺，看仙人掌就知道。每一根尖刺的前世，都是一片阔绰的叶子，“哗啦哗啦”拂摆，为了适应干旱贫瘠的生活，把叶子改成尖刺。伸出利刺，不过是为了节约一点儿养分，保护自己，躲过不期而遇的伤害罢了。蒺藜从没想过要扎伤一个小丫头的脚丫子，它以为，世上的人，应该都有鞋子穿才对。

簌簌衣襟落枣花

村落小，八九户人家，散漫地蹲在腾格里沙漠边缘；院子却格外大，沙漠里地皮子宽绰。旧时这儿是边境外滩，古长城随处都是。一镐刨下去，指不定就是老长城的墙基，地皮子坚硬如铁。

院墙是黄土夯的，厚、笨拙、坚实。屋子也是泥土筑的，一派黄沉沉的气息。窗子还是木头格子糊了白纸的，至于玻璃窗——那可没有，都是三十多年前的时光啦。

庄户人家，也不懂得历史，拉着架子车，去古长城上刨一车子老旧的黄土，拿回家当肥料，种种树，栽栽花。远处的古长城还立着，近处的，被刨得一年短一截。

屋前种白杨，屋后也种白杨——别的树苗都短缺。春天刮老黄风，叫人睁不开眼睛。冯家爷踏风而来，从一窝黄沙簌簌冒出，不知从哪里得来一小捆柳枝、几根枣树苗。他老眼昏花地看着树枝，像是盯着金枝子、银叶子，目光里溅出天大的欢喜来。我虽小，才七八岁，但比老人还喜欢那些枝条。

几枝枣树苗栽种在冯家的院子里。刨开坑，垫一圈羊粪，戳了枣树苗，填土，浇水。柳枝都直接戳在屋后的沙地里。我殷勤，一趟一趟拎了水桶去浇水——单单浇柳枝。尽管是冯家的树苗。

只记得，那夜的月光黄亮得很，我拖着自己短小的影子，躲闪出门。后面还跟着更加矮小的影子——我弟弟大概五六岁，瘦得像只羊羔子。然后，还缀着一个更加细小的影子——小黄狗，才捉来的，走路还不稳当，边走边滚。三个鬼鬼祟祟的影子慢慢挪动，偷眼朝冯家的庄门前觑过去，静悄悄的，一家子肯定都睡了。

也许八枝，也许九枝，不敢都拔回来，只拔了四五枝，便逃窜回家。人虽小，却是种树的老手。坑刨得深，羊粪牛粪都垫进去，栽好了柳枝，在月光下细细欣赏了半天，方才恋恋不舍地睡去。

天大亮，听得门外有人高声寒暄。冯家爷给我爹说话呢——那几枝柳枝是他昨儿走了几十里路，顶着黄沙抱回来的，今早儿丢了四五枝。屋后黄沙上几行小脚丫子印儿和狗爪子印儿。

我家那年还没有庄门，一截黄土夯的墙，中间留着个宽大的豁豁，算是大门。进门朝右，便是整理好的一畦地，地埂上精心戳着几枝柳枝——那是连夜栽的，多下功夫。

爹和冯家爷哈哈大笑，他们笑得几乎岔气了。于是，我弟弟跳下炕，窜出门去，飞快地把几枝树苗拔了，藏在灶间，气喘吁吁回来。小黄狗连滚带爬地跟着，也累得“呼哧呼哧”喘息。

每天夜里，万籁俱静，我们便慎重地取出藏着的柳枝，重新栽下去，浇水培土，细细欣赏一番，猛吸几口掺着树木气息的空气。清早，我爹还呼呼大睡的时候，我们又将柳枝飞快拔出来，藏好。

整个春天，我都在昼伏夜出地种树苗，一点也不觉得辛苦。那是我小小的，却又宏大的理想，发誓要在我家的院子里种出几棵妖娆的柳树来。白杨很多，也很难看，我不喜欢，只喜欢柳喜欢得发疯。

夏天的时候，冯家的枣树枝已经窜出去一截，枝叶繁密。而屋后留下的那几枝柳枝，也冒出一簇簇细嫩的叶子——那是一种长不高的柳，枝干水红，叶子细软，婀娜多姿得要命，一定是沙漠里独有的植物。

而我的几枝柳枝，早已干瘪枯瘦，一枝芽儿也不曾有，黑黢黢的样子。但我还在昼伏夜出，风移影动。我总是固执地认为，有一天它们会发芽的。

那年夏天，沙漠里竟然也落下来几场雨。雨滴扑落在冯家屋后的柳枝上，颜色愈发鲜亮，美得几乎要跳跃起来。我的脖颈里溅着雨水，头发上也是。我扔掉那几枝干枯的柳枝，站在雨水里号啕大哭。我就是奢望有几棵柳树，在我家院子里妖娆，可是，它们还是弃我而去，猝然消失在光阴里。佛家说，不要执着。可是俗世的欢乐，就是打执着而来。得，便是欢乐；失，就是痛苦。

去年暮春时分，我去深山里。一户人家的庄门敞开着，廊檐下坐着老人和小孩。门口的玫瑰"哗啦啦"盛开，似乎声音都听得到。突然想起年幼时那几枝柳枝和在雨里崩溃大哭的自己。而冯家的庭院，早已栽柳成荫，枣花簌簌落一地了吧？

多少年了，心里还是藏着这样一个小院，不肯放下。屋前种花，屋后栽柳。院子里有父亲静坐吃烟，和孙儿聊天，看落花纷飞。自己得闲，绾起头发，去邻居家串门，说起小时候偷走几枝柳枝的乐趣。若是非要说幸福的梦想，大概，这就是了。

野菊花

微风一定是淡蓝的，才把这些花儿熏成这样清冽的颜色。

野菊花就开在土路边，就开在山坡上，就开在不起眼的角落里。在细细斜斜有点缠绵的雨丝里盛开。看啊，山野里的野菊花，多么淡雅。每一朵都颤颤地，小心翼翼地，怒放。

懂得怒放的花儿，才能达到美的最高境界。

我不喜欢那种矫揉造作的花儿，比如夜来香。开就开吧，偏要躲躲闪闪的。唯恐自己一下子开得绚烂了，就矜持起来，半开半掩着，欲擒故纵着。这样生涩的花儿，总让人觉得是在卖弄风情，有点轻浮，有点浅薄。

一朵花要开得坦然自在才是我喜欢的，野菊花就是。淡蓝的小花朵，一簇一簇凑在一起开，一片一片遥相呼应地开。一眼望过去，像随意散落在山野里，单纯地，不管不顾地盛开。

野菊花虽在乡野，却是优雅的，有书香气息的那种清雅。看着，心头涌起一点淡淡的忧伤。这样让人怜惜的花朵，浅浅一盏花，像薄薄的一盏相思。

花朵小小的，安静的，开得简直欢天喜地。你给我一点雨水，我就绚烂无比。你给我一个角落，我就能把朴实开成奢侈。

在这样旺盛而水盈盈的花朵里，能感受到扑面的清雅。市井里的菊花，是大朵大朵的，也美，但有点肥，有点妖，有点浓。可以入画，可以装饰厅堂，但俗了几分。

开在路边的小小野菊花，一盏一盏的，却能开出一份清幽淡雅来。不俗，不媚。淡淡的蓝，浅浅的清澈。风一吹，简直仙风道骨，多么谦虚的花呀！

如果不俯下身低下头细细地看，很难发现它清丽的美。是的，如果你喜欢它，就一定要降低你的姿势。

野菊花一定也是不屑于入画的，只愿意绵绵地开在这个秋雨沥沥的九月天。它们飒爽地开着，虽谦虚，但骨子里有一点点孤傲和执着，也有一点点野心和霸气，它们要占领整个秋天、整个山谷。

是的，它虽然瘦小，但不妨碍它的追求。它要开得沸沸扬扬，无拘无束。今秋开不够，约好明年秋天接着开。像爱情，今生爱不够，约好来生还要在一起。

路边开还开不够，山野开也开不够，还要开到小村庄里去。墙角里是，田埂边是。有一朵，居然开到墙头上去了。

雨点飘下来，我仰头看那一朵墙头的野菊花。瘦瘦的，怯怯的，让人看一眼心里就疼，忍不住就想好好呵护一番。因为一朵瘦骨伶仃的花朵，整个墙头都清雅起来，读过诗书的样子。

雨点钻进脖颈里，冰凉凉的；落在唇上，也是冰凉凉的。这是秋的味道，有点相思，有点清瘦，有点冷艳。

我也不喜欢太过于浓郁张扬的花。花开得过于浓艳，过于盛大，过于热烈，就媚了，俗了，沦落世尘了，让人有一种无所适从的张皇和黯淡。那样明艳的花很容易打败我。

这小小的野菊花很合我的心意，有些贴心贴肺的温暖。也像我，皮实、清瘦、安静，有点孤独，还有点妥协，给点雨水就开得欢欢喜喜的那种满足的小心情。

沿着村庄里的土路走走，突然惊喜起来。一小垛黄草边上，居然也开着两三朵小菊花。雨丝打在花瓣上，那么淡然，那么恬静，都有一份禅意了。

在微雨里驻足。风吹着我的长发和宽衣袖、宽衣襟的风衣，有几分衣袂飘飘的感觉。仰头，雨点就落在面颊，清凉凉的。很高的一棵白杨树上，一粒鸟巢也是清瘦的，有点冷峻，不见鸟。

很想，摘下草垛边的那朵菊花，去插在鸟巢上面，让这朵花像一枚淡蓝的徽帜一样在风里摇曳。那该是多么诗意的美啊。如果鸟儿明早起来，开门看见一朵小花，一定会惊喜地叫出声来。

指尖触在那细嫩的花瓣上，柔柔的，干净的。那小小的花瓣居然有些威风凛凛的神态。摸一摸，心就跟着柔软了，让人怜惜不已。不忍摘下来，不忍伤了它的宁静。

我迷恋这样恬静的美。这是从西夏迁徙来的花儿吗？怎么这样的清冽，青花瓷一样，都美得过分了。

有些美是永恒的，比如钻石，可以坚硬、冷峻地美一辈子，直到永远。但是，它无论多美都不如这朵小小的野菊花。这花朵，多么温柔，看一眼都觉得美得惊心。

美是有生命的，有情感的。就算小花朵凋谢了，枯萎了，被风带走了，它的美也喜悦过、绚烂过、温暖过，真实地爱过一个季节。钻石的美，只有价值，没有生命。尽管可以永恒，却永远也达不到一朵野菊花的境界。

小小的野菊花，美得简直气定神闲，禅意清净，多么洒脱飘逸啊。就连那枝枝叶叶也美得脱俗。

很想，在这雨汽蒙蒙的薄暮里，骑一匹灰毛驴儿，踢踏踢踏，游逛在这乡间的小路上。也许，会遇见另一个骑驴的诗人，从唐朝赶来，布衣，长髯，手握唐朝的美酒，和我相遇在水雾蒙蒙的落叶时节。那样仙风道骨的诗人，我一定会爱上他的。

小雨刚刚合适，打湿发梢，打湿衣襟。墙角一只小绵羊的眼神也是湿漉漉的。

一攒一攒的小花朵，简直有微笑的模样。路边的树叶刚刚变黄，像蝴蝶一样翩翩飘落，在雨中显得清亮。踩在落叶上，簌簌地，哑哑地响。

手机响了，铃声设置的是《万物生》。不接，任凭音乐一直响着，响着："从前冬天冷呀夏天雨呀水呀，秋天远处传来你声音暖呀暖呀，你说那时屋后面有白茫茫茫雪呀，山谷里有金黄旗子在大风里飘呀……"

听着，内心感动得快要落泪。一个人走在这样土土的小路，内心一点点疼，是想念一个人的疼。那么疼，那么疼。"山谷里金黄的旗子在大风里飘呀"，是一树一树金黄的树叶吗？"雨呀水呀""暖呀暖呀"是这朵朵野菊花吧？

走着走着，捡起一片黄得纯粹的树叶，握在手里。叶子和雨水都是冰凉凉的，凉得那么醇浓，那么彻底，一下子穿透了薄薄的暮色。村庄是安静的，野菊花是安静的，黄叶是安静的。万物都安静到了禅的境地。远山朦胧，水雾茫茫，这样的秋天有点小小的忧伤，但绝不苍凉。

《万物生》还在唱："一片河水落下来遇见人们破碎，人们在行走身上落满山鹰的灰……"

花草不过是引子

薄荷

那时我还很小，跟了爷爷去水磨坊。大人们挤在磨坊里干活聊天，我独自走进一大片薄荷地里玩。嚼薄荷叶子，舌尖麻酥酥的，只觉得有趣。小人儿走来走去，薄荷小小的花朵"噗噗"往地上掉。捡起来看看，又扔下去，专拣落花多的地方去踏。

也不知道是哪一天，读到一句诗："庭闲诸役散，花落人未扫。"待了一阵，突然就想起那座时光深处的水磨坊，门前有大片薄荷，散发着清凉的芬芳气味。细细想，小小的人儿踩着落花的时候，不是快乐的，而是有一丝孤清寂寥之感。

那么小，有什么好忧伤的呢？可那种感觉却是真切地留在记忆里的，以至于在许多年后的某一时刻，被准确地从时光深处撷取出来——山高天窄，有鹞子飞过，河水湍湍，伴着"轰隆隆"响的水磨，一个小丫头，徜徉在薄荷地里，踩着落花，心情孤寂。

一定是那些散落的薄荷花瓣，触动了小人儿内心的伤感。人虽小，却也会触景生情，也藏着怜悯之意。

苜蓿草

有一回晚间，我跟父亲去浇水。那时候，我家已经搬迁到沙漠里的那个小村庄了。水从直渠冲下来，拐个弯流到我家的麦田里。拐弯处常常要崩溃的，父亲令我守着。

朦胧的月色里，我静悄悄蹲在田埂。依稀听见父亲在远处干咳，“哗哗”拨水。田埂上杂草怒生，草叶上沾着露水，潮湿寒凉。水声泠泠，一种夜虫子“吱呱吱呱”，一声复一声，不知疲倦地叫着。

有刺猬探头探脑地钻出苜蓿地，贴着田埂走了。它的刺在月光下泛着薄薄光亮，像武士的盔甲。远远的，父亲沿着水渠走着，身影和月色一样，亦是朦胧不清的。不知哪儿漏水了，发出“咕咚咕咚”空洞的声音。他进了葵花地，拨开层层叠叠的向日葵叶子，露水沾湿了衣袖也不管，只顾循着“咕咚”声找去。向日葵叶子“沙沙”地摩挲着他的衣裳。

一会儿，父亲出现在苜蓿地埂。他弯腰掘开一个侧豁口，把白亮的水赶进去，拄着铁锨喘了口气。月光阴晴不定，天上的流云溜来窜去，一会儿遮着，一会儿移开。父亲的身影也一会儿亮一会儿暗。他抱来一捆麦草点燃了，笑着说:“丫头，来烤火，不然要睡着。”

大野里黑魆魆的，田埂上一团火光照着苜蓿地，草叶繁，露欲坠。苜蓿都开花了，紫莹莹的碎花看上去真个儿优雅无比，丝丝缕缕淡淡的草木味道、水的味道，随着深夜寒气飘来，清幽纯净。

人烟渺茫的大漠里，月光明明暗暗。一团火，摇摇曳曳。田埂上的父女，有一搭没一搭地说话。一地苜蓿草，“咕咚咕咚”喝水，扬起清雅的花穗。草的味道一波一波传来，极其沁人心脾。

有时候做梦，梦见父亲背着一捆苜蓿草，在月光里推开庄门进来。他只能找到那个沙漠小村庄，回到那个恬静的小院。他仍然记着割一捆苜蓿草背回家，而我现在的家，他全然找不到。小城里并无苜蓿草的熏香，连一点标记都没有。

鸡爪草

这种草，多长在深山歇地里。歇地是个什么地呢？就是让土壤得以歇一歇的地方。连续几年的耕种，田地疲劳了。春天深耕，让翻酥的土晒着太阳，随便长些杂草。于是，鸡爪草大模大样破土而来。

豆秧子收割了之后，地里茬茬地空着，接点雨水，杂草丛生。鸡爪草也夹杂其中。丛生，不高，顶多半尺。叶子柔嫩，摸上去细腻光滑。也抽细茎，一乍高，有点白白的稀疏茸毛。茎头开白色小花，很单薄，很脆弱，点点如乱星。

那时还在山里老家。一群小丫头，专挑鸡爪草的嫩叶子掐。不贪心，兜里塞满就行了。回家，抓起草叶子一顿搓揉，搓出绿色汁液来，鸡爪草的着色能力极强，能把白色的塑料染得葱绿葱绿。

我的辫子梢就拴着这么两朵染绿的塑料蝴蝶，走路“簌啦簌啦”响着。我跟着刚出嫁的三姑妈去她家，一路甩着我的绿蝴蝶，美得不行。回来时，三姑妈送我一条草绿色的纱巾，又剪了两条红绸子，替换了我辫梢的绿色塑料蝴蝶。

才进庄门，就被尕姑姑捉住夺走纱巾和红绸带。三姑妈是她的亲姐姐，她自然更有权利享用这两样。我暗自垂泪，眼巴巴看着心爱之物被劈手夺走。尕姑姑是奶奶的心肝宝贝，我并不敢惹。再说，打架也打不赢她，那时节，我也才四五岁。尕姑姑一指头戳过来，骂道：“要是偷回去，小心你的爪子。”

尕姑姑的脖子上围着绿纱巾，辫子上绑着红绸带，喜气洋洋地上学去了。我站在门槛上，一直看着她消失在坡顶，直到那抹明艳的绿色消失不见。

我仍旧去歇地里掐鸡爪草的叶子，回来坐在门槛上揉啊揉，白塑料摊开在台阶上，被一滴滴绿色的草汁染得葱绿。我的父母亲都不在家里，我像个孤儿一样，孤独地染绿一块白塑料。

夜里，我不肯睡，听着尕姑姑打呼噜了，悄悄爬起来，摸到那块纱巾，小心翼翼系好，又把两块红绸带也摸过来，扎在自己的辫子上。跳下炕，独自走来走去。纱巾和红绸带柔软的气息包裹着我，让我颇为欢喜。走啊，走啊，瞌睡得实在熬不住了，取下来，仍旧放在老地方，摸到炕角睡去了。天明，又眼睁睁看着她围了纱巾绑了红绸带，得意扬扬地走了。

那年我还没有上学，有大把的时间掐鸡爪草。塑料蝴蝶结甩达一天就褪色了，还得接着再染。

深山里的天空总是很高，白云飘来飘去。小小的丫头，仔细照料着台阶上晒着的绿色塑料条，像晒着金条一样珍贵。她的小手，也被鸡爪草染得葱绿葱绿。她坐在门槛上，盘算着，等爹回家来，说不定就会买回来那样的一块绿纱巾。要是再有两条红绸带，那就更好了。

艾草

大概是端午节前后，我被妈妈牵着去外婆家。路过一个叫张家河的地方，路边都是看不见边际的白杨树林。林子里绿草萋萋，有好多我爱吃的马樱子草。柔绿细嫩的草茎，嚼起来有一丝甘甜的味道。

我们沿着林间小路慢慢走着，妈妈并不抱我，令我自己走。小人儿腿短，走不快，又要拔马樱子草吃，两人慢吞吞地在小路上走了很久，离外婆家还远着呢。

走到深山的一个泉眼边，见到大片的艾草，又嫩又明媚，叶子在风里翻卷。好几束扎成小把的艾草，泡在泉水里，显然刚刚拔下来不久。泉水清澈透亮，清凉凉的，喝到嗓子里还有点儿艾草味儿。

路边有一座简陋的小屋，门虚掩着，可能是护林人居住的屋子。屋檐下挂着晾干的艾草、半干的黄芽白菜，也有几串认不出来的草根，大概是药材。而门前的空地上，则散放着一束一束晾晒的艾草，很多。还有一簸箕萝卜皮，被太阳晒得卷起边，白花花的。

不远处的空地里种了小葱、白菜。还有白萝卜，半截子从土里闪出来。枯树枝子围成一圈矮矮的栅栏。小屋后边，靠着山坡，有一株杏树，满枝子沉甸甸的青杏儿。妈妈手里捏着几枚青杏儿，咬了一口，酸得直皱眉。

我们歇在泉边的大石头上，坐了好久，也没见有人出来。山林里寂然无声，偶尔有几声鸟鸣，很短促，"啾谷啾谷"。清寂的山野，阳光落在泉水上，委实安逸。

一个下雨的夜里，我在灯下翻《本草纲目》。看到艾草，时光呼一下就遁回儿时走过的那条林间小路。特别喜欢那样寂然无声的、明媚的光阴，有着带天然之趣的诗意。虽然人小，不知道诗意为何物，但心灵深处，那种感觉是无比喜欢的。小孩儿，最能领略到自然的寂然之美。

重瓣菊

那时还住在山里头。山不是很高，圆滚滚地腆着肚子。有一户人家，住在半山腰上，门前倒是宽阔，种了很多菊。我跟着爷爷去水磨坊的时候，会路过那户人家。

山上长了各种野花，有一种叫蜜罐罐，拔下来，对着花筒猛吸，能吸出一点甜蜜的汁液。有时候，我也独自一人跑到山底下，找蜜罐罐草。

说不上哪一天，那户人家的菊花就齐扑扑开了，扬着小脸，美得我心里打战。紫的、白的、蓝的，远远看去，花朵繁复，清爽有趣，极其有味道。

可是，山这边并没有路，只是悬悬的山崖，一山花草。路在山的那一边。以我的小短腿，跑到山那边沿着路去看花，是相当费劲的。也不知道怎么想的，反正，我决定冒险爬山，跋涉过杂草去看那些菊花。

草都长得比我高，草丛里可能也有蛇，但是，我要去看花呀。小小的丫头，在草丛间隐现，一点一点挪着，脸上、手上都被马刺盖扎出血珠子。

反正，我顺利抵达那户人家的院门前了。菊花不是单瓣的，都是好几层花瓣的重瓣菊。一丛丛地挤着，花朵翘在枝子上，令人想一口吃下去。美到极处，心里生起怜悯之意。

大概院子里有人发现了这个满身沾着草叶子的小丫头，在花前徘徊。总之，我在那户人家吃饱了饭，被背着送回家。这没什么可喜的，关键是，那家人折了一大束菊花给我，可着怀抱的一束。我欢天喜地把那束菊花插在清水里，也不去山林里野，就守着花看。看呀，看呀，看不够。世上，竟有这么好看的花儿。

原来，世间的美好，可以从容打败时间。现在想起儿时的重瓣菊，也美得一塌糊涂，心里激灵一闪。

有时，好几天都闭门不出，静处室内，也不一定读书。就是浇浇花，喝喝茶，煮一钵白米粥。光阴过得平淡，但也别有兴味。垂帘幽居的时候，心里头的花从未谢过。这枝开了，那枝也开了。花草里，有真味。

凉州城里牡丹开

柳絮儿飞的时候，漫天都是，雪花一样美。那么干净，恍若梦境。紫槐花开了，满树都是淡紫的破碎，一簇簇，一串串，都是五凉的古风，西夏的清雅，从光阴里，箭镞一样射来了。美得猝不及防。

牡丹也开了。牡丹一开，凉州城里就绚烂起来。

牡丹这两个字，念出来，圆润，饱满，沉甸甸的喜悦。念一遍，不过瘾，又念几遍：白牡丹、红牡丹、紫牡丹、绿牡丹。有绿牡丹吗？洛阳有，凉州还没有呢。但是，就算没有绿牡丹，念一念也是好的，多么妩媚，听着都喜欢。

牡丹一开，就想起那句诗来："云想衣裳花想容。"唐朝的牡丹，浓烈、孤傲，也是这样让人惊艳吗？贵妃云鬓上别着的那朵牡丹，也有这样恣意汪洋的风情吗？在李白的眼里，到底是怎样的一种迷醉？

白天的牡丹是热闹的，真的。开得很纯粹，很炽热，有些不管不顾的狂放。就是要醇浓，就是要张扬，就是要妖娆，就是要席卷一地阳光。这花儿，虽奢侈，却开得仔细，开得完美。

开得最潦草的，是莱菔花，今儿一朵，明儿一朵，要开不开的，漫不经心。

下雨就收拢，给点阳光又立刻盛开，像个摆摊的小贩。有时忘了开，几天都是花蕾，有时又开得收刹不住，没完没了的，不谢。真是散漫，散漫得跟我一样。蔓菁花也是，胡乱地开一下，花朵大的大，小的小。隔几天不见了，隔几天又在开，稀里糊涂的，让人想不通它到底是个什么脾气。

牡丹不。牡丹傲气是有的，但开得脉络清晰，仔仔细细，不会轻贱自己。幽兰在仙风道骨的那个境界，很挑剔，是属于文人和隐士的。牡丹在世俗的光阴里，人人都爱。世人追逐富贵，牡丹立刻就领衔霸占了这个意愿：富贵牡丹。雍容华贵的，谁也夺不掉了。

牡丹最酽的时候，晚唐的落魄诗人赶来了。倾城的容颜，岂能错过。诗人赏花、描容，在宣纸上绘出来，那是一种颤颤的清美，花的神韵都在闪烁。费尽胭脂画牡丹。拿了这画，去换酒，也去换米。这天生的富贵相，养活了多少画牡丹的墨客。一把牡丹扇，多少风流人。

牡丹最酽的时候，我们也赶来了。我们在凉州沙漠公园里，看到了等着我们的花朵，那么喜气洋洋的样子。沙漠公园的芍药也好，只是单薄一些，不如牡丹厚实。

刘禹锡说："惟有牡丹真国色，花开时节动京城。"这牡丹，就开得有了气势，飒爽、大方；也开得有了气象，镇得住世俗和喧嚣。越开，越美，有些轰然的绚烂，有些霸道的美。

牡丹厚重朴实，是无可争议的花王。一开，阳气上升，地气冉冉。它能镇得住场子，压得住邪气，一瓣一瓣，都有王者气象、大家风范。每一朵，都开得气定神闲，坦然自若。

牡丹开花，挑了好时令。不是酷夏，不是严冬，阳光刚刚好，时令恰恰适宜。这个时间开花，是牡丹的智慧。人间四月天，多么明媚的时光啊。

知道吗，牡丹最美的时候，是在月色下。

一片清凉的冷辉洒下来，树影绰绰，凉风习习。牡丹披着月光，少了霸气，婉约轻柔起来。树下，一曲箫音，声音清美，若有若无。一杯薄酒，对影成三人。

真的，就要这么静。

月下赏牡丹，要独自去赏，要的是一份孤寂和淡然。如果有泪，在月色里，在花下，就落几滴吧。那泪珠滴在花瓣上，清澈、忧伤。月下，箫音渐起渐落，不经意间，心就沧桑了。那花儿，只是陪衬，只是一份淡淡的相伴。花影为伴，琴音为伴，清风送来的凉为伴。

月在云端，人在树影，花在梦里。这一刻，所有的世俗琐碎都是低贱的，可以蔑视，可以一脚踹走。这一刻，可以把流落的心，收回来，慢慢喂养在一曲清音里。尘世的无奈、孤独，都可以得到慰藉。在世俗的日子里挣扎得太久了，一定要留一份赏花的诗意，坚韧、饱满地抵御伤痛。不然，漫漫人生，千疮百孔的，不容易度呢。

如果在月光里填一首《醉花阴》，该是何等的风雅啊！“欲问秋蝉何以苦？露重飞红处！斜雨闭疏窗，爇尽沉烟，总把风流误。愁眉恨冷花前絮，恨瘦相思树。莫道不多情，缊绪千千，诉又如何诉？”背景音乐舒缓、曼妙，《平沙落雁》也好啊，不要太伤感了。

太美的东西，要适可而止，不要太过。牡丹拿捏得很好，开着开着，就在意犹未尽的时候凋谢，让人怀念不已，爱慕不已。

只有月季傻，没心没肺地开个不停，从春到秋，直到开到荼蘼花事了才罢休。那样讨好，那样巴结，谁会去珍惜呢？月季就像个小丫鬟一样傻，只知道谦卑地开，没心没肺地开，以为只要热烈地开着，就讨人喜欢了。实际上，不是这样的。太容易得到的，往往不会珍惜。如果月季一年只开一天，它的美就灼灼夺目了。

牡丹不同。该开的时候，绚丽地开，该谢的时候，果断地谢。人间四月天再好，再美，一季过后，就凋谢了。留下想头，留下牵念，余音袅袅。美的东西，都要欠一点，不要过，不要滥，留下距离。这一点，昙花做得更绝，只开瞬间——你等了我千年，我只看你一眼。何等的高傲，可偏偏就是有人苦苦等待。

牡丹是底气十足的狂草，可以龙飞凤舞地张扬，可以一意孤行地安静。牡丹经历了岁月的洗练，有一些铮铮铁骨的狂放。它懂得自己。

“阅尽大千春世界，牡丹终古是花王。”王国维说。所以，牡丹可以优雅地做王，可以从容地国色天香。这是一种历练的美，像一种人生，淡定自如。多少世事都经历过了，多少风霜都摧残过了，磨砺得有了风骨和气象。这是禅意的境界，看似枯残，实际上却丰满。

岷当归

去岷县的时候，是冬天，寒风瑟瑟，错过了当归在岷县大野里绿沉沉的风骨。我一直想看看漫山遍野的当归在风里叮当的模样儿，多么好。不过，竟也见到了几株枝叶齐齐的当归——连根拔起，抖去泥土，夹在书页里风干了，铺在粗麻布上，装裱在镜框里。一眼看过去，质朴、干净，微微的黄，像刚从田野里采回来的。采采当归，采采当归。中药的名字真真儿教人喜欢得发疯，单单是当归二字，风雅扑面。

大地苍茫，草木葳蕤。每一个地方，都有好草好木，拿捏住光阴。自古当归出岷县。古人不念当归，叫乾归，也叫山蕲。蕲即古“芹”字，意思是山里生长的芹草。李时珍说，当归本来不是芹类，但是花和叶子实在跟芹太相似了，故而得名芹。为什么后来又叫当归呢？因为“古人娶妻为嗣续也，当归调血为女人要药，有思夫之意，故有当归之名”。唐朝时，岷县附近叫“当州”，岷县亦沾了草木的气韵。

医家选药材，选的就是产地。淮山药、川椒、岷当归，这都是代代悬壶济世的密藏之意。医家看草药，入骨三分。李时珍说，岷当归，以归头圆，归尾色紫，气香味足，肥润者为上品，叫马尾归，最胜他处。至于归头大，尾巴粗，颜色泛白，坚枯者，叫鑱头归，只适合入发散的药。

古代有位名医，叫张元素。此人堪称神医，隔着八步的距离就能看见病人的情况。我觉得说他是老天打发下来的神仙都不过分。张元素说，当归这味药，总结起来，功效有三：心经本药、和血、治疗诸病夜甚。当归能使气血各有所归，但凡气血出了问题，必须用之。

当归是草本。医家药典《本草纲目》中“本草”的意思就是以草为本，中草药里草本居多。当归的花很漂亮，白色、幽柔，像一把撑开的小伞。叶子披针形，碎碎的，有齿，像一叶叶小小的绿翅膀，一种淡而单薄的意境。茎秆略略有些紫色，根入药。

天地之间，有些植物飞扬跋扈，粗手大脚地生长。有些草木过于皮实，比如藤类，有点依附就拼了命地攀爬，把自己累得吐血。有些草木却清瘦柔弱，和众植物平起平坐，不张扬，亦不霸气，当归就是这样柔弱、优雅的草药。它喜欢闲散地生长，瘦而不枯，淡而不郁，自有一种古拙的气质，自在度过光阴。

苍天知道人间会有疼痛，所以打发了草药下界。一味药，千重心。大野里，暮色四合，牛羊下山，当归举起几枚伞花，清风划拉万叶，整个山谷都弥散着古味，弥散着草木的气息。这是我想象里的岷县山野。细小纤弱的当归秧子，在山野里静悄悄生长，不问岁月归何处。

其实，当归是一味女人草。医家说，当归补女子诸不足。女子的光阴，也美，也累。而当归，暖心得出人意料。人生就是相遇——人和人的相遇，人和草木的相遇。当岷县遇见当归，就像遇见了最好的搭档。这片土地里生长的当归，就是与别处的不一样，这是老天的恩赐，这是清凉的相遇。

当归当归，气血各有所归，草木亦有所归。

自古枸杞出河西

自古枸杞出河西。这话真不是我胡诌的，是医典记载的。李时珍也说了：“古者枸杞、地骨取常山者为上，其他丘陵阪岸者皆可用。后世惟取陕西者良，而又以甘州者为绝品。”

若是不信，还有《千金翼方》里的记载：枸杞“取甘州者为真，叶浓大者是。大体出河西诸郡，其次江地，闲间圩埂上者，实圆如樱桃，全少核，曝干如饼，极膏润有味”。

千真万确，最好的枸杞在河西。为什么叫枸杞呢？李时珍说，取“枸、杞二树之名。此物棘如枸之刺，茎如杞之条，故兼名之”。

万事万物，尊贵自然。即便是大野里的一枝野树，名字的来由，亦是根底清澈。多么好。

去年去深山人家串门，看见院子里的一丛灌木，枝条深绿，叶子狭长，浓密的叶子底下藏着不多几颗深红的卵果。细细瞅了半天，也没有认出来，问道：“这可是红嘴鸦儿树？”人家笑道：“不是，是枸杞树。红嘴鸦儿树要矮很多，枝子也比枸杞树硬很多。”

可是，跟我见过的枸杞树并不一样啊。素常的枸杞树，枝条柔软，虚隆隆地拱成蓬松的样子，结了繁密的红果子。高，枝条也多刺，有条棱。叶子不很深绿，略微有些灰白茸毛，形尖，缘钝，颜色很柔和。可是深山的这丛枸杞树，叶尖锐，色泽浓，更像是枸杞树的亲戚。

原来，我见过的枸杞树是河西沙漠里的。沙漠里的植物，都要收敛自己的脾气，活得节约一些。雨水少，不能太奢侈，枝条上的针刺格外发达。因为懂得老天的恩赐，懂得日子的不容易，所以结了浆果必定是繁密不堪——它们用这种方式，来保全旺盛的繁殖力。

而深山里的枸杞树，大约要悠闲很多。雨水稠，土地肥，随心所欲地生长，简直是瞎长，结个浆果也不操心，胡乱挂几个算了，反正不愁生计。就算长得不像枸杞树，那又怎么样呢？自己喜欢就好。

虽说枸杞是一味好药，主五内邪气，热中消渴，周痹风湿。久服，能够坚筋骨，轻身不老，耐寒暑。女子久服还可以得到好面色。但那户人家显然不在意，树上稀落挂着红浆果，地下还掉落一些，没有摘取的意思。我觉得惊诧，问：“你家的枸杞怎么不摘啊？多可惜。这可是纯天然的，一点污染都没有呢，自己吃多好！”

人家还是笑，漫不经心地说：“山里的枸杞树光是长了枝叶，果子并不多，鸟儿们天天盯得紧，基本都被它们吃了。”

想想也很好玩，一个大人，天天跟鸟儿抢几个浆果，多么不好意思呢。不过，我厚着脸皮，把枝叶底下的几把枸杞都收入囊中。回家泡了酒，酒也不常喝，只是看着那红彤彤的卵果，在清澈的酒液里沉沉浮浮，像人生。

河西沙漠里的枸杞，确实好。鲜果圆如樱桃，颗粒饱满。晒干了，瘦而不瘪，膏润有味。捏几颗尝尝，舌尖先是甘甜，后味稍稍有点苦。天底下的药材，总是有点苦味的。良药苦口，是老天为它们设置的时空密码，没有一味药材擅自改变。枸杞也是。

落雪天，火炉上炖一锅汤。待到汤沸如盛开的花时，撒入一把枸杞、几片当归。只是转身的须臾之间，汤里就多出来一丝淡淡的药香味儿，袅袅的，游走在空气里。不要说喝，只是深深吸几口，都觉得万般妥帖。很多时候，我觉得自己不是个食客，是个看客。静悄悄立在火炉前，看着食材在锅里"咕咚咕咚"慢慢煮，眼神跟着一粒粒的枸杞在忙碌，真是欢喜。

日常光阴是素淡的，不够繁华。这枸杞，可能是老天打发它来给光阴配色的——多么清澈的红。读书人说，冬月天，读书天。读书少了茶，那可真真不行。那么，这茶水里，添几粒枸杞、几粒玫瑰花苞，多么好啊。不为滋补，不为治病，只为那一抹迷离的颜色。花香吃下，浆果香味也吃下，人、书俱不老。哪怕万斛愁，哪怕千层忧，都烟飞云散了。

穿了半旧的袄子，寂然读书，寂然喝茶，只唤得那几粒红红的浆果来陪。淡云薄日，空阶苔径，心里安然。若是有人从河西来，必说，来时捎一包枸杞，要色泽淡一些的，要带着蒂的，还要必定是沙漠里生长的。这样的枸杞，沉稳、温暖，留着落花啼鸟的情分，才能踮起脚尖够着我的想念。

山有木兮木有枝

牡荆

牡荆，也叫楚、黄荆。李时珍说，古时候以荆为刑杖，故字从刑。这种植物成丛聚拢生长，但却不密实，很疏爽，彼此之间并不拥挤，故又谓之楚，从林从疋，疋即疏字也，“楚”的意思就是这样来的。

古时候穷人家的女子，戴不起金钗、银钗，就以荆为钗。也没什么寒碜的，素衣草鞋，布裙荆钗，都是草木清淡的味道，淳朴自然。

牡荆样子长得不是很好看，根茎不粗，叶大枝疏，高硕，看起来有些粗陋狂野。风一起，枝叶乱抖，姿态苍老虬曲，简直有震慑群妖的意味。

陶弘景说：“牡荆乃出北方，如乌豆大，正圆黑。仙术多用牡荆，今人都无识者。”

李时珍说，牡荆，山野里挺多的，疏密相生，处处都有，樵夫采伐当作柴薪。很多年不砍伐的牡荆，树干粗大如碗。“其木心方，其枝对生，一枝五叶或七叶。叶如榆叶，长而尖，有锯齿。五月杪间开花成穗，红紫色，其子大如胡荽子，而有白膜皮裹之。”

牡荆嫩枝四棱形，枝干上密生灰白色茸毛。叶子幼时长圆，全缘，两面有茸毛；慢慢长大，就变得狭长，呈披针形，表面青绿色，背面密生灰白色茸毛。开花也很朴实，花冠淡紫色，外有微柔花毛，序梗密生茸毛。

总是想，这牡荆，要这么多茸毛干什么？大概，这层细茸毛是它的防御武器，可以拿来防止毛孔堵塞，细小的灰尘飞入它茎上的毛孔，就有茸毛抵御着；昆虫们想在茎秆上产卵繁殖，茸毛也可以扎走它们；也能借助风力传播种子。

牡荆看似粗枝大叶，很潦草，却很会保护自己。不去伤害别的草木，亦不想被伤害。比起树木来柔韧有度，懂得示弱。比起草茎来坚韧一些，进退自如，也不脆弱。这是荆的活法，中庸、柔和、迂回。

牡荆的心性比较圆滑。你看，树木成材，要被人砍伐；青草葳蕤，要被牛羊吃掉。而牡荆，非草非木，鲜有用处，所以才活到枯黄，一辈子少受伤害。

人有人的活法，草木亦有草木的活法。牡荆活一辈子，也活不成大树，只把荆做到最好就可以了，荣枯与别人何干。枯黄了的牡荆，看似软弱，其实不然。它的柔韧里，暗暗夹杂着凛冽粗粝的东西，貌似寂然不动，却含藏万有。李时珍只说，可以以荆为刑杖，倒也没有责怪牡荆的意思。

不过，山野里的牡荆，像一团苍黄老绿的旧时光，不堪细细摩挲。就连那根茎的褐色，都有着凌厉阴沉的气息，总让采药人心里有一丝寒凉之意。若不入药，它也不是一味善草。牡荆的骨子里是有暴烈的东西的，要不然，为何在芸芸众生的草木里，偏偏拿它做了刑杖。

牡荆的叶子味苦，性微寒，无毒，能治霍乱转筋。根能治心风、头风，解肌发汗。入药疗疾，是牡荆柔和的一面，就像妖精被降服做了童儿。

楝

楝也叫苦楝，树枝梢头的果实叫金铃子。叫楝，是因为楝树叶子可以练物。李时珍说，其籽如小铃铛，成熟的时候，黄得澄澈，看起来就像金铃。

我觉得金铃子这个名字真是太好了，万木之中，梢头簇簇金黄，闪着一点一点的光亮，是一种难以言说的禅味。

楝树生在山谷里。古人在农历五月五日，摘取楝叶佩戴，辟恶辟邪，楝叶淡淡的清香飘逸，真教人神清气爽。陶弘景说，楝有雌雄两种，雄木无籽，根皮赤色，有毒，人误服了吐而不止，甚至都救不过来；雌木有籽，根白色，微微有毒。入药的话，当用雌者。

金铃子以蜀地生长的最好。木高硕，树皮暗褐色，有纵裂纹。叶子繁密，像槐树叶，稍微细长一些，披针形，锯齿粗钝。老叶无茸毛。三四月就开花了，花朵红紫色，芬芳满庭。籽实很像弹丸，未熟之时青绿，熟透变黄，十二月采之。若是采根的话，什么时节都可以，想采就采。

李时珍说，楝木长得甚为快速，三五年就能长成椽子。其籽正如圆枣，以川中者最好。

草木的事情挺有趣儿，楝木长得飞快，一年蹿一大截子，三五年就碗口粗了，似乎是生命在奔跑的感觉。时光不等人，小鸟的呢喃都在催促着，快点生长啊，长大了多好。大千世界，碎为微尘，一棵树算什么呢。烟雨雾气，虫儿乱飞，日光呛人，趁着好时光使劲儿地生长呀。

而黄杨树恰恰相反，一年长不了一寸，还要雨水、阳光甚好才可。遇见闰年，不但不长，据说还要退缩一寸，就是不肯好好长大。有人说，黄杨木天命所限，长不粗硕，也算是劫数了。你看黄杨木悠然的，几百年也就长一两丈高，多么缓慢的光阴啊。而这点身高，楝木一两年功夫就做到了。

草木江湖，各有各的脾气，各有各的生长之道。黄杨木动不动就打坐入定了，沉静下去，忘了光阴，忘了季节变换。红尘之事，不过一个静字，心里无鸟语花喧，亦无草木乱长，归于静。归于静，活那么仓促干什么呢？

而楝木一路跟着时间飞跑，霍霍生长，简直用力过度，对生命那个热情劲儿教人惊叹。它就是要盛大地生长，就是要枝繁叶茂。红尘之事，卷帙浩繁，漫长的光阴瞬间就会淹没一切。它不霍霍生长，谁会在意它呢？它忙，腾不出时光来磨叽，就是一门心思地抽枝长叶，心生喜悦。

楝的根皮、木皮、叶和果实都可以入药，味苦，性微寒，微毒，各有药效。世上没有最好的药材，只有使用正确的药材。医家说，对症下药，就是这个道理。

贯众

《名医别录》里说："贯众生玄山山谷及冤句少室山。二月、八月采根，阴干。"

李时珍说，此草叶茎很像凤尾。根一本而众枝贯之，所以草的名字叫凤尾，根的名字叫贯众。

凤尾生长不挑地方，山野、路边皆有之，数棵丛生，最喜欢山谷阴凉处。天旱了长得干巴一些，雨水足了长得丰腴霸气。嫩叶子如蕨，无锯齿，青绿色里略略带着暗红，似小鸡翎。老叶青黄色，颜色面深背浅，毫无柔婉妖娆之态。叶柄有细密褐色茸毛。草茎三棱，大如箸，粗壮直立，折断后的草汁涎滑，倔强的样子。根紫黑色，一根数茎，根上覆盖了细密的毛，黑须丛簇。根曲而有尖嘴，形状像长了黑须毛的犬瓜，也似老鸱头，故呼为草鸱头。

古人视鸱为恶鸟，很不喜欢它。这么看来，贯众长得也不甚好看，粗犷而笨拙。可是，草木的根都在泥土里，要那么好看干啥呢？丑一点也没有关系。

不过贯众虽然丑，它也是懂得藏拙的，把难看的模样儿藏在泥土里。是人类硬要挖出根来细细看，又不是它自己跑出来吓人的。

李时珍说，黄山谷的《煮豆帖》里说，饥荒年，以黑豆一升，贯众一斤，细细锉如骰子大，加水文火煮熬。慢火煮到豆子熟，取出来晒干。然后，用簸箕去除贯众，只留下黑豆。每天先空腹吃豆六七粒，然后能食百草、木枝、树叶，吃起来皆有味，可饱也。用这个救饥法可度过饥荒年。

黄山谷就是黄庭坚。古时的文人，都是懂得草药的。若是心中无大爱，无怜悯之心，难以如此详尽地记下这个方子。大智慧源于大慈悲，读此帖，可读懂黄山谷。

李时珍说：“天造地化而草木生焉。刚交于柔而成根，柔交于刚而成枝干。叶萼属阳，华实属阴。由是草中有木，木中有草。得气之粹者为良，得气之戾者为毒……”

可见草木来自天意，长得粗陋也罢，柔婉也罢，都是来帮助人们度过尘土飞扬的光阴的。令人眷恋的清净时光，须得草木相伴才好呢。多半时候，我们看草木，没有看见被遮蔽的美好部分，只看见浮在日光里的表象。

石蕊

再“穷”的草木，也是有几个名字的。石蕊亦是，叫石濡、石芥、云茶、蒙顶茶。可是，人有穷富，草木有么？大概没有，是我胡诌的。我觉得石蕊“穷”，主要是因为它在平日里比较干巴，贴在地面，风刮一刮就变成粉尘了，影踪全无，你甚至无法觉察到它的存在。只有下雨了，地面潮湿，石蕊吸了水汽丰腴活泛起来，才有了个大概的样子，才能看清它的嘴脸。

石蕊是地衣类，生于高山峻岭，多依附于岩石表面的细土层上，长得很不起眼。圆柱形，中空，灰白色，表面粗糙简陋，有破孔，多分枝，枝顶端呈茶褐色，常向同一方向倾斜或下垂。干燥时硬脆，潮湿时柔软，状若地衣。喜欢在背阴处生长，若是生长在光照强烈的阳面，灰白色慢慢转成深灰色、褐绿色，最后变成褐黑色，毫无光泽，笨拙得很。全年可采，去净沙土杂质，晒干。

名医陈藏器说，石蕊，生在太山大石上，样子如花蕊。喜欢紧贴在大石头的阴面，如屋游、垣衣之类。沾了雨水则舒展苍厚，故名石濡。初春颜色青翠，顶端张开四叶。山人叫作石芥。药用以长在高山石上的最好，高山阴坡草丛中也有，药效不佳。他说，这味药材古时候多用，现在很难有哩，几乎找不到。

读来，忍不住乐。我看陈藏器先生已经是古人了，然而他说的还是更久远的时候的事情。可见这光阴，一层更比一层深。

石蕊药味甘，性温，无毒。能明目、益精气，令人不饥渴，轻身延年。

李时珍说，今人说的蒙顶茶，生在兖州蒙山石上，乃云雾熏染，地气交结，日久结成的，大概和苔衣类似。山里人家，初春在石头上刮取蒙顶茶，曝晒干，赠馈送人，叫作云茶。这云茶，看起来状若轻柔的花蕊，乳白色，气味香如蕈，放在舌尖品味，味儿像茶，稍微甘涩一些，不如茶清幽。不可放在火炉上煎饮，只能轻轻咀嚼，或者浸泡在温度低一些的水里慢慢啜饮，清凉有味。据说有方士入山，常年饮云茶，代替清茗，后来得了长生之道。不过，长生之道，许是各方面修炼的成果，未必单单是饮用云茶的缘由。

李时珍说话，总是有一丝暗暗的清香味、草药味，说得诚恳，绝无玄虚。他整理历代医家的中医理论，对于荒谬之说，从不指责，只是淡淡说一句，这种说法有误呢，找不到依据啊。有人指责某部医学著述，语气颇为偏激。他辩解说，不要盯着人家的缺点不放，那本书精华的东西很多呀，只不过你没有细细读罢了。大概，心有大智慧的人，已经抵达一尘不染的境界。

《本草纲目》里说，蒙山在蜀地雅州，山峰非常险峻，人很少上去，主要被蛇虺虎狼所盘踞，风雨反复无常。若是有人冒险上了山峰，采得石头上的云茶，可治百疾，效果真是好。也有人以蒙阴山下的石衣为云茶饮用，非矣，不是一回事。不过，蒙阴茶性冷，可治胃热之病，性寒能消积滞，而石蕊性温，不能消积滞。

山之巅，云雾缭绕，日光暴烈。想来，石蕊也没过什么好日子，风吹霜打的。想起一句话——“受尽天下百般气，养就心中一段春。”石蕊深谙此理。

茈胡

茈胡，读来有点硬，有点梗，却透着明净、洒脱。繁花疏草的名字淡然，富有禅意。总觉得草药的名字是天意，命中注定一般，朴实自然，绝不雕琢。

李时珍说，茈字，有柴、紫二音。茈姜、茈草之茈，皆音紫；茈胡之茈，音柴。茈胡生山中，嫩则可茹，老则采而为柴，故苗有芸蒿、山菜、茹草之名，而根名柴胡也。

又说，银州产的茈胡，大约一尺多长，微白，柔软，比较少。北地产的茈胡，很像前胡，但稍微有点柔软，叫北茈胡，入药很好。南土生长的茈胡，不似前胡，像蒿草根，强硬，不堪药用。

有一种草叫芸蒿，长得和茈胡很像，也算是茈胡类的，但不入药，几乎没有药效。还有一种草根似桔梗，白色而肥，没有气味，市人冒充银茈胡出售。银茈胡春季生苗，有淡淡的清香。茎青紫色，坚硬，微有细线。叶子很像竹叶，稍微小一点，也有似斜蒿的，叶子短。七月开黄花，花朵紧凑。根淡赤色，像前胡。生于丹州的，其根似芦头，有赤毛如鼠尾，独窠长者好。茈胡以银、夏者为最佳，根如鼠尾，长一二尺，香味甚佳。

银茈胡开花的时候，清香直上云间，白鹤们经过，闻到香味，就飞落下来，徘徊不走，都因为气爽神清。采药人采得银茈胡之后，去掉根须及头尾，用银刀削去赤薄皮少许，拿粗布拭净，锉用。不能犯火，不然就没有药效了。

茈胡味苦，性平，无毒。主治心腹肠胃中结气、饮食积聚、寒热邪气，推陈致新。久服轻身、明目、益精。《药性论》载："治热劳骨节烦疼，热气，肓背疼痛，宣畅血气，劳乏羸瘦；主下气消食，主时疾内外热不解，单煮服良。"《晔子本草》载："补五劳七伤，除烦止惊，益气力，消痰止嗽，润心肺，添精补髓，天行瘟疾，热狂乏绝，胸胁气满，健忘。"

牛膝

牛膝也叫百倍。陶弘景说，叫牛膝，是因为"其茎有节，似牛膝，故以为名"。至于百倍呢，是隐语，主要是说它的滋补之功，就如同牛一样，力气大而多。牛膝的叶子似苋叶，其节对生，故俗有山苋菜、对节菜的叫法。

陶弘景说，怀州产的牛膝呈白色，苏州生长的呈紫色。若是论药性，还是蔡州的牛膝顶好，长、大而柔润，叶子如夏蓝，看着都令人喜爱。茎有节，老绿里渗着暗红，看上去是一种沉厚的紫红。茎紫红，节粗大的，是为雄；茎青绿而细瘦者，是为雌。药用的话，雄的好。

牛膝处处都有，一般都是土牛膝，不堪服食。唯有北土及川中人家栽莳者最好。春天生苗，茎暴节，高两三尺，青紫色，有节如牛膝一样。叶子尖圆如匙，两两相对，颇似苋叶，稍微长一些，叶尖也细一些。

牛膝节上生花作穗，秋月结籽，甚细，像小鼠一样，有琐细的涩毛，贴着茎倒生。九月，采挖根，根极长，在清水中浸泡两宿，挼去皮，裹扎成束，曝晒干。若是不去皮，药效也是很好的。

牛膝药味苦、酸，性平，无毒。据《神农本草经》记载，牛膝主治“寒湿痿痹，四肢拘挛，膝痛不可屈伸，逐血气……久服身轻耐老”。

牛膝看起来朴实，并不是狂野妖娆的那种植物，甚至有些土气。但是，它在清风里拔节生长，不慌不忙的样子性灵而清明，自有一种高古之境。它是有气质的植物，不肯俯就，有些逍遥自在的淡定。这样的植物，是让人喜欢而敬重的。

大地之上，草木修身养性，能教人把浮躁的心思静下来。是的，我们总是忙，但是无论多忙，都留出来一些时间看看草木生长，听听它们拔节的声音。当草木不慌不忙地开花结穗的时候，总要有人静下来聆听。天地之间有大美，听草木，这才是娴雅的时光。

心寂静下来，就能听到草木散发清香的声音，能听见草木枯萎的声音，能听见草木抽枝发芽频频震动空气的声音。这样的天籁之音，驱走内心偌大的荒芜与清冷，使得光阴充满了暖意，让心灵不再枯寂，只生出茶色般的禅意来。

“山有木兮木有枝”，每逢读到这句，心里安静的花朵渐次绽开，纷纷散放芳香。花前树下，一壶老酒，连风都是偶然经过的过客了。

藤草

李时珍曰：“天造地化而草木生焉。刚交于柔而成根，柔交于刚而成枝干。叶萼属阳，华实属阴。由是草中有木，木中有草。得气之粹者为良，得戾气者为毒……”

草木有五行，金木水火土；有五气，香臭臊腥膻；有五色，青赤黄白黑；有五味，酸苦甘辛咸；有五性，寒热温凉平；有五用，升降沉浮中。如此，草木入药，都是有脉络可循的。

至于草木的名字，也暗含玄机。每一味草药，都是禅，不是随便能参透的。比如这几味药名：文王一支笔、江边一碗水、七叶一枝花、头顶一颗珠、雪上一枝篙。不要说药效，就这些药名，读来，都清美得心里一惊。

徘徊于草木之间的，还有藤。草药里的藤，也是很多的：藤三七、夜交藤、麦里藤、钩藤、血藤、乌骨藤、天龙藤、宽筋藤、南蛇藤……

薄暮，烟雨蒙蒙，草药江湖的藤草们踩一叶扁舟，飘摇而来。我坐在窗前，听雨，闲翻书，细数藤草们枝枝蔓蔓缠绕的身姿。藤草们都瘦，瘦得筋骨嶙峋，瘦得仙风道骨。

夜交藤

你一定知道何首乌，但不知道夜交藤吧？其实夜交藤就是何首乌。不过，这么说好像也不对。夜交藤是何首乌的藤茎，何首乌则是这种植物的块根。一个在天上一个在地下，两者是同一植物的不同部位。入药的时候，藤是藤，根是根。

李时珍说，夜交藤有赤白两种，赤者雄，白者雌。春天生苗，藤蔓顺着树木墙壁攀爬。叶叶相对，粗糙少光泽。夏秋开黄白花，如葛勒花。结籽似荞麦。

秋冬掘根，大者如拳，各有五棱瓣，似小甜瓜。

为什么叫夜交藤呢？这种藤茎很奇怪，在夜里会相互交合缠绕。古人说，何首乌的藤蔓有雌雄之分，入夜则藤蔓相交，故名夜交藤。我总是犯糊涂，何首乌和夜交藤绕来绕去能把人绕晕。夜交藤的根，也就是何首乌，若能长到九根，传说服用能成仙，也叫九真藤。可见，何首乌的最高境界不是长成人形，而是九真藤。

九真藤治什么病呢？李时珍说，九真藤治骨软、风疾，也就是腰膝疼痛、遍身瘙痒、行步困难；还可治皮里作痛，就是不知痛在何处，胡乱窜着疼；亦可治自汗不止、肠风下血……没有说成仙的事啊。

那么夜交藤呢？好像也差不多，治失眠症、劳伤、多汗、血虚身痛、痈疽、瘰疬、风疮疥癣。何首乌呢？主治精血亏虚、头晕眼花、须发早白、腰酸脚软、遗精、崩带等症。

古籍上说，何首乌是很难长成人形的。有的拔出来貌似人形，大概是加上了些想象的成分，其实没有那么相似。

据《本草纲目》记载，何首乌一名野苗，二名交藤，三名夜合，四名地精，五名何首乌。本来，何首乌是先叫夜交藤的，后来李时珍改其名为何首乌。因为这味药和一个叫何首乌的人是有关系的。

故事讲，何首乌者，顺州南和县人，人长得比较羸弱，快六十岁了，老光棍。因慕道术，在山里修炼。一天夜里，醉卧山野。半夜，月光下，忽然见有藤草两株，相隔两三尺，却藤蔓相交，久而方解，解而又交，缠绵不绝。他大为惊讶，这也太诡秘了吧？天亮，掘其根回去问大家这是啥草。没有人认识。后来，他在深山遇见的神仙告诉他说：“你没有家室，遇见这么异样的藤草，恐怕是奇幻之药，为什么不服用一下试试看呢？”于是，何首乌吃了这种草，头发乌黑，身强力壮，旧疾皆痊愈。后来他娶妻生子，后代皆长寿、健壮。慢慢地，这味药就流传开了。据说经常服用何首乌的人，能活到一百多岁。

不过，我总觉得，没事儿最好不要乱吃药，是药三分毒嘛。草药清美，拿来欣赏就行了。谁说过的，与其与人纠结，不如和花草缠绵。

现今，有人做了模具，拿夜交藤苗嫁接在薯类植物上，长成像人的东西，说，这是珍品何首乌。不知道这价钱不菲的东西能不能治病。世间有些人，不做些缺德事好像急得不行。作恶的、嫉妒的、使坏的，都是有心魔的人。病在肌体尚可医治，若在心里，就难了。

头顶一颗珠

头顶一颗珠，根茎入药。能镇静止痛、止血、解毒，用于眩晕头痛、高血压、神经衰弱、跌打损伤、腰腿疼痛等疾病的治疗。

这味药材有个跟神农氏有关的传说，所以很神秘。我也没有见过头顶一颗珠。我见过的都是些常用的草药，柴胡、麻黄、薄荷……名字这样奇异的草药，必定是不同寻常吧？据说它是这样生长的：“有三片叶，轮生于茎的顶端。花单生于轮生叶之上，开花后结出圆球形的果实，好似一披纱少女头上戴有一颗珠宝，因而得名。它的果实生长在顶部，又称天珠。根茎粗壮肥大，椭圆形，下端生很多细根须，加工成药材时常将其编扎在根茎之外方，形成球状。因它生长在地下，又称地珠。”

读了，总是遗憾地想，天地这样大，我去过的地方这样少，这么奇妙的草药，竟然见不着，多么伤感。唉，见不着就算了吧。草药世界里的奇花异草，就像圣人一样，也是拿来让人膜拜的，不是想见就能见的。

就算见了，也是饱饱眼福而已。虽然知道它的药效，可是，世上的事是这么简单的吗？中药的奥秘是无穷无尽的，给你一个葛根粉，你也配不出来云南白药；给你一张驴皮，你也熬不出来阿胶；给你一块朱砂，你也炼不出来还阳丹。一味草药，有自己的气场和骨脉，这哪里是你随随便便就能洞悉的秘密。只有深谙了百草玄机的人，才可以行走在草木江湖。

七叶一枝花

七叶一枝花，清热解毒，用于痈肿、疮毒、乳痈、喉咙肿痛、蛇虫咬伤，为外科热毒病症常用药，凡痈肿疔疮及一切无名肿毒，均可内服和外用。

我也没有见过它。不过，老早的时候，写过一篇小说，就拿它来做题目，觉得挺有味道。药典中对它的描述很细致：七叶一枝花的叶序属轮生叶，一圈轮生的叶子中，冒出一朵花。花的形状像极了它的叶子。它可以分成两个部分，外轮花及内轮花，外轮花约有六片，而内轮花约有八片。花萼为绿色，花瓣呈细丝带状……

反复读，总觉得不过瘾。这样的记载后面，应该是怎样精致绝妙的草药啊。日光摩挲，山高云低。一棵草，妖娆地生长。深山空寂，花乱开，草疯长。雨露弥漫中，它默默不语，凝视着天地，沉静、谦恭。做药做草，取决于自己内心含而不露的静气。一棵草要成为药材，也是需要修炼的。光阴一茬又一茬，不沉淀一份强大的内敛和深邃，怎么做药材？为草，清逸散淡，闲闲自落；为药，凌厉强势，毫不温软。它胸纳天地精气，只为了抵御世间的戾气。

白花蛇舌草

白花蛇舌草用的是全草。它长得很披散，不紧凑。连根拔起来晾干即可，不用炮制，以广西产的为上品。晾干的白花蛇舌草，草茎胡乱扭缠成团状，解不开理还乱。干品呈灰绿色和灰棕色。它还有几个名字：蛇总管、茜草、目目生珠草、节节结蕊草、蛇舌癀、千打捶、羊须草、鹤舌草、细叶柳子……想想每味草药都有这么多的好名字，风雅清冽，而我只有一个名字，还这么俗气，这么笨拙，真让人生气。

白花蛇舌草主治肺热咳喘、咽喉肿痛、肠痈、痢疾等症，常与黄芩、黄连同用。一般不作主药，为辅药。据现代医学的临床观察，白花蛇舌草和半枝莲合用有抗癌效果。独味不行，得辅佐别的草药才行。

白花蛇舌草也是有故事的，不是简单的草。

传说有一位名医赴诊，病人几乎垂危，吃遍草药不见效。名医也犯难了，这样的疾病，难以治好了。名医疲乏间伏案睡着了，梦见一位白衣女子飘然而至，说：“此病人是个善人，心肠好，你一定要救他。”名医说：“我自然也是尽力而为的，可是没有特效药啊。”白衣女指给他说：“你看，门外的那丛草。”名医朝外看，一条白花蛇游走，蛇舌伸吐处化作丛丛小草。名医惊醒，到户外看，果然见许多开着小白花的纤纤小草。于是便采了些草，死马当作活马医，嘱即煎服。奇异的是，病人服后病便痊愈了。这种草也没有名字，名医便自己命名为白花蛇舌草。

我老家叫萱麻河，河边有个废弃的庄子叫杜家庄。残墙断壁，长满了杂草。小时候奶奶不许我们去那里玩。她说，杜家庄子里可是蛇窝，一脚踏下去就是九条蛇，万万不能去的。这样恐怖的地方，我自然不敢去。庄廓里最多的一种草，开着小白花，枝枝蔓蔓，缠绕不清。大人们说，那个草也不能拔，叫白花蛇舌草，一棵草下面就藏着一条蛇，草是蛇吐出来的舌头。这草都给蛇当舌头了，还长那么难看的，招惹它干啥哩。

中医说，天地之间有六气，风寒暑湿燥火。六气也叫六淫，和人居住的环境、季节，以及动植物都有关系。六气平衡，人活动的气场是均衡、顺畅的，就不会生病。若是六气出现异常情况，比如气候的变化、草木的变化、动物的变化，破坏了六气的平衡，人的生活规律失常，那么人就会生病。人与六气有着密切的关联，邪气所凑，其气必虚。

外界的六淫，由不得自己。而保持内心的六气平衡，才能安静、淡泊。光阴清寂，与人无争，心底才能陌上花开，藤草清香。心中之事，只说三分。留给自己的，是一份恬淡的尘梦和悠然的心闲。

采采卷耳

葈耳

葈念 xǐ。《神农本草经》里叫葈耳，民间不叫这个名字。李时珍说，葈耳就是卷耳。《诗经》是这样描绘葈耳的："采采卷耳，不盈顷筐。嗟我怀人，置彼周行。陟彼崔嵬，我马虺隤。我姑酌彼金罍，维以不永怀。陟彼高冈，我马玄黄。我姑酌彼兕觥，维以不永伤。陟彼砠矣，我马瘏矣，我仆痡矣，云何吁矣。"这么风雅的葈耳，来自天籁。读一遍，心香。读两遍，空气都清香扑面。

葈耳的俗名叫苍耳，菊科。葈耳到了秋天，结的果实像枣核，全身伸着钩刺，就是大名鼎鼎的草药——苍耳子。

我喜欢得发疯的草药，古人可不一定喜欢。王逸就说了，葈耳是恶草。"椒瑛兮涅污，葈耳兮充房。"为什么呢？因为葈耳有小毒，人吃了中毒后天旋地转的，很不好。王逸是古时候的贵族，追求唯美，容不下一点不美的东西。不像我，布衣平民，看什么草都好得很呢。

其实，葈耳是真的好，有点小毒算什么，哪一味草药还不带点儿脾气呢？《毛传》说："卷耳，苓耳也。"《集传》曰："枲耳，叶如鼠耳，丛生如盘。"你想想，多么优雅的好草药啊。

卷耳的叫法来自周定王的《救荒本草》。古籍说，卷耳的嫩苗可食用，淘洗、炸熟，水浸泡，凉拌食，可救饥荒。这个炸熟，不是拿清油炸熟，而是用开水烫熟。我们河西也是这样说的：把野菜炸一炸。嫩葈耳叶是用来救饥荒的，饥荒年间哪儿有清油呢？不过，葈耳是有小毒的，在饥馑年用来充饥活命，平日里最好不要吃，没那么好吃，吃了会中毒。

葈耳的叶子青白，瘦一点的像鼠耳朵，肥一点的呈心形，慢慢都长成阔楔形，边缘有锯齿，不甚锋利，钝钝的。葈耳也开花，花很细小，几乎可以忽略不计。果实苍耳子全身的勾刺像无数的小爪子，跟着风四处溜达。你走过去，就黏附在你的衣裳、裤脚，连长发上都是。牛羊走过去也一样，野兔蹿过去也一样。死缠烂打，就跟着大家走，散布他处。落在哪里，就在哪里扎根长叶，随风摇曳，快活得很，一点也不知道忧愁。

苍耳子治疗慢性鼻炎效果很好。取苍耳子三钱、辛夷花二钱、葱白五钱。先将苍耳子与辛夷加水，煎，取浓汁，候冷。再将葱白用冷开水洗清后捣汁冲入，用药棉蘸药汁塞入鼻中。苍耳子治风湿痹痛和外感风邪所致的头痛也有疗效，得遵医嘱，不可过量，以免中毒。服用苍耳子的时候，要忌口，猪肉是绝对不能一起吃的。

卑相

深远的荒漠，落了霜，月光打不透的，是卑相黑枯枯的影子，是沙丘灰淡的影子。一匹沙狐狸，拖着妖娆的尾巴，爪子轻轻的，一点儿声音也没有，一滴墨水一样，倏然渗进卑相丛的黑影里，啥也看不见了。一会儿，沙狐狸探出脑袋来，在月光里张望，一纵身，又倏然消失。卑相丛里，留下一架沙鸡的骨架。

卑相可不管这些。沙狐狸也罢，沙鸡也罢，都是尘世的过客。唯有它自己，才是千年的老妖，淡定恬静，不狐媚也不妖冶。大漠的地脉气从沙滩里钻出来，朝着天弥漫而去，潮潮的。卑相在潮湿的地气里悠闲梳头发，一根，两根，无数根。也不挽个发髻，就那么披散着，拂掠着沙地。当然，花还是要戴的，小小的黄花朵儿，攒成一簇，在枝梢晃荡。

光阴深处，雅士陶弘景低低说一句：“至冬枯死如草，及春却青。”多么不可思议的卑相草。

一只笨拙的大鸟落下来，“咕咕”叫了几声。它伸长脖子，啄了一口卑相的草茎。这清淡的草茎，气微香，味涩、微微苦、微微麻，一点儿也不好吃。草茎上蜷缩的那条虫子，很不高兴，对大鸟吹胡子瞪眼。当然，它可没有胡子。

卑相并不认识李时珍。它比李时珍老多了，始载于《神农本草经》，列为中品。可是，李时珍却熟识它，说，卑相长者近尺，卑相名殊不可解。卑相俗名叫麻黄，大概是其根皮颜色黄赤，尝起来有点麻的缘故吧。自从汉代《伤寒论》中收载麻黄汤一方后，后世医家都认为麻黄是一味发汗解表、止咳平喘的要药。

卑相这个名字，既然连医圣都不知道意思，我就更不要费心思猜测了，一定是神仙取的名字，玄机重重。我只知道，卑相，发汗散寒，宣肺平喘，利水消肿，能宣肺气，开腠理，散风寒，可治外热风寒、恶寒发热。

对于卑相，这就够了。知道得多了，反而不美。

木贼

好好的一味草，却背了个贼的名声，这可怎生是好？又不曾偷过，也不曾得罪谁，一心一意，只想着过日子，好人却担了个赖名声。这世上的事情，总是难以如意。

木贼性子不急，总有点畏缩，腰身在风里怯怯地抖动，不敢张扬，不敢恣意，不敢放开手脚生长。木贼就那么一寸一节地慢慢生长，也算是一步一个脚印儿。能省的都省，日子删繁就简，节约得连叶子也没有了，只剩下茎秆，扶摇直上。长一寸，迟疑一下，思虑着该不该再长，先打个结。不像芦苇们，长得恣意妄为，快要发疯了。

李时珍倒也不嫌弃它，说：“此草有节，面糙涩。治木骨者，用之磋擦则光净，犹云木之贼也。”陈藏器说，木贼苗如节节草，“节节相接，一名接续草”。

鲁班则说木贼是锉草。

古人把吞食苗节的害虫称之为贼，说“食根曰蟊，食节曰贼”。木贼又不吃苗，也不是虫子，怎么还是贼？事情还是有缘由的。李时珍说了，木贼长得很粗糙，可以打磨木头的骨节。云木是最坚硬的木头，木质细密、坚韧，多疤节，用木贼打磨过的木结，光净闪亮，好得很。除了木贼，坚硬的云木没有办法被打磨光滑。一物降一物，木贼降服云木，天生的克星，就叫它木贼吧。鲁班说的锉草，锉就是打磨的意思。

悄悄生长的木贼，喜欢丛生，苗长尺许。每一根只有一秆，无花亦无叶。它是参禅的草，把所有身外之物都抛却了，只留下自己。寸寸有节，是凝思，也是总结。色青，很柔和，不凌乱。中空，留有窍，就是虚心，低调而谦顺。草茎粗糙，披着绒状的锐利之物，是密密的微细刺毛。打磨木头的，就是这些刺毛。老木工采收了木贼，把木贼草编成辫子，浸泡在水里。初做成的物件，表面都是毛糙滞涩之极，要用木贼草辫，细细打磨。古人喜欢在物件上雕刻花纹，椅子上雕一朵缠枝莲，茶几上雕一对云头纹。浅雕的花纹，取一两根木贼辫打磨。遇见木结，则更要用木贼辫使劲儿打磨才行。

一件书案，细细用木贼打磨过后，光润如玉，柔顺平滑，闪着绸子一样柔和的光泽。也不上漆，就那样原汁原味的，散发着自然的气息。水的味道、森林的味道、阳光的味道、草木的味道，弥漫在屋子里，温馨干净。

入药的木贼，棕色，轻薄。气微细，味甘淡、微涩，嚼之有沙粒感。古时的采药人，在秋季收割了木贼，晒干，剪成段，扎把留用。木贼能疏风散热、解肌、退翳，治目生云翳、迎风流泪、肠风下血、血痢、喉痛、痈肿等病症。手上生了疣子，用木贼煎水洗，也有很好的疗效。你想，木头的骨节子它能降服，手上的节子它照样能收拾了。谁叫它是木贼呢！

最是人间留不住，朱颜辞镜花辞树。木贼草老了，辞了光阴，辞了青绿，只留着一身枯黄。可是，枯黄就是智慧。岁月滤去了轻浮，沉淀下精华。

老天让每一味草下凡，都有安排，谁该干啥就干啥，不要相互扯皮推诿。木贼当然也记着自己的使命。

苄

苄草长在白云深处，独自参禅。殿开白昼风来扫，门到黄昏云自封。苄不在世俗里，不要儒家的入世哲学。它是从《神农本草经》里飘绕而来的，只有出世哲学。苄，与“糊”同音。苄活得很明白，一点儿也不糊涂。《尔雅·释草》里说，“苄，地黄也”。是的，苄草还有个俗名叫地黄。不要惊讶，古代的草都是很风雅的，叫俗名，理都不理。雅士罗愿说，苄“以下沉者为贵，故字从下”。

这味药，草叫苄，根叫地黄。知道了吧?

苄一辈子都很低调，绝无张扬。嫩苗出土，贴着地皮生长，叶子很像山白菜而毛涩，叶面深青色，叶脉稍微带点紫色。再长大一点，叶子变厚，有点近似小芥叶，不分叉。再长呢，叶子中间蹿出茎来，茎上细细的白茸毛。五六月，茎梢开小筒状花，红的、黄的，色浓深。长累了，就结如小麦粒一样的籽实。药用，用的是根。因其地下块根皮赤黄色，所以叫地黄。根长四五寸，瘦的纤细如美人的手指，肥的像纺锤。刚刚挖出来的根，叫鲜地黄。还有干地黄、熟地黄。

《神农本草经》里说，取鲜地黄一百斤，挑拣肥硕的六十斤，抖掉沙土，暴晒，晒到根皮微皱。余下的瘦地黄，投到清水里淘洗干净后放在木臼中，捣碎，绞汁，掺入白酒。取汁，拌入晒蔫的肥地黄里，日中晒干。若天阴，用炭火焙干。不管是晒干、阴干还是焙干的，都叫干地黄。干地黄味甘，性寒，无毒。主治男子五劳七伤、女子伤中，胞漏下血，通血脉，益气力。

至于熟地黄，炮制的方法也是很烦琐的。大木盆里盛满清水，投入鲜地黄，用木棍搅和，沉水的肥大者拣取出来，瘦的不要。一坛子好酒加砂仁末，搅拌均匀，灌入放了肥大地黄的柳木甄里，搁在瓦锅里蒸透，晾干。再拌入砂仁酒，蒸晾。如此，九蒸九晒，乃止。故，熟地黄也叫九地。

九地可填骨髓，长肌肉，生精血，补五脏内伤不足，通血脉，补血气，滋肾水。李时珍说，男子多阴虚，用九地；女子多血热，用生地黄。

蓫薚

蓫薚，念作“逐汤”。

山野里做草时，无缘见。成了药材，才得一见真颜。药肆的柜台上，一张枯草做成的纸，一撮蓫薚，在阳光里淡淡地散发着一脉草药香气儿。灰棕色，隐约渗了丝丝老绿，仿佛使劲儿挼揉了似的，皱缩着，枯萎着，也淡定着。问，这草，可是商陆？答曰，是的，就是章柳。低声感叹，这蓫薚，枯了都这样清美。

做草的时候，女儿一般，豆蔻好年华，叫蓫薚。《诗经》里说：“我行其野，蔽芾其樗。婚姻之故，言就尔居。尔不我畜，复我邦家。我行其野，言采其蓫。婚姻之故，言就尔宿。尔不我畜，言归斯复。我行其野，言采其葍。不思旧姻，求尔新特。成不以富，亦祇以异。”

“我行其野，言采其蓫”中的“蓫”，就是蓫薚了，俗名叫羊蹄子菜，古人也是吃它的。只是啊，读来，心里愁绪弥漫——独自行走郊野，樗树枝叶婆娑。因为婚姻关系，才来同你生活。你不好好待我，我只好回乡国。独自行走郊野，采摘羊蹄野菜。因为婚姻关系，日夜与你同在。你不好好待我，回乡我不再来。独自行走郊野，采摘葍草细茎。不念结发妻子，却把新欢找寻。诚非因为她富，而是你已变心。

空旷岑寂的原野上，被遗弃的女子独自行走，碎碎念。布衣罗裙，满面泪痕。路边的樗树、蓫草，还有茂密的葍草，都不能疗愈心里的伤痛。如此孤独凄凉的意境，真的不能多想，一想，眼泪就下来了。蓫薚草，医天医地，却不能医心啊。

蓫薚老了，将根掘出，入药，叫商陆。草为蓫薚，也叫章柳。根为商陆，也叫当陆。李时珍说，此草能逐荡水气，枝叶柔美，所以叫蓫薚。路边多生，掘根叫商陆。至于叫当陆，则是因为草叶枝枝相值，叶叶相当，故而得名。

人生一世，草木一秋。蓫薚老熟，也就枯萎了，但根依然活着，来年，萌发一枚新芽，轻轻说："我是去年的蓫薚呀。"一味草，懂得收敛自己的脾气，沉默，却也悄悄地繁荣。

商陆入药，味辛，性平，有毒。《神农本草经》记载，商陆主治"水肿疝瘕痹，熨除痈肿，杀鬼精物"。《名医别录》记载，商陆能"疗胸中邪气，水肿痿痹，腹满洪直，疏五脏，散水气"。古代名医甄权说，商陆能"泻十种水病。喉痹不通，薄切醋炒，涂抹喉外，良"。

陶弘景先生说，商陆方家不甚用，唯有疗水肿挺好。道家用得多，据说能见鬼神。道家用蓫薚的花朵和籽实，称为神药。至于医家，只用根。

总觉得，每一味草药，都有自己的活法。顺其自然，守着本分，淡泊名利。一味草，绝对不去浮躁狂妄，不去给自己的同类使个绊子挖个坑。草药，淡淡的，在大自然里和谐相处，真是有一种天人合一的大境界。如果参禅，就在一味草药里参悟吧。

岐伯曰："病有远近，证有中外，治有轻重，适其至所为故也……近者奇之，远者偶之……"岐伯是黄帝的太医，奉命尝百草，写医典，悬壶济世。

这会儿他说的是方剂。奇是指单方，独含一味药；偶方是有两味药相配。岐伯说："奇之不去，则偶之，是谓重方。"如果一味药不能祛病，就多味配之，也叫复方。最大的处方，几十味药材挤在砂罐里慢火炖，"咕咚咕咚"。

有一种草药叫蓬莪茂，挺有趣。李时珍说，蓬莪茂生长在西戎及广南诸州。叶子很像荷叶，籽像干椹。蓬莪茂在根下并生，一对儿，一个是良药，一个则有毒。不过，长得太相似了，采挖出来分不清哪个有毒。西戎人采掘蓬莪茂，先把羊赶过去，羊不食的就有毒，扔掉不要。

这个蓬莪茂，治疗心腹痛、包块郁结效果很好，常与荆三棱合用。

荆三棱，也叫鸡爪三棱、黑三棱也是治气胀、破积气、治症瘕的名药。因叶子、茎、花、果实都有三棱而得名。茎中有白练，剖之织物，柔韧如藤。

有医案记载说，昔日有人得了瘕病，腹内有一疙瘩积聚结块，硬邦邦的，散不开，死了。他留遗言说，死后请人剖其腹看看到底是什么怪东西。医师剖开后发现，病块是一个石头一样的东西，干硬如铁，纹理有五色。大家觉得这个可能是异物，就留下来打磨成刀柄，安了一枚利刃。后来有人拿这把刀去割荆三棱，结果刀柄遇到荆三棱，即刻化成了水。于是，后人才知道荆三棱可以治疗瘕病，但凡腹内结块的疾病，都用荆三棱。

李时珍说，荆三棱、蓬莪茂“治积块疮硬者，乃坚者削之也”。再坚硬的包块，遇到这两样草药就像被刀子削一样，被克没了。世间的事难以说清，一物降一物，谁知道两样柔软的草能削掉石头一样的硬东西呢？

李时珍说，荆三棱能破气散结，力峻，不能长时间服用。力峻就是攻击力非常强，很凌厉。据载，有个人患瘕病，腹胀难忍，用荆三棱、蓬莪茂，以酒煨煎服，下一黑物如鱼而愈也。可见这两样草药性子之烈，藏在腹内的怪物稀里哗啦就被草药的“巴掌”扇出来了。

草药有性子峻烈的，也有温和的，比如中医里有名的五参。五参即人参、沙参、玄参、丹参、苦参。五参形状虽然不相同，但主疗颇同，所以皆有参名。

沙参，还有个名字叫羊婆奶。李时珍说，沙参白色，宜种于沙地，所以叫沙参。其根多白汁，俚人呼为羊婆奶。

沙参的功效主要有两个：其一，润肺止咳，配以麦冬、川贝、天花粉；其二，养胃生津，配以生地、麦冬、玉竹。

张元素曰：“肺寒者，用人参；肺热者，用沙参代之，取其味甘也。”李时珍说：“沙参甘淡而寒，其体轻虚，专补肺气。”人参补阳而生阴，沙参补阴而制阳。

与人参相比，沙参轻一点，虚软一点。人参补气，沙参补阴。肺热咳嗽，用沙参半两，水煎服就好了。也有人用沙参炖粥，清肺火，治久咳肺萎。

李时珍说，人参性温，补五脏之阳；沙参则反能疏泄太阴之阳。这个一定要分清楚。他记载了一例医案：有个女子，性子急躁，脾气粗暴。暑月，最热的天气里，和人吵架，没有吵赢，被人大骂一顿。她气坏了，一下跳了三尺高，想发个飙，但被痰噎着，没骂出来，干跳了几下就晕过去了。虽然没有死，但痰因怒郁堵在胸口，气上不来，又降不下去。大夫先用针扎人中穴，然后用人参半两，逆流水一盏半，煎熬一大碗灌下去。女子服后即大吐顽痰，出大汗后昏睡，一日而安。像这样的医案，就不能用沙参。

丹参，还有个名字叫奔马草。李时珍说：“五参五色配五脏。故人参入脾，曰黄参；沙参入肺，曰白参；玄参入肾，曰黑参；牡蒙入肝，曰紫参；丹参入心，曰赤参。”丹参不稀有，《本草易读》记载：“处处山中有之。一枝五叶，叶如野苏而尖，青色皱皮，小花成穗，根皮丹而肉紫。”

这样的文字，读来是清香的，一丝一缕，脉脉的香气沁入肺腑。叶无声，青草满地。烟柳轻扬，陌上花开，这样轻逸的意境里，可曾有野渡吹箫人？

丹参活血、养心、养神、通心包络，主治心腹邪气、肠鸣幽幽如走水。丹参治疗妇科病尤其好，产后的四物汤用丹参，调经脉，补新血。妇人腰脊冰冷、骨节烦疼，吃吃就好了。

最奇怪的一个方子里，同丹参搭档的还有老鼠屎十枚。哎呀，这样的药怎么能喝下去，太痛苦了。别的方剂里，丹参还同羊脂搭档，外用的；还有同猪油搭档的，也是外用的。这个丹参的搭档实在不咋的，真是相见不如想念，见了都是些可憎之物罢了。

煎药也是有讲究的，不能乱煮。比如麻黄、防风、薄荷之类的解表草药，都是气味芬芳、质地轻盈的花花草草，用凉水浸泡一刻钟，煎熬的时间不宜过长，差不多十分钟就行，不然药效就挥发掉了。矿石类的，要先下，煎熬一会儿再下别的草药。有些药要纱布包起来，比如车前子，要不然就把你的一砂锅药汁熬成稠糊糊了。有些药最后下，药汁熬得差不多了，丢进去煮一煮。大黄、勾藤都后下，因为药性烈。

每一味草药，都有一个经脉等待。可是，人就不一定了。大野里在阡陌徘徊，烟柳里在古道边等待。等了千年，不过是一地枯黄的野草罢了，要等的人，千年不来。

若是说奇方，人参是经典的，最有名的独参汤据传能起死还阳。古代的人没有急救措施，血气虚脱的病危之人只能寄希望于独参汤了。将独味人参用慢火煎了，清在瓷器里，盖严盖子，捂一会儿，又叫还阳汤。

医家有句话说，人参杀人无过，大黄救人无功。人参补过头，大黄可以救治。人参虽好，但有三不用：健康人不用，年轻人不用，实邪未尽者不用。药这个东西，一辈子不用才好哩。

有故事说：苏州府有个姓杨的纨绔子弟，不务正业，偷了家里千两银子去烟花巷，他父亲发现后将其破口大骂一顿。也许打了几板子也不一定呢。这家伙就昏迷了，卧床不起。请大夫来看，认为是虚证，就开了人参大补。但身体强健的人是不能用人参补的。结果这个家伙被人参补得一塌糊涂，真的不行了。家里人开始准备后事的时候，邻居说有名医可以医治，不妨试试。

名医一看，这就是人参补过头了。他说，这个病死不了，再打几十板子都不死。当家的就说："他这个病，光是吃人参就花了一千两银子。你若是救活他，再给你一千两银子。"

名医笑笑说："我的境界你不懂。我的成就感是来自于救活人命的，并非银子。"名医开了几味药，不贵，还有一味药末。病人吃了几天，居然好了。

病人好了，杨家人却把名医忘掉了，连一文银子也没有谢。后来名医路过此地，说顺便收当初许诺的酬金。杨家人脸色大变，很不悦，手都有些哆嗦。名医大笑说："不要吓成这个样子嘛，看你小气的，银子我是不稀罕的。那些救命的药，原本也不甚值钱，不过是大黄、莱菔子罢了。"

读了，心下感慨，胸中自有清风徐来啊。这样的名医，一定是侠客一样的雅士，抚剑长吟，白袍飘飘，笑容清绝，骑一匹叫绝影的白马隐居深山之中了。

草药的世界跟人的世界是一样的。人参因为难得，因为独参汤功名显赫，就格外贵重。至于大黄，太多了，随处一抓一大把，不受重视。在中药堂里，人参放在青花瓷的坛子里，大黄就随便丢在角落里。

人参，栽培者为园参，野生者为山参。晒干的，叫生晒参；水烫，浸糖后干燥的，称白糖参；蒸熟后晒干的，称红参。

李时珍说，最好的人参是山参，即野生的，在秋冬采挖。春夏采挖的不好，破坏了药性，虚软，不坚实。他说，也有人用沙参、桔梗根伪赝，造假乱之。但沙参体虚无心，味道寡淡；桔梗根体坚有心，但味苦。上品的人参体实，有心，味甘，微微带点儿苦，似有似无，自有余味。如女子，素心如简，温婉如玉，清眸流转，暗香盈盈。只可遇见，不可苛求。

赝伪最多的是孩儿参，十根有八根是假的。真正的孩儿参也有，但非常稀有，一辈子采药也不一定遇得上。我家在镇子上开诊所的时候，有个药贩子背着个褡裢卖药。让人惊讶的是，他秃噜秃噜一口气掏出来一大串孩儿参，根根如人形，连眼珠子都有，就差双眼皮了。虽然知道是假的，但我总是感叹，他们是怎样让植物听话地长成自己想要的样子呢？毕竟植物在土地里，是随心所欲地生长着的。难道有什么咒语可以驱使吗？

《神农本草经》中说，人参“补五脏，安精神，定魂魄，止惊悸，除邪气，明目，开心益智。久服，轻身延年”。《本草纲目》记载：“人参甘温，能补肺中元气。肺气旺则四脏之气皆旺，精自生而形自盛，肺主诸气故也。”

人参大补元气，可鼓舞精神，对呼吸困难、四肢冰凉、脉微弱，及一切虚脱症有良好的治疗效果。陶弘景曰：“人参为药切要，与甘草同功。”

体质虚弱的女人，炖一锅人参羊肉，补益效果非常好。人参补气，羊肉补形。也有人用沙参代人参。李时珍说：“人参补五脏之阳，沙参补五脏之阴。”二者是有区分的。以气血论阴阳，则阴阳不可离；以寒热论阴阳，则阴阳不可混。以人参补阳，必须在阳中求阴。阴阳则生化无穷。

铁器不能炖人参，五灵脂和藜芦不能与人参同用。吃人参的时候绝对不能吃莱菔，莱菔就是萝卜。

莱菔子，也就是萝卜籽。我很喜欢莱菔子这个名字，有些淡淡的书香气，很清雅。莱菔子消食，化积，利关节，消咳止痰，散淤血，是一味好药。而且很便宜，一点也不贵。

有故事说，有个人爱吃豆腐，不幸中毒。医治无效，家人急得乱窜。看见卖豆腐的，就抱怨说，你家豆腐是坏的。卖豆腐的人解释说，他做豆腐的时候，妻子不小心把萝卜汤掺在了锅中，所以豆腐做出来有毒。这家人心里开悟，就把萝卜汤给病人喝下去，结果好了。世间的事情，实在奇妙。

又有故事说，一个叫李师的人逃难藏在石窟中，贼在洞口放了烟熏。李师眼看快被熏死了，奄奄一息之时，手里摸到了莱菔菜一束，急忙嚼着汁液咽下去，居然没被熏死。李时珍最后说，此法备急，只是传说，也没有人试过，不知道行不行。

传统的医药学和医术，又称为“岐黄之术”，是岐伯与黄帝二人的合称，为医家之祖。中医是有诗意的，方剂、典故、草药的名字，都是何等的风雅啊。一页医籍，就能抖出月落乌啼、初雪落瓦的意境来。千年的风霜，草木在天涯愁断肠。泛黄的纸页里，百草百花和你一起红尘相守，千年又千年……

第三辑

大地生化万物，草木独摇而上

—— DADI SHENGHUA WANWU，CAOMU DUYAO ER SHANG ——

陶弘景的笔墨是瘦削的，一枚木简上，开着一朵草药的花，清幽、朴素。林密方知夏深。他静坐在深山的古树下，仰头，光斑筛下来，明明暗暗，落在面颊，落在木简。滤掉世俗纷扰，就这样，满怀山色，不言也不语，大处落墨，笔下是一味味草药的禅意。

草木筋骨

古人的草药，包在泛黄尚青的粗纸里，用纸捻子捆扎好了，整整齐齐的。草药一服是治不好病的，至少要三服。那么，几个纸包就捆扎在一起，一串儿，像拎粽子一样拎着。巷子悠长，柳絮儿飞成漫天雪。青石板的街，抓药的人着长袍，穿木屐，“呱嗒呱嗒”，回家煎药。不过，唐朝的陈藏器喜欢把草药包在荷叶、芭蕉叶里，若是自己的朋友病了，就用小小的草篓装了药，亲自骑马拜访。当然，他是个诗意的人，行医只是客串，本职是县尉。

他客串，也是很了不起的。若有空闲，就去搜罗幽隐，打听民间偏方，到山野里采药，在灯下博览群书。下雨的日子里，在几案上抖开《神农本草经》，逐字逐句咀嚼，订绳谬误。一枚竹简，便是一茎摇曳的草药，在时光里开花散叶。夜凭窗，瓦落霜。多年后，写出一部旷世巨著，就叫《本草拾遗》。李时珍读此书，落下泪来，说，先生是参透药理的人啊。

陈藏器去深山看望生病的老友，将草药包在兰草编织的小笼里，手里还拎着一把破扇子。老友笑他：“好歹也是县尉，怎么拿着一把破扇，太不讲究了。”他笑笑，说：“天地品物无穷。古今隐显亦异。用舍有时。”这破扇，古时也是一味药，不信吗？

陈藏器煎药倒是很讲究的，必须要用劳水。劳水即扬泛水。去水流湍急的河里，舀来打着漩涡的水，倾入敞口的大瓦盆里。拿葫芦切开而成的水瓢，杓也可以，将水高高扬起来，倒下去，如此反复，水扬起千万遍，等有沸珠相逐，大瓦盆里的水出现大量的小水珠汇聚才行。这水便是劳水。陈藏器说："劳水甘温而性柔，故烹伤寒阴证药用之。"

孙思邈认为水本来的性质是咸且重的，扬过之后，水的性质就会有所变化，变得甘而轻，因此用这样的水煎药就有特殊的效果。劳水可以用于煎煮伤寒阴证的药物。至于急流水，"湍上峻急之水，其性急速而下达，故通二便风痹之药用之"。

水是劳水，火也讲究，要陈芦火，粗砂瓦罐。芦草就是芦苇，细长，中空，皮厚，色青苍，根可以入药。陈年芦草，颜色暗淡苍黄，燃烧起来，火力不厚，有点弱。为什么要这两样呢？陈藏器说，劳水、陈芦火，"取其水不强，火不盛也。芦中空虚，故能入心肺，治上焦虚热"。

草药在药罐里"咕咚咕咚"出声音后，陈藏器将那把破扇，拆了一枚扇骨，用它来搅动草药，慢慢煎熬。他说，这扇骨，是用了几十年的旧竹子了。竹子过于陈旧，可以消减草药的烈性。芦草隔着砂罐，火苗盛开，焚一炉彤云出岫。小院里，药味渐浓。卧床的老友，怕是因这份儿烦琐的心境感动涕零吧？

不要说药效，单单是看这些过程，也是极为繁杂精致的，多么慢，多么用心。深山老友喝了这碗药汁，病就算不能痊愈，也该好了七八分吧？古人重情分，最纯粹的情意，就包含在这一水一火里，连一句多余的话也不要说，说了，就俗了。你不是山野之人，我也不是县尉，你是我高山流水之间遇见的知音，一心盼着你快点好起来。这样干净清澈的红尘知己，现今，怕是难觅了。

古人说，聚精会神参玄机，寻师访友悟大道。一碗草木汁液里蕴含的，应该是人间朴素的大道吧。

后人责备陈藏器说，中医这些神神道道的东西，就是他搜罗来折腾人的，一点儿道理都没有。李时珍辩护说，陈藏器是个了不起的医家，此本草之书，不厌详悉也。有点小缺点也是允许的，不要那样恶毒地骂他。

我读《本草拾遗》，心里肃然。实际上，陈藏器是个温暖、包容的男人，太重人情。固然，有些药引子毫无道理，甚至烦琐到了顽固。比如“割股疗亲”这样的，纯属愚孝风俗，亦颇遭后世非议。但是，这样的愚钝方子并不是很多，后人阅读，可以选择性地吸取，不必完全照搬。现在给虚弱者用人参炖羊肉进补，就是陈藏器著在《本草拾遗》里的。他说，补可去弱，这两样补益之物，可以治疗各种虚弱之证。

陈藏器实在是诗意得厉害，天上飞的、地下跑的、水里游的、喘气儿不喘气儿的，都在他的搜罗之中。李时珍说，陈藏器心胸豁朗，什么都可容纳，著录药物最不守陈规，甚至跑到很远很深的山里，搜寻解毒药、创伤药，连海洋里的各种贝类都记载得一清二楚。他搜罗幽隐简直上瘾了，搜集了很多当时人们认为是冷僻的药物，但都是现在常用的。有的地方这味药无用，换个地方却是某些病最好的药材。李时珍说，就算真是冷僻药物，那也是陈藏器对自然和历史的探索寻觅，不应该由此遭贬的。

我总觉得，他是个好奇心很重的人，什么不可思议的古方，都要记载下来琢磨研究，包容吸纳。

唐朝的开阔胸襟和大气度，也体现在草药上。那时，大量的异域药材，雪花一般纷繁地涌入中土，西域的、高丽的、外藩的，各种奇方异药，都吸引着陈藏器。他最早收录的延胡索，当时无人理睬，到了后世就成为理气止痛、活血化瘀的常用药。蚂蚁入药，也是他搜罗来的。

古时的雅士，很重视知己。若是一生遇不上知己，那就会愁闷很多。可是在当时，陈藏器不怎么受人重视，还时不时被人拿来讥诮一顿。那时候，他大概是郁闷的。唯有把自己的医术著进书里，带给深山的老友。

盛唐过去了，宋朝也过去了……光阴一页一页翻过去，沉淀落下，陈藏器也黯淡在时光里。直到李时珍的出现。李时珍读陈藏器所著，读得眼角泛着泪花：先生，我没能在大唐遇见你，错过了多少光阴，但是隔着时空，我仍然觉得你是我心灵的知音。你著书，居然著得这么透析，写药材，写得这样入骨三分。高山流水，你在山顶弹琴，我就是那砍柴的樵夫啊。

陈藏器的成名，始于李时珍。这红尘，多少人，一夜成名。而陈藏器，用了整整几个朝代。慢了也好，唯有慢，才能芬芳永久。《本草纲目》里有几百种药物，都来自《本草拾遗》。不得不说，这是对雅士的最高心灵礼遇。李时珍开启了一坛深幽的沉香，移灯盏，照见唐朝的味道和盈袖的暗香。火盆里点燃几枝干枯了的忍冬藤，他在窗下，轻轻抚摸一粒一粒的小篆，长叹一声：先生啊，恨不相识唐朝时，梦里头，为你晾晒收储一地草药吧。窗外大雪，有童儿抱着一束枯了的紫菀，踏雪而来。

我想，陈藏器是个孤独的人。因为孤单，心里总是缠满了人情味，给每一味药草，都赋予情感。他那么不厌其烦地叙述一味药，甚至有些絮叨，都是因为内心的温软啊。哪怕千年，总有懂他的人罢，急什么。用一柄破扇，扑扇着一盆炭火，煎药的砂罐里，沸腾的草药汁开成一朵褐色的牡丹。老友的素布帐子，树根做木墩，雕了老藤的紫檀香炉，都弥漫在水汽里，迷离朦胧。还差一味积雪草，他也在水汽的笼罩里，微微一笑，从兰草的小笼里捏出一撮草药，丢进药汤里，煎煮着，扑扇着。

一卷泛黄的古方，半途丢了几枚汉字。陈藏器抚卷颦眉思索，为着那逃走的字符，捻断了胡须。半晌，搁下卷嗟叹：既然残缺，就残缺着吧。人生何尝没有残缺呢？上古再好的药方，红尘再多的草药，也难医世人心中的枯黄。能医一点，是一点吧。他，竭力了。

我总是猜测，懂他的人少，给他温暖的人也不会多。所以，他才这么细腻清朗，隔着厚厚的光阴，淡淡一笑。只这一笑，多少雨过天晴，枯柴煎药。

草木幽记

沉香

沉香的别名不多，一个叫沉水香，一个叫蜜香。李时珍说：“木之心节置水则沉，故名沉水。半沉者为栈香，不沉者为黄熟香。”

大唐名医苏恭说，沉香出天竺诸国。木似榉柳，树皮青色。叶似橘叶，经冬不凋。夏生花，白而圆。秋结果似槟榔，大如桑葚，紫而味辛。

沉香的香味，能涤荡一切浊气，去恶气，清神醒脑。很有名的冷香汤就是以沉香为君药的。它是木之精华，众香之首，高贵得很，本草里的名贵药材。

但是，沉香树的生长却相当低调、谦和。它是深根系树种，树根密密麻麻紧扎在土层里，保护、涵养着一方水土。所以沉香树生长的地方，野花繁密，百草旺盛。它自己活得很好，护着脚下的小草们也活得滋润，一起繁茂，一起沐浴天地雨露。

沉香木是沉香的宿主。人会受伤，树也会。大风刮得它骨折，被斧头砍、被虫蛀、被大水冲翻在地、被牛蹭掉一块皮……活一世，谁也无法保证自己不受伤害。沉香树受到锐伤之后，自然也有伤口，也有疼痛的汁液渗出来。人体受伤的时候，伤口周围会迅速聚集大量的细胞组织，保护创面，修复、速凝、结痂。沉香树亦然，树感知到疼痛，树脂赶到伤口周围，修复、保护伤口。这凝结成的分泌物——结痂的树汁，就是沉香。

在沉香树腐朽的部位或者树木内部，也有树脂形成。腐朽结痂应该是一种钝伤，内部结痂肯定是内伤。这样慈悲的树，受了伤，默默地保护自己。那结成的痂，是人间的沉香，是它在撕心裂肺的疼痛之后，留给世人的一抹微笑。

陈藏器说，沉香，枝叶长得很近似椿树，生长稍微缓慢一些。沉香树的枝节不朽，最细密紧实者为沉香，浮者为煎香。长得像鸡骨者为鸡骨香，长得像马蹄者为马蹄香，细枝未烂、紧实者为青桂香。其马蹄、鸡骨只是煎香。

沉香常青，冬天不枯不凋零，四季里一直弥散着清雅独特的香味，闻者心悦神清。只要有沉香生长的地方，鸟儿、蝴蝶都闻香赶来过日子，相依相伴。即便是过路的人，也要在树下小憩，相伴片刻。沉香不排异，不嫉恨，包容优雅地对待光阴。

李时珍说，沉香，一曰沉，二曰栈，三曰黄熟。沉香入水即沉，又分为四品。曰熟结，乃是树的膏脉凝结，出自木质腐朽者；曰生结，是用刀斧伐仆之后，伤口的膏脉结聚者；曰脱落，乃是因为水腐朽树木而结聚的；曰虫漏，乃是因为蛀虫咬噬的间隙里结聚者。若是论沉香的药效，“生结为上，熟脱次之。坚黑为上，黄色次之。角沉黑润，黄沉黄润，蜡沉柔韧，革沉纹横”，皆为上品。

为了得到沉香，人们凿木取香。或用凿子凿，或用刀子割，割开的伤口处，树的汁液渐渐渗出来，结痂，形成沉香，摘取，再补一斧。年年凿，年年取。受到的伤多了，沉香木的心里就积攒成偌大的淤痂，淤痂被磨出血的时候，也就忍着，一声不吭。满身伤痕的树，也不多期盼，只是想方设法活下去，延续生命。多大的累，自己受了；多大的罪，自己遭了。冷暖自知，留给世人传世奇香。世人只看到沉香，看不到树的苦涩和眼泪。

沉香产生的芬芳气味，只负责驱虫而不杀虫，只是把浑浊的东西赶走，绝不伤害。在沉香的眼里，我与你无冤无仇，不喜欢你，远离就是了，为什么要赶尽杀绝呢？沉香身无分文，唯有自己，活一世，布施一世。人有一字不识，而多诗意者。树有一偈不参，而多禅意者。

沉香生长的过程中，能把周边环境里的空气净化得清新干净，过滤空气里的浊气，稀释有毒的气体。天地这么大，要做的事情这么多，能力有限，做一点是一点，尽力而为。这是世外隐士的情怀，是古代医家的品格。隐世出世，缓慢生长，皆有节度。

箭杆树

河西有一种绝了种的树木，民间传说，此树叫箭杆树。它生长的速度很快，狗撵着一般。树木的汁液里含着毒，天上的飞鸟不敢过，地上亦不长草。它汹涌地吸走大地的养料，据为己有。枝叶过于浓密，挡住阳光，树底下的草木直接因晒不上太阳枯萎而死。箭杆树的脾气野蛮霸道，花一开百花衰。它要生长，就要抑制其他任何一种草木的生长。箭杆树底下，光秃秃的，小草、灌木都没有，惹不起，总躲得起。林子里寂静得只有风。这些杀气腾腾的树木，独自生长，独自蔓延成林。

用箭杆树的枝干制作的箭，杀伤力很强，故箭杆树是远古时代匈奴人和月氏人全力争夺的树木。后来，战事频繁，需要大量的箭杆树来制造弓箭。大规模的砍伐使箭杆树林迅速萎缩。胡人都是骑兵，因为箭杆树的根刨出来做马鞍轻巧耐用，于是，大量的砍伐之后，连根刨走。厮打到最后，匈奴得胜，绝望的月氏人撤走之时，放了一把大火，烧毁了箭杆树的山林。箭杆树自此绝种。

再大的火，别的地方应该幸存下来几棵吧？可是，也没有。这种树实在太厉害了，不能和百草繁花一块儿生长，草木远避，鸟儿没有食物和栖息的枝头，也不来。不怕箭杆树的，只有蛀虫，它们慢慢地大量繁殖，吞噬树木，幸存的箭杆树都枯朽死了。世界上，再也没有这样的树木了，太绝情，没有给自己留一条后路。

古人说，一定要有出世的胸怀，才能入世；一定要有入世的深刻体验，才能真正地出世。沉香受到的伤多，不是软弱，皆因为太宽厚仁慈。因为时时遭遇金针砭石，沉香才得以出世，彻悟人间大道。箭杆树太肃杀，自己独活，天下唯它，亦是无人伤害，把自己保护得太好。按理说，没什么可失败的了，可是竟然绝种了，真是太不可思议了。

草木幽深处

独活

陶弘景说，此草“一茎直上，不为风摇，故曰独活”。可是，它还有个名字叫独摇草。有时候，悄悄地摇一下，也不失风度的。那摇摆的样子，肯定也是婀娜妖娆。远古的时候，西羌也是有独活的，叫羌活，或者羌青。

陶弘景的笔墨是瘦削的，一枚木简上，开着一朵草药的花，清幽、朴素。林密方知夏深。他静坐在深山的古树下，仰头，光斑筛下来，明明暗暗，落在面颊，落在木简。滤掉世俗纷扰，就这样，满怀山色，不言也不语，大处落墨，笔下是一味味草药的禅意。

陶弘景说，羌活，形纤细，多节，软润，气息极猛烈；而独活，色微微的白，形虚大，气味温和一点。此草药很容易被蛀，适合密藏在瓦罐瓷器里。

空山人静，花木清甜的气息凝聚在墨汁里，缓缓的小风散漫地吹一吹罢了，哪里能够认真呢？人一世，花木也是一世，这光阴，不仔细过怎么能行。陶弘景的心事，走远了，却又扑近了。红尘熙攘，哪个人能真正的心里无一尘埃，恬静澄明呢？总有些事，总有些人，在那厢叨扰，只是不愿意细想罢了，只是倾力忘记罢了。剪去琐事，才能把心空出来，亲近一味草药，闲看一朵花砰然裂开。

初生的苗叶，如青麻，纤弱、温婉，柔肠百结的样子。一点点地长大，茎直立，有点紫气儿，细细的纵沟纹。六月，开花，成丛。花朵一种是青黄的，像水墨，掺了一点粉白，一点石绿，颜色厚重，不轻佻，不透彻；还有一种是紫的，也似水墨，蘸了一点胭脂的底色，使得紫色堆积起来，凝练起来。一朵朵聚拢在一起，伞一样哗然撑开在光阴里，撑开在深山里。陶弘景说："结实时叶黄者，是夹石上所生，叶青者是土脉中所生……紫色而节密者，为羌活，黄色而作块者，为独活。"

治风湿，首选独活。刘完素说："独活不摇风而治风，浮萍不沉水而利水。"这是草药的秘密，其中玄机，只有它们自己知晓。陶弘景说，独活味苦、辛，性平，无毒。主治风寒所击，金疮止痛，奔豚痫痓，女子疝瘕；治风寒湿痹，酸痛不仁，诸风掉眩，颈项难伸。

陶弘景，丹阳秣陵人，南朝齐、梁时期的道教思想家、医家、文学家，修订了《本草经集注》，著有《陶隐居集》。他是清高、富有禅意的雅士，淡泊名利，脱朝服挂神武门，辞官归隐深山，被称为山中宰相。曲径通幽处，禅房花木深。山顶的白桦木屋，清风明月相伴。朴素的时光里，著书弹琴。

他喜欢天籁之音，喜欢澄明洁净的草木。都说陶弘景仙风道骨，看淡世尘，有着行云流水的快意。可是，这只是世人的想法，陶弘景的内心，肯定也是痛过的，不然不会终身不娶，不会归隐深山不复出。人生，谁没有痛，谁能心里真正静得像一泓水呢？把尘世看得多淡，光阴背后的伤害就有多深。看破红尘，是为了疗伤。偶然读到一段文字："人生的痛，都是烧红的铁块。忘是忘不了的，哼是不能哼的。只好自己承受着，钝化心灵那一块区域的感知。局外的人，千万别提醒。一旦提醒了，尖锐的疼痛就长驱直入。别让他们痛，那些捏着故事的人，那些烧红的往事。"

那么，陶弘景先生，什么也不说了，煨一炉西域的香草，只为你，弹拨一曲高山流水吧。

无义草

既然无义，肯定也无情了。是谁取了这样一个决绝的名字？我总是想着，择一城终老，遇一人白首。却在倏然间读到这样一味寒凉的草，心里一惊。草怎么可以如此薄情寡义？

李时珍挑亮那一豆灯花，喝一盏清茶，淡淡地说，此草本来叫金灯，花和叶子永不相见，花凋谢了，叶子才慢慢抽出来，药用有小毒。无义草，这个名字是段成式在《酉阳杂俎》里讲的。段氏讲，金灯，花与叶子不相见，人恶种之，谓之无义草。

段先生，你是仁慈的，怎么记载下这样一个忧伤的名字来丢给世人？人生啊，有些不相见，不是无义，不是绝情，而是放不下，是负担不了见面的痛。不相见，绝非忘记，是一世纠缠的情缘，心里、梦里还是牵绊着的呀。你随口这么一说，一味草，不得不板起脸来冰冷地活了。红尘的事情，曲折迷离，谁可以妄下断论？

段成式讲了一个小故事。唐顺宗永贞年间，长安城王家，很有钱，藏书也多。有一女儿艳丽聪悟，却得了怪病，从鼻内长出两块肉，从鼻孔中垂下，花蕊一样，样子吓人得很，一碰就疼得入骨髓。王家给女儿看病，花钱无数，还是不见效果。后来遇见梵僧乞食，懂医术，往女孩鼻子里吹了点白药面，就把息肉摘下来了。再后来，有骑白马的翩翩少年郎来到王家，问："有胡僧来过吗？"回答说："来过，还给我家姑娘看病来着。"白衣少年不高兴了，说："上天失药神二人，就藏在你家女儿鼻中。我天人也，奉帝命来取，不意此僧先取之。"

古代有个名医读了段氏的故事，解释说，梵僧吹的白药面，就是无义草晒干研磨的。因为此草无义，所以有麻痹的药效，摘取不痛。不过，谁知道呢？段氏本来就擅长讲鬼故事。

无义草，冬月生叶子，样子很像水仙花的叶子，稍微狭促一点。颜色不厚，有点薄薄的素洁，青，淡。二月，蹿抽一茎，如箭杆，高尺许。样子一点也不柔软，有点硬，有点傲，有点拧巴，好似茎秆里全是骨头支棱着，毫无血脉气韵，拒人千里外。倒是开花好一点，红色的像施了脂粉，浓艳，也妖娆。黄色的花瓣上有黑点儿，那黑点是淡淡的痕迹，不深，亦不浊。一大朵花，是众花簇攒而成的，如丝扭结而成，很是可爱。

无义草，还有别的名字，金灯、山慈姑。陈藏器说，金灯，是指花儿；草则叫山慈菇，乃散毒之药，可治怪病。治痈肿疮瘘、瘰疬结核等病症也是挺好的。《本草纲目》讲，山慈姑"主疔肿，攻毒破皮，解诸毒蛊香，蛇虫狂犬伤"。

说是无义，却能疗百毒。可见，有些情意，藏得太深，一世都不见。见与不见，都在心底封沉而去，有什么要紧的。

预知子

蔓生，喜欢依攀在高大、峭厉的树木上。矮的、丑的、长得乱七八糟的树上是不去的。叶柄细弱，一脉紫红气儿。叶子不甚绿，依稀有点铁青的意思，颜色叶面深，叶背浅。枝条棕褐色，枝节处有宿芽，不嫩，有点老气横秋。七八月间结实，生青，熟后呈深红色。每房有籽七枚，如皂荚籽，斑褐色。根亦入药。

为啥叫预知子呢？李时珍说，此草药也叫圣先子，"相传取子二枚缀衣领上，遇有蛊毒，则闻其有声，当预知之，故有诸名"。

细细想，真是奇妙。这么好心肠的草药，悄悄藏在衣领里，遇见蛊毒，则出声音提醒，先知先觉，怎能不敬？

世上的百草，总有一些我们想不到的惊喜。忘了是哪里读来的一则小故事：有个隐士到山野里去拜会老友。两人喝茶，听见窗外的童儿问："家里两只鹅，一只喜欢夜里呱呱叫，一只从来不叫，杀哪一只待客？"主人吩咐说："叫的留着，它很操心，一叫唤就是贼来了。"童儿又问："鹅要缠裹了青藤烤出来才好吃呢，砍预知子藤还是砍天棘藤？”主人回答说：“当然是留着预知子藤，闻其声，知祸福。天棘藤砍了，此藤性猛，老想着伤人。”隐士听了，笑言，自己深山参禅悟不透，而老友种田栽花，却句句禅机啊。

李时珍说，预知子味苦，性寒，无毒，能杀虫疗蛊，治疗诸毒。“治一切风，补五劳七伤，其功不可备述。治痃癖气块，消宿食，止烦闷，利小便，催生，中恶失音，发落，天行温疾，涂一切蛇虫蚕咬，治一切病，每日吞二、七粒，不过三十粒，永瘥。”

有人受了刺激，不幸得了精神病，出现的症状是心气不足、精神恍惚、语言错妄、忪悸烦郁、忧悉惨戚、喜怒多恐、健忘少睡、夜多异梦，或者发狂眩，暴不知人，预知子是首选君药，辅药、臣药是白茯苓、枸杞子等二十味药材，合并治疗。

读《本草纲目》，就是读光阴，渗透着日子的无奈和枯寂，读来读去，草药的苦味儿就弥漫在泛黄的书页上。草木没有清浊之分，人却有好恶之区别。李时珍讲故事，深藏不露，埋伏在一味味的草木里，要自个儿体味。有人下毒，要吃什么药解毒；有人疯了，吃什么草药缓解；有人快要饿死了，吃什么草救饥荒；有人被卖掉做了奴婢，逃进深山，靠着柏子、黄精活命。我想，先生著书的时候，肯定是淌过眼泪的。我读了，心里都泛起一朵又一朵的辛酸来。万缘销尽本无心，何事看花恨却深。读着读着，内心一片凋零，风卷残花败草，一地伤感。

瞿麦

也叫石竹。李时珍说：“生于两旁谓之瞿。此麦之穗旁生故也。”

石竹的叶子很像地肤叶，但尖一点儿，小一点儿。也像初生的小竹叶，细、窄、孤寂。茎纤细，有节，梢开花。生在原野里的石竹，花朵肥厚一些，大如铜钱。花朵颜色红紫，有点矿石颜料的那种厚重、灼然。凋谢的时候，像美人迟暮，很不甘心的样子，有点凄然在里面。人家庭院里栽种的石竹，花朵稍微小一点，单薄一点，妩媚一点。雨点打在花瓣上，颤颤的，小女子一样慌乱而羞涩，甚至能听到它细微的喘息声。花朵的颜色不深，笔墨洇染的一样，简练、妖娆。红的、白粉的、红紫的，都美得有些怯怯的意韵，俗称洛阳花。

这石竹花儿，是适合江湖气息的。细雨横斜，绵长，不能瓢泼，最好下一阵停一阵，好有个落落寡合的剑客打马而来，在乡村屋檐下避雨。篱笆旁边就开满了石竹花儿，浩浩荡荡的繁美喧哗，拿下雨天的寥落。雨中剑客怅惘地叹息一声，一回头就看见婉约的女子，紫罗兰色的裙袄，在窗前笑靥如花，一闪而过。微雨、花朵、一杯酒、半生的相思，全有了。

瞿麦全草入药，味苦，性寒，无毒。主治“关格诸癃结，小便不通，出刺，决痈肿，明目去翳，破胎堕子，下闭血”。这类破血的草药，剂量是很重要的，万不可随意。

世上所有的草药都是清美的，满篱笆的石竹花儿，也许来自宋朝的汴梁，也许来自盛唐的长安。就在古树下独自静坐，点燃香草，熏着光阴里的幽暗。辞了所有的庸俗，依然辞不掉内心的恩怨。谁说过的，要么庸俗，要么孤独。是啊，孤寂也好，落寞也好，都是被光阴背弃伤害过的。有些东西，比如往事，就那样压在箱底吧，就算黯然伤神，也不要启封。一旦揭开，扑面的痛。

憔悴是有的，不如意也是有的。常常就这样独自在山野草木间，席地而坐，垒石煮茶。心里若说平静，也是平静的；若说烦恼，也是恼恨的。也常常就这样默默注视着一味草药，反复劝慰着自己，佛家说婆娑世界，就是一个有缺陷的世界，所以要负担各种缺陷才好。不要徒添烦恼，不要怨恨着，算计得失。对于世间的一切，好的坏的，都要恭敬。这么劝慰着自己，眼泪却落下来，滴到草叶上。

草意思

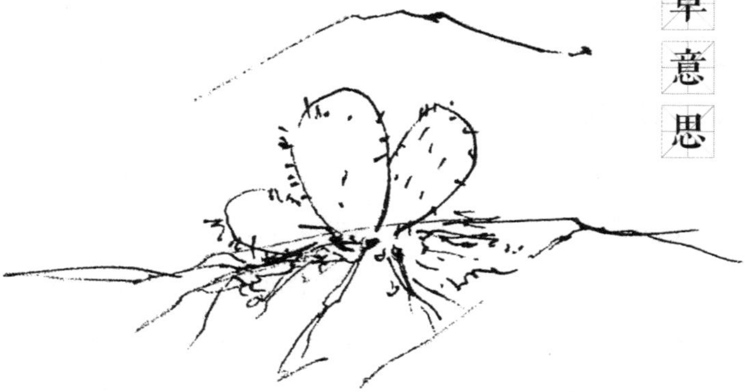

忍冬

忍过冬天，就要开花啦！

陶弘景说，忍冬，“藤生，凌冬不凋，故名忍冬”。

忍冬活一辈子，无非一个字——忍。藤蔓整个冬天都不枯萎，咽下寒气，就是为了在来年的三月开花。刚刚抽丝的花蕾，白色，银子一样清纯、透彻，只不过有点稚，有点憨。开着开着，在光阴里修炼，慢慢渗进去丝丝金黄色，华丽地一转身，就把自己开成一朵金黄的花朵，很惊艳，简直仙风道骨的飘逸。花蒂略略有些红，淡淡的，似有似无，捉摸不定。一蒂二花，花蕊抽出花瓣外飘摇，中医叫它二花。花朵性寒，味芳香，性寒清热而不伤胃，芳香透达又可祛邪，宣散风热。

忍冬藤也很有风韵，藤上有细软的柔毛，对节生叶，披针形，喜欢依附在树木上攀爬生长。藤茎微微带点紫色，若有若无的，轻、薄。叶子有点像荔叶，青而柔，不甚洒脱，也有一层涩毛。

风热感冒、咽喉肿痛、头痛，用忍冬花治疗，效果非常好。去年价格涨起来，一撮花要七八块钱。忍冬藤也可入药，药效不及花朵。

竹园荽

此草生长在山林里，寂寥，孤单，不太喜欢人烟味。茎很细，毛线一样，弱不禁风的小模样。这么柔弱细软，怎么生长呢？不急的，攀引依附于竹子、树木上就行了。世界之大，繁花百草，相依相存，各有各的活法，都活得很好。

但凡攀附的植物，茎梗都是柔韧的。竹园荽也一样，高五六尺，叶子纤细，很像芫荽叶，但更加单薄、细碎一些。背面皆青，略微有点灰白，皱皱巴巴的。褶皱处有沙子，很像蒲黄粉，赤黄色，看上去土雀雀的，不鲜亮明艳。不想开花，也不想结果，只负责长好茎叶。根也是很细的，毛乎乎的。此草药虽然看着纤弱，但坚韧之极。

全草入药，叶子上藏着的那些细沙子也不要抖掉，也是药，叫海金沙。古时的方士们炼制丹药，采了竹园荽，搓揉取汁液，盛在紫砂钵里。草药上的沙子也事先要细细抖出来，用竹园荽的汁液煎煮，精炼浓缩，秘制成丹药，据说可以让人长生不老。

方士们的玄机，我们自然不懂。古时候炼丹的方士们极多，不过，医药典籍里记载成仙的方士鲜有。也许，成仙是极其隐秘的，别人也不得知晓吧。

竹园荽和海金沙，能解热毒气，可以治疗脾湿肿满、脐下胀闷。不过，我觉得草容易采摘，那沙子，也太难抖了吧！窸窸窣窣的，什么时候才能抖出一钵来？像我这样浮皮潦草的人，这件事真的做不成。

茺蔚

此草及籽，都是充盛密蔚，故名茺蔚。原野里很多。茺蔚很喜欢在阴潮的地方生长，近水处甚繁。春初生苗，像嫩蒿。入夏，能长三四尺，茎是方的，像黄麻茎。叶子则如艾叶，灰绿色，背面青。一梗生三叶，叶梢尖。茎梗大约一寸多，就生一节，节节生穗，丛簇抱茎。

对于草药，我的描述很稀疏，笔力不够好。所以，你自己可以想象一下这味草药到底长什么模样。一千个人，就会有一千种茺蔚的样子，多么好啊。

端午节一过，茺蔚穗内开小花，紫红色，也有微白色的，也不是纯白，还是带着一丝儿淡紫。每萼内有细籽四粒，粒大如同蒿子，有三棱，褐色，古时药肆里也有收购。

茺蔚草生长的时候，不芳香，略微有些臭气，不招惹蚊蝇虫子。我觉得它是比较喜欢安静的草，不想被俗物打扰，所以就释放出来一点臭味，保持自己清净的光阴。这就好比魏晋文人，只喜欢逍遥自在，很厌烦有人聒噪，所以脾气很臭，动不动发怒，不和不投机的人亲近。于是，渐渐就远离世俗，独自过禅意的光阴。其实也挺好。

我听人说，端午节，太阳一竿子高时，采摘了茺蔚，晒干烧灰。然后把商陆根捣出液汁，加醋和搜灰做饼，过炭火收了。商陆根也是一味草药。等存放半年后，擦面，能润肌，祛粉刺、黑斑，疗效很好。也有一个方法是，端午节采摘茺蔚，曝干捣碎，研末，细箩过一遍，加面粉和水，和成团，如鸡蛋大，再曝干。烧灰，瓷器研末，筛过再研，直到细如尘灰。古代的女子出嫁前，都要用此药涂面，使得面若桃花，肌肤弹指出水。

这个方子好是好，就是制作很麻烦。古人的耐心真是好，若是我有女儿出嫁，宁可脸不白，宁可肌肤粗糙，就黑着脸凑合嫁出去算了，绝对懒得下如此功夫。

孙思邈说，茺蔚“茎如火麻，冬生苗，夏着赤花，如鼠尾花”。名医郭璞说，茺蔚“又名益母。叶似荏，白华，华生节间。方茎，叶长而锐，有穗，穗间有花紫缥色”。《本草纲目》记载，此草“补中益气，通血脉，填精髓，止咳润肺。治风解热，顺气活血，养肝益心，安魂定魄，调女人经脉，崩中带下，产后胎前诸病”。

益母，久服令人有子，故曾子见之感思。茺蔚就是益母草。很惊讶吧？那益母草的花儿，寂静、繁乱，似乎都要透明了。

茵陈

茵陈，也叫茵陈蒿。总觉得，单单是茵陈就挺好，诗意清凉。多了一个“蒿”字，俗气就倏然而来。老家有一种草叫黄蒿，味道很奇怪，闻了令人心烦。味道烦人也就罢了，而且哪儿都有，拔不掉，割不完，繁衍能力实在强大无敌。我打小就见不得黄蒿，一见就很恼火，恨不能一脚踢飞。

可是，这世上，不是每一种草都是药。不是药的草，也得活，也得有活的招数。黄蒿知道自己卑微，不受待见，就准备了强大的繁衍能力来抵御生活的寒凉，这是无可厚非的事情。偶然看到这样一段文字：乌鸦学老鹰去抓羊，结果羊毛缠住了爪子，被牧羊人拍死。启示是，不是每一种鸟都叫鹰，认清自己，才能活下去。所以，黄蒿对自己有清醒的认识，很有办法对付光阴。

至于茵陈嘛，就扔掉“蒿”算了。这么好的草，为啥非要加一个“蒿”呢？当然，茵陈也算是蒿类的，经历冬天的寒冷而根不死，生新芽而更替旧苗，故名茵陈。陈藏器说，它本来就叫茵陈，不知道是谁硬加了个“蒿”字。

茵陈有野生的，也有园子里种的。药用只能采山野里的，药性足。种的茵陈可以吃，蔬菜一样的，不治病。茵陈的主要功效是，祛风湿、寒热、邪气，治疗黄疸效果也很好。通身发黄，小便不利，用茵陈有很好的疗效。有人经常喝茵陈茶，面色白皙不老。我听过一个神秘的传说，白兔若是经常吃茵陈，可以成仙。

名医张仲景记载了一个病例：有个僧人，因为伤寒后发汗不彻底，体留有热邪，所以全身皆黄，脸上黄得都发绿了，内热不退，好几年都不愈。僧人烦闷，连经文也没心思念，看着自己像一根老黄瓜一样，发愁。后来，张仲景为僧人开了药方，山茵陈、山栀子各三分，秦艽、升麻各四钱，为散。每日药三钱、水四合，煎熬两合，去渣，食后温服。僧人喝了药，五天过后体黄褪了一半，十天后痊愈了。

这个方子叫茵陈栀子大黄汤，专门治疗湿热。僧人学会了，就给别人看病。张仲景却笑着说：“你只学会了一点儿呢。要知道，茵陈、栀子，再加一点柏皮，治的是燥热。”僧人问：“湿热和燥热怎么区分？”张仲景回答说：“就好像庄稼一样，苗涝则是湿热黄，苗旱则是燥热黄。湿热要泻火，燥热润则可，不必泻。”

僧人一辈子，只会治这两样病。可见，医术也是需要老天“恩赐”的。

断续

这个名字很有意思，断了又续上，不是接骨草是什么？果然，此草还有个名字就是接骨草。细细想，真是意味深长。

断续草，以南宁出产的药效最好，能祛瘀生新，舒筋活络，强壮筋骨，治风湿骨痛。鲜全草捣烂，外敷患处，能接骨。武侠小说里此草用得很多。江湖无非就是打打杀杀，打断了骨头，筋还连着，就用新鲜的断续草，捣烂外敷。隔几天，好了，披上斗篷，戴上斗笠，背着长剑，复出江湖。世外高人的药囊里，必然有一味接骨草藏着。那药囊，一定是麻布的，不甚白，褪了色的牡丹一样。

断续草的根长得像大蓟，黄白色，稍稍淡一些。茎方，有纵沟，灰绿色。叶子互生，羽毛一样，钝圆。顶端开花，花紫红色，荚果镰形。很适合用水墨画这种花，淡淡一笔抹过，柔软、干净，甚至连泥土的味儿都能嗅到。

全草能活血散瘀，消肿止咳，治跌打扭伤、痄腮、闭经、咳嗽、流行性腮腺炎，绝对是一味好药。我也常常痴迷地想，草是怎样做到给人治病的呢？它的药效，是谁先知道的呢？它游走于自然，和游走于机体，都是一样逍遥的吗？真是有意思啊。

所有的草木，都是有心性的。你从一棵大树下走过时，脚下簌簌的落叶，是一首淡淡的琴音，弹奏者不是你，是大树。

其实，搜罗一点草药在家里养着，也挺好。闲来无事，读读《本草纲目》，有个头痛脑热的，熬一盏草药喝喝。清闲的时候，给自己泡一杯百草茶，听一段古乐，这才是清雅的光阴。光阴，无法管住淡然的心境。

常常看见有人责骂中医，责骂草药，觉得心里寒。人要活在草木间，才有禅意。不懂得百草繁花，不懂得中医体系，又骂那么狠，心里能过得去吗？有个作家说，对于陌生的领域保持足够的谦虚和敬畏，永远是赢得体面和尊重的唯一方式。

草没有别的意思，只是一种暗喻：人活着，不懂的东西很多，但是，一定得让别人尊重你。

生于本草

合欢

陈藏器说，合欢又叫合昏，“其叶至暮即合，故云合昏”。合昏细碎的叶子，从黄昏开始，就闭合到一起，交叠重合。

合欢还有好多名字，青裳、萌葛、夜合。李时珍说，合欢，汴梁、洛阳皆有之。庄户人家，栽种于庭院里、小路旁。木似梧桐，枝条很柔弱。叶子像皂角，极细且繁密，相互交结，每一风来，则自相解了，不相牵缀。采皮及叶入药，不拘时月。

读了，觉得挺有意思。李时珍的文字朴实，却也繁华。只几个字，草木就在眼前招展。一树细密的叶子正在相互拥抱，风一来，就散开了，讪讪的，叶脉泛起一丝红晕。一声画外音在说：“亲爱的，风来了呢。”

古时的名医风雅，去看老友，先打发童儿送去藤萝，附了帖子，说：“藤萝先至，赠以青裳。”青裳可不是青色的衣裳，是合昏。然后，就携一株合昏，山高水低地一路打马去了。没有马，骑着毛驴也行。在老友庭院里栽下合昏，浇了清水，也不多说。篱笆上开满花朵，绿荫如伞的清凉，石桌旁两个人对酌清酒。

世间最美的东西，都不必说出来。藤萝枝枝蔓蔓地缠绕着，暗含着心里的牵绊。合昏免忿，萱草忘忧。此树能除去烦恼和怨忿，悦颜色，使人身心愉悦。世间还有比这更好的祝福吗？

内心懊恼的时候，突然就想，谁会送我一株合欢？茶杯里茶都凉了，合欢还没有来，连个萱草也没有。桌上两盆绿萝，一盆取名叫暖冬，另一盆就叫合欢算了，聊以装点寥落的光阴。怕别人不知道，写在花盆上。字写得很不好看，像冬天的白杨树，枝丫乱窜，临风而舞。舞的还是胡腾舞，有些狂乱。

《神农本草经》里说，合欢“安五脏，和心志，令人欢乐无忧，久服轻身明目，得所欲”。又说，合欢开花，云团一样的，有如棉絮，微微蜷曲，花丝半白半红，有柔毛。树干浅灰褐色，树皮稍稍纵裂。花萼细筒状，绿黄色。雄蕊多，花丝细长，伸出花冠外，交织凌乱。暗暗的，有一脉袭人的香气，得细细地嗅，匆忙之人不得闻。合欢花药用有宁神作用，主治郁结胸闷、神经衰弱、失眠、健忘。

庭院无合欢，我从没见过它。若是哪天乍然遇见了，心里会倏然一惊吧？那就一定要采了叶子，带回家做茶叶也是好的，至少心里愉悦啊。我总是这样，降服不住自己的心，看见美好的东西，顿然贪婪起来，想弄点儿回家。这几年收敛一些了，去山野看花能空手回来了，就让它们在山野里长着多好。

不过，也有古人说，家里养了女儿，最好不栽合欢。因为合欢容易诱惑女儿家害相思。可是，相思这件事，是从内心长起来的，女儿家到了时节就会渴望男子，是自由任性的情怀。古人觉得冰清玉洁的女子是不该喜欢男人的，要牢牢地束缚自己的情感。恐怕，过分的克制之后，要么是怯弱，要么便是惊心动魄的隆重。红尘之中的事情，很难说，跟合欢也没多大关系。

银杏

宋朝的大路上红尘飞扬，车马辚辚。书童牵马，仰头问：“先生，这么多的人马匆匆忙忙地进京，有什么事呀？”诗人端坐于马上，轻声说：“所载的，乃贡品银杏是也。”复而又吟道：“绛囊初入贡，银杏贵中州。”诗人乃是欧阳修，如此厚爱银杏。

李时珍说，银杏最初叫白果、鸭脚。原生江南，叶子长得像鸭子脚，因此得名鸭脚。宋朝初，鸭脚开始入贡，改名为银杏。叫银杏，是因为其果实形状似小杏，而果核色白，民间又称白果。梅尧臣写诗赞叹说：“鸭脚类绿李，其名因叶高。”

《新修本草》说，银杏树高两三丈，叶子薄薄的，叶脉的纵理清晰，俨然如鸭掌形状。有刻缺，叶面青绿碧翠，莹莹的，玉一样美。叶子背面是淡绿色的，有一层细细的茸毛，不细看，看不出来。二月开花，花成簇，青白色，颜色清润淡雅，像捣练过的丝绸一样，薄而滑凉。二更天，倏然绽开花蕾，似乎也可听见“刺啦刺啦”的花开声。风吹来轻轻摇晃，暗香缕缕，却随即就谢落了，人很少能见到。古人不说花谢，只说花卸，有分量，又有些缠绵的伤感在里面。

但凡夜间开的花儿，雅士们为求得看一眼，彻夜不眠，饮酒题诗。终于等到花开，连眼睛都不敢眨。太美的东西，总是倏然而逝。但银杏花，虽然也开在夜间，却无人挑灯夜赏。为什么呢？李时珍解释说，银杏的花夜间开，人不得见，因为是阴毒之物，所以又能杀虫消毒。

原来，银杏花裹挟了一份肃然杀气。有攻击性的花儿，是有脾气个性的。我不太喜欢八面玲珑的花。人过于圆滑，多阴；花过于圆滑，不容易谢下枝头，一直让人看厌才行。

世间的花儿盛开时都是美艳绚烂的，可是，总得谢呀，年轻时候的得意，未必是可以依恃到老的。所以花谢之后，一定要结果才行。有句话说，现在的努力，是为了在老了的光阴里遇见更加美好的自己。

银杏花倏然谢去之后，全力以赴结果实，一枝结果百十枚，长得像苦楝子。经过清霜一杀，逐渐熟烂，去肉取核。果核两头尖，分雌雄，三棱为雄，二棱为雌。果仁嫩的时候呈青绿色，色泽诱人。时间一久，就发黄了，没那么鲜美好看。

银杏是很奇妙玄幻的一种树。栽种的时候，必须雌雄同种，两棵树相望、相依，枝叶缠绕，同饮朝露，共沐月光，生死相依，才结果。不然，一枚白果也没有。若是附近只有几棵雌树，没有雄树围绕，那就在雌树上凿开树孔，取一块雄木来，置于雌树内用泥封了，也能结果。细细想，饶有情致。

李时珍感慨说，银杏阴阳相感之妙如此，叹之！

大自然里，阴阳互补，异性相吸，万物消长，吐故纳新，清清爽爽地生长。很多奇妙的东西谁也说不清。所以，有敬畏之心，才是对大自然最好的呵护。

银杏树寿命很长，能活几千年，太耐活了，暗含着强大的生命力，又因为树木的肌理白腻漂亮，古代的术家、方士、道家，常常取银杏木刻符印，说能避邪，能召唤使也。据说，有方士日食银杏果五枚，身轻如燕，久食延缓衰老。不过，肯定是吃得少，多了是要中毒的。

唐朝有个雅士，冬天天气寒冷，伤风后一直咳嗽，他自己本来就是懂医术的，但吃了好多草药都没有效果。咳嗽了一段时间居然失声了，说不出话来，于是写信给他的老朋友。老朋友带来了一些草药：白果仁四两，白茯苓、桑白皮各二两，炒乌豆半升，沙蜜半斤。将这些药煮熟晒干磨成末，以乳汁半碗拌湿，九蒸九晒，搓丸如绿豆大。每服三五十丸，用白汤送下。这服药的疗效很神奇，雅士服用了两日便能说话了，三日便不咳嗽了，五日痊愈。于是，宰鸡炖酒，两人喝到高兴处，就记下了这个方子。雅士的朋友就是陈藏器。

古人采银杏，秋季果实成熟时采收，稍蒸或略煮后，晒干，也有直接晒干药用的。李时珍说，银杏，味甘，性平、无毒，“气薄味厚，性涩而收，色白属金。故能入肺经，益肺气，定喘咳，缩小便。生捣能浣油腻，则其去痰浊之功……然而食多则收令太过，令人气壅胪胀昏顿”。古籍记载，昔有饥者，同以白果代饭食饱，次日皆死也。腹中饥饿的人，看见能吃的东西，都填进嘴巴里充饥，可是，多食银杏是会中毒的，想想也辛酸。一个医案的背后，是洪荒远古的寒凉光阴。

还有个古代名医李鹏飞说，银杏“生食，引疳解酒，熟食益人”。疳在中医里是指津液不足引起的疾病。

李时珍说，银杏能治好多种病：寒嗽痰喘、哮喘痰嗽、咳嗽失声、赤白带下、虫牙、酒糟鼻、头面癣疮……病不同，用法也不一样。

银杏最美的季节，该是叶子变黄的时候。近处，是幽静的石头古寨，一种深远的青灰色。而紧紧依着石寨的，是银杏一树金子一样璀璨绚烂的叶子，美得让人不敢说话了。若是清晨，阳光刚刚洒下来，叶子上露繁欲滴，折射着晶莹的光芒，树枝稍稍下沉，微微颤动，真是美得惊心。这样禅意的光阴，一开口就俗了，只能悄悄地，欣赏着这清美的意境。远处的大野，一株株千年古银杏树，枝枝叶叶，在阳光里清亮得耀眼。一树树的金扇子，风吹来飒飒作响，真是有情致。

深山的银杏，请留给我一枚叶脉清晰的叶子，留着，等我来看你。风来了也留着，雨点来了也留着。如果我迟迟不来，错过了季节，请打发一只鸟儿，衔来给我。隔山隔水，我在千里之外的大西北，接收一枚来自本草的树叶，接收一枚李时珍记载过的树叶。

素白时光，草木清香

苏合香

古时，有一个地方叫苏合国，在波斯附近。此地生长着一种树，树苗纤细清秀，叶子薄透，老绿里泛着淡金色，模样很可人。等长成大树，分泌出淡黄色的树脂，散发出奇异的香味。越香的树脂越黏稠，半透明的，挑起来有黏丝儿，入水即沉。当地人采了树脂涂抹在身上，芬芳的气味让人很精神。一路走过去，一团浓香移动着，香气弥散。

汉武帝的时候，打通西域，商贸往来。据说有蕃人乘坐“毛车”带着芳香的树脂从弱水河过来进行贸易，换取汉地的布匹丝绸。毛车就是用宽大的植物叶片装饰的车辆。古人喜欢把车辆打扮得风雅、华丽，在《诗经》里，就算一辆老牛破车也要插满艾草和野花，一路花枝招展的。因为来自苏合国，所以就把这种香料叫作苏合香。

有一年长安大疫，戾气四散，很多人得了瘟疫。医家们忙得焦头烂额，研究各种草药祛除戾气。后来发现，在焚烧的草药里添加苏合香，香味浓郁，祛疫气效果挺好。于是很多人家都争相买苏合香，长安城里芳香袅袅不散，瘟疫得以抑制。皇宫里奢侈，拿苏合香熏衣物、被褥、帐子。

异域的商人听说这件事，挺高兴的，将大批苏合香辗转万里从西域运进来。天然的树脂渗出来很慢的，哪里够用来贸易呢。于是，商人把树皮割得很深，直到看见树干为止，使得树脂渗入树皮内。一棵树要被割得伤痕累累才行。秋天，树脂也凝结得差不多了，再剥下树皮，榨取苏合香树脂。这是上品苏合香，呈半透明的黄白色，沉重，气芳香，味略苦辣而香，通常会卖给王公贵族。剩下的残渣加水煮后再次压榨提取，榨出的香脂是次品，不太香，卖给市井百姓家。有的商人还要掺兑一点别的树脂，也当作苏合香卖。当时的人们等胡人来卖苏合香，简称“胡来”，结果买到次品，万分懊恼郁闷。故我们现在遇到某人做不着调的事，就说，最好不要胡来。

因为人们取香料，这树可真是遭罪了。人的一生坎坎坷坷，被光阴伤得七零八落，不容易活得长久。苏合香树也一样，被刀斧砍来剁去，伤痕累累的，活不久。还是白杨、柳树好，树皮那么苦，一点儿价值也没有，可以好好地晒一辈子太阳。这样想来，平庸一点也很好。

李时珍说，苏合香产异域，树生膏，可为药，以浓而无滓者为上……苏合香气窜，能通诸窍脏腑，故能辟一切不正之气；能辟恶，去三虫，除邪，令人无梦魇。久服，通神明，身轻长年。

我读过一篇老作家的文章，说夏天太热，热得他躲到阁楼上去了。歪着头看太阳，白花花的，头发都被汗水黏在额头拂不动。可是他又想，再热一点吧，热得中了暑，就能用家里储藏的苏合香了，不然白白放着用不上。我放下书忍不住大笑，这样的人实在可爱至极。

沈括记载了这样一件事：太尉王文正公气羸多病，整日看上去病恹恹的，一点也不精神。宋真宗赐给他一瓶药酒，白底青花的瓷瓶，用红锦封了口，令他空腹饮用，说此药酒可以和气血，辟外邪。他回家饮了此酒，疗效果然好，大觉安健，状况好了很多。太尉次日去称谢，说皇上的药酒真是神效，今天可就好多了呀。宋真宗说，这是苏合香酒也，每酒一斗，入苏合香丸一两同煮，能调和五脏，祛除腹中诸疾。若是受了风寒，也可以饮用一杯驱寒。自此，贵族大臣家争相效仿，喝苏合香药酒。据沈括说，此方盛行一时。

满城争相喝苏合香酒，真够风靡的。不过我想，皇帝赐的药酒，就算疗效不咋地，也得说很好，不然，怎么能行呢？

有一年，我穿过一片树林，枝叶茂密之极。遇见一种不认识的树，拂开枝条刚走过去，却从身后复弹过来，打在衣服上，竟然有一缕清幽的香味。回头去嗅，却淡淡地隐去了，清香只在弹动的那一刻偷偷袭人。我总是想，如果不是被凿砍，自然的苏合香树的清香，应该也是这样的，暗暗袭来。过于浓烈的香，怕是疼出来的眼泪结晶了吧。

芸香

古人说，芸香辟纸蠹，啜嗅之极芳香。

芸香的叶子鲜绿优雅，有点像豌豆叶，丛生，挨挨挤挤的。开黄花，秋天叶子上浮起微微一层白粉，像落了清霜，香气四散。姑娘们采摘了芸香的花朵，晾干了，插在细颈的红花瓷瓶里，专门为着嗅香气。手帕里包了干花，亦是清香袭人。

芸香驱虫是顶好的。古人藏书，书页里夹了芸香，蛀虫不咬食书籍。书架上添芸香，书放了几年，好好的，无虫蛀。翻开书页，一股清香扑面而来。香味来自芸香，来自书卷，来自汉字。读书人说，这是书香。

广西有个地方，叫金秀瑶族自治县，据说此地生长的芸香，略略带点儿麝香味，花叶香气浓郁，用来藏书是最好的。也有隐士，采了芸香草，晾干铺在草席下，不仅能防小虫，而且能伴着清香入眠，真是雅得不能再雅了。至于珍贵的典籍，一定要拿芸香层层保护才行。有诗云：“迟日逍遥芸草长，圣朝清净谏臣闲。”真是好意境，过了千年时光，暗香仍然一脉脉袭来。

据说西夏有个没藏皇后，极其喜欢芸香。她沐浴必须用香草汤；出门的时候，也讲究排场，高头大马驾车，数十乘马车上都插满芸香草，甚为奢华。她的车马走过去，路上的香气久久不散。

芸香药用，能祛风镇痉，杀虫，清热解毒，散瘀止痛。跌打损伤也用芸香。气味芬芳的草药，都有开窍醒脑的功效。

紫
草

紫草

紫草的名字也多：紫丹、紫芙、茈草……哪一个都好，仙风道骨的。不过，在我老家叫鸽娃草，倒是沾着人间烟火的味道。李时珍说，此草，花是紫的，根是紫的，可以拿来染紫，就叫紫草。《尔雅》里记载说，瑶、侗人称为鸦衔草。鸦儿衔来的草？就算鸦儿不衔，紫草们也是淡然自若的样子，兀自开花长叶。

紫草有野生的，也有庭院里栽种的。古人最喜欢在院落里栽种草药，三五丛也好，一两畦也好，院子里没点儿草药好像缺了什么。紫草的苗像兰香，茎是赤色的，细嫩柔韧。茎节青紫，二月开花，紫色的、白色的，纷纷散放出清幽的香气儿。也结籽实。

药用紫草，用的是根，三月采根晾干，药味苦，性寒，能活血凉血，治疗肿胀满痛。古方上紫草稀用，偶尔用紫草和陈皮煎服，消解痘毒。宋元之后才大量药用紫草。

陶弘景说，襄阳出的紫草，多是从南阳新野来的。那个地方有人家栽种着，叶子细小，叶脉是紫色的，花也是淡紫色的，长得茂盛、肥硕。但那是染紫，拿来染东西的，方药都不复用。

李时珍说，平氏阳山的紫草特别好，魏国人用紫草染色，紫里透着黑，厚重凝练，自有一种华贵的味道。东山也种了紫草，但染色效果不及北面的好，颜色浅，也淡，染不出来那种紫气沉沉、教人赞美的色泽来。

染紫到底染什么呢？染一种叫二蓝的布。二蓝在古代被视为高贵的布，贵族们才可以穿。二蓝的贵重在于染色，很烦琐。先染以蓝草，蓝草汁液要稀释一下。布料着色未深之时，阴干，不能暴晒。采来紫草，捣碎取汁液，沉淀后，再把晾干的布匹染以紫草汁液。最后拿明矾定色。蓝草和紫草染过的布匹，在阳光下呈现出紫蓝二色，很奇异的美，故称二蓝。二蓝做成衣袍，奢华得很。二蓝在汉唐很流行，有什么重要的事情，贵族们都纷纷迤逦着紫蓝的衣袍汇聚，袍子浆得硬挺，下摆拖得长长的，穿着在华丽的大殿里行走，一路“簌簌”地轻微响动着，好不华丽隆重。

女子们也用染紫。生丝捣练过后，虽然薄凉，穿着舒服，但自然的色泽不怎么好看，带着淡黄暗灰的光泽，有些敝旧的感觉，显不出来纯白淡雅的素洁劲儿。穿作底衣尚可，若是外衣，就以紫草汁液染过，晾干，再以红花汁复染。染好后那颜色紫里泛着青红，可就美得所向披靡了。

还有青藤色，也是紫草做底子，再用藤黄浸染，颜色也是相当惊艳。这样反复用染紫做出来的好衣裳，家境普通的人们是没有钱买来穿的。天底下的穷人，有粗布衣裳穿就很好了，哪里能奢求华贵的服饰呢？自家织布，剪下来用靛青染一下，裁缝了穿身上已经满足。不过这样的日子也挺好，安静怡然。人活一世，奢求太多了，忧愁也多。

古代那些坐在牛车里的人，穿了华美的二蓝衣裳、青藤衣袍，要去田野里踏踏青，显得自己风雅、庄重。屈原、孔子，可能就是这样的美男子——紫色的外衣，青藤色的底衣，里里外外好几层，还要佩戴兰草。

当然，如果腹内没有一滴墨水，脸上皱纹都层层叠叠的，连覆着的胭脂都褪得斑驳，就算穿了深紫色的绫罗衣、青藤色的外褂，也没什么好看的。不过是俗不可耐罢了。

雅士保昇提到过一种精美的纸，舍不得拿来写字，一直放着。放着心里又碎碎念惦记着，总觉得放着上乘的纸不用也是罪过。后来，他把一些重要的中药秘方抄写在这好纸上，心里头才踏实下来。每次起笔前，都要沐浴更衣，在儿案上徐徐铺开好纸，小心翼翼写字，一点也不敢马虎。

这么好的纸是怎样的呢？清白的底子上，泛着淡淡的紫色柔光。从远处看，淡紫色的；近看，白色的，稍微有点儿清爽的微紫。纸很薄，好得教人心里清凉。墨汁洇开，淡紫色和墨色糅合，是一种难以言状的清美。应是在造纸时，除了上好的造纸材料外，还稍微加了点儿紫草，淡淡地染了一下，才能呈现出这样异样的雅致来。

古人喜欢席地而坐，对地上的席子也是很讲究的，除了花纹要细密紧实之外，对颜色也很重视。有一种草席，编好后柔韧轻软，淡黄色的底子，中间是石绿的缠枝莲，边缘就是紫草染成的深紫色云纹，有一种不寻常的美。若是比热爱光阴，古人要比我们热爱得多。不论多么不起眼的东西，古人都要精雕细琢，下足了功夫。就算是一领简陋的席子，也要用紫草细细地染，温暖绚烂。用破了，仍旧要修补，不舍得随便遗弃。哪里像现在，遍地是一次性的粗糙物件。

唐朝有一位歌女，以在坊间弹唱为生。她倒也不算是倾国倾城的美人，但妖媚之极。眉毛用青黛描过，斜斜地吊上去；嘴唇就是用紫草汁液涂染的，深紫浓醇，点染成豆子大的一点点儿，极可人；发髻高耸，露出来的脖颈里扑了白粉。指甲留长，染得红艳艳的诱人。怀抱琵琶半遮面，轻启紫唇，花瓣一样的长指甲拨动琵琶弦，古乐如清泉流水扑面而来。紫色的嘴唇和红指甲，犹如花瓣纷飞，被称为“落花流水”。想来，这歌女的美，也是教人怜惜的。

在我老家，野生的紫草很多，叫鸽娃草。那时候，也未见大人们拿紫草怎样，好像猪羊也不吃。主要是我们小孩子，东跑西撵的，采来紫草，在手心里搓出来紫色的泡沫，把白色的塑料染紫。家里也没有布头供我们胡染，能找到的就是硬挺一些的白色塑料袋。紫草的着色力顶顶强大了，就算是塑料袋，也可染得紫红紫红，十分漂亮。染好的紫红塑料袋，裁成二寸宽的带子，在辫子梢扎一朵蝴蝶结，跑来跑去，多么美丽。在那样物质匮乏的年月，紫草送给我们一个色彩缤纷的童年，多么好！

至于药用的紫草，李时珍说，三月种紫草的时候，逐个儿起垄下种子。九月紫草籽熟时刈草。春社前后采根，阴干。紫草根头有细细的白色茸毛，味道微酸，暗紫色。花尚未开时采，根的颜色鲜明，挺漂亮的。花过后采，根的颜色黯恶，枯皱，无色泽，很不好看。采的时候，用石头压扁，曝干最好，使得紫草来不及枯萎。最重要的是，晾收紫草根的时候，人尿及驴马粪便万万不能近前，得离得远远的，就连烟气、扬尘也不行，整个过程要干干净净的。若是采收时有这些污浊不洁的东西在跟前，紫草根会统统变黄枯萎，一点紫色都没有了。这样枯黄的根就不能药用了。

可见，紫草也不是随便的草，心性骄傲洁净得很。

白头翁

白头翁也是一味草药，别名叫野丈人、胡王使者、奈何草。李时珍说，因为此草的根处生有白茸，远处看一窝白茸，状若白头老翁，故以此为名。胡王使者，其实也是老翁的意思。胡人离得远，从胡地出发，路途遥遥，风尘仆仆而来。风一程雨一程的，一路下来，都把人走成老翁了。野丈人，自然也是老翁。叫奈何草则是因为此草看上去白发苍苍的，却一直那样，不很老，也不返回年轻，无可奈何啊。这个是我胡诌的，不是李时珍说的。

药典里记载，白头翁生于高山山谷及田野，四月采。根和花朵都可入药。抽一茎，花单朵，顶生，紫蓝色。花瓣背面覆盖着一层白色的柔毛。花柱银丝儿一样的，柔细、稍长，风一吹，十分凛冽，一蓬草看上去实在太似白头老翁了。

吾乡有一种野花，叫狗牙花，也是抽茎开花，不过花朵是金黄色的。花瓣落去之后，就从花蕊抽出一窝白丝，寸许长，也是蓬蓬松松的，比蒲公英漂亮多了。那种野花，如果叫白头翁的话，也很形象。

名医苏恭说，新安山野里，白头翁非常多。有人叫卖一种药丸，叫白头翁丸，说服用之后可以长寿。其实不是这样的。古人将草药命名为白头翁，只是因为其形状看上去像老翁，并不是以药效取名的。此物用根，命名取象，不能混淆乱用。《神农本草经》记载，白头翁“主温疟、狂易、寒热，症瘕积聚、瘿气，逐血、止痛，疗金疮”，没有延年益寿的疗效。

白头翁是常用药，药效自然是好的，长得却不怎么好看。不过，有什么关系呢？它又不靠长相吃饭。一株草一开花就白发苍苍的，大剌剌地老给人看，心里也该是淡泊之极的吧。

古代有一种车，叫“毛车”。其实就是一种牛车，车辕上插满艾草和杜鹃花，走不快，磨磨唧唧的。但是车上有车篷，用蒲葵等宽大的叶子点缀，车顶上有花朵编织的花环装饰。花环中间若是有一大束白头翁草，那可就风雅得很了。连牛鞍上也要插满白头翁才好。

壶卢

李时珍说，壶卢，瓠瓜也。“壶，酒器也。卢，饮器也。此物各象其形，又可为酒饭之器，因以名之。”

古时候，中医的门口悬挂个盛药的壶卢，是民间行医的招牌。官府的医馆，大概是不用幌子的吧。悬壶济世，悬的就是壶卢。后来，人们也把壶卢叫作葫芦。

用壶卢作为招牌，倒也不仅仅是因为壶卢严密，不容易受潮，保存药物好，还有一层意念上的意思：壶卢的外形像太极。太极有一种神秘的气场，有阴阳分界线，能以风水化煞，药到病除。大概是取了这一层意思，壶卢才可以悬壶济世。

名医们都是坐堂行医的，百草堂、仁慈堂都有显赫的名号。堂前门口悬壶卢，也并不装什么贵重药材，只彰显着济世救人的医风。还有一种游医，叫“铃医”，是游走江湖的民间医生。壶卢里装了药，手中的串铃摇响，行走于山野村邑。古时讲究“医不叩门”，再好的医生也不能敲人家的门，问人家看病不。

就算晚间借宿，一般也栖宿寺庙，尽量不敲门。医者只要摇响串铃，生病的人就会找来。医者把药从壶卢里倒出来，卖给病人。

世上的买卖都可以讨价还价，唯有药是不能砍价的。壶卢里卖的药，价高价低，随着医生说了算。草药的价钱，并不固定，可高可低。不过，大夫们都是有医德约束的，不能随便乱要价。对富贵的人家，报价极高；卖给寻常人家，便是正常公道的价钱；卖给穷苦人家，只收一半成本；至于连饭也吃不上的人家，就不能要钱了。这样的行医方式，以富人的“高峰”填补穷人的“沟壑”，基本保持平衡。光阴寒凉，没有一份谦谦的素心，怎么能做得了医生。

药典里记载了一个小故事：有个道士，人有点痴，但医术精湛。有个达官显贵春天生了病，腹痛邪气。道士秘制了一服草药送去，药到病除，收了人家十两银子。秋天，道士的老邻居也得了这个病，腹痛不已。邻居是个樵夫，思忖着没有十两银子的药钱，就一直忍着，不敢找他看病。结果道士知道了，就笑着说，那有什么值钱的，就是枣核中仁二十七枚，烧研，开水冲服即可。

壶卢本身也是一味草药，能消渴恶疮，能治疗鼻口中痈疽。腹胀黄肿，用壶卢连籽烧存性，食前温酒服下，十余日见效。

我常常想，庭院里有几株壶卢藤多好啊，偶来藤下小憩，细数一个一个吊坠的青壶卢，该是怎样的醉心呢？世间若没有了壶卢，草药江湖恐怕要失去清美的气韵，连李时珍恐怕都要孤独了吧？

据说，有人在大壶卢里灌了米酒，放在蛇出没的小道上。蛇闻见酒香，就钻进壶卢里。收起壶卢，再佐以三五味草药，挂在墙上。挂几个月后，蛇酒便泡好了，治疗风湿类的疾病很好。不过，蛇很不容易泡死。有时候打开壶卢，蛇还会窜出来。

道家方士也喜欢壶卢，炼出来的丹装在壶卢里，四处云游身上也背着壶卢。至于诗人，在柳丝飘逸的暮春，抱个酒壶卢，踩一叶孤舟，持酒临风，微风斜斜地吹落在青衫上，何等风雅。

我喜欢老的壶卢，紫红色，有一种人间烟火味道。装一点儿酒，摇摇，听那种深沉空旷的声音。或者，在下雨时分，慵懒地抱个壶卢，浅浅刻下自己的一行诗。烟雨弥漫，梵音轻渡，雨点打在窗棱上，一缕花香袭来，暗香入骨。尘世的光阴凌乱浮躁，那又有什么相干呢？素面朝天，布衣麻裙，就坐在窗下，一笔一画刻壶卢吧。

好年华都是寂静的。心无所动，热闹的、霸道的，尽管飞扬跋扈去吧。就闲居山林，小桥花开，闲闲地听雨写诗，描画一只老壶卢。这样的日子，怕是多少文人墨客都心心念念向往的吧。

漏卢

别名叫野兰、荚蒿。李时珍说："屋之西北黑处谓之漏。凡物黑色，谓之芦。此草秋后即黑，异于众草，故有漏卢之称……漏卢，生乔山山谷。八月采根，阴干。"

漏卢草到了秋后就变成枯黑的颜色了，黑黢黢的很难看，和别的草不一样，就叫个漏卢算了。这么说，教人可真不同情。人长得不好看就赖自己的爹妈，怪爹妈没有把自己生得伶俐、漂亮，不讨人喜欢。可是，草不一样，长这么难看，赖谁呢？

想来，就算月夜，漏卢也黑咕隆咚的，没什么看头。月夜看野菊花是最清雅的，花枝上沾了露水，模样可人，盈盈地在风里颤动。

苏恭说，这味药的俗名叫荚蒿，属于蒿子类，其荚如麻，生于山坡、路旁的草丛中。茎叶像白蒿，茎有细密的白色绵毛。花朵也不怎么好看，黄色，不鲜艳，像落了层灰尘。荚较长，像细麻之荚，有四五瓣，纤细单薄。八月以后，茎、叶、荚都统统变黑了，异于众草，像火烧过一样寒碜。气味也不好。常用的是茎、叶及其籽，未见医家用根。在山南的一些地方，有一种草叫木藜芦，有毒，虽然和漏卢有点像，但不是漏卢。也有人以马蓟像苦芙者为漏卢，亦不是的。

李时珍说，道士方家也用漏卢，不过，所用的漏卢其实是飞廉。飞廉一名漏卢，却不是真正的漏卢，嫩苗像苦芙，根如牛蒡绵头者是也，采时用根。而闽中所谓的漏卢，茎如油麻，高六七寸，深秋时变得枯黑如漆，采时用苗，这才是真正的漏卢。

漏卢清热解毒，排脓消肿，通乳。对治疗风痛、筋脉拘挛、背痈、白秃头疮都有效果。倒也不是常用药，只是偶尔用之。

但凡草木，投生在红尘，都有自己的活法。好看也罢，难看也罢，跟它有多大的关系呢？都不相干，漏卢兀自欢喜着，安静着，长叶子，开花朵，秋后任性地把自己变成黑橛子。它黑漆漆地杵在大野里，也不管姿色美不美，独自风餐露宿。一株丑的草，大概是不会招来嫉妒的，也不会招来牛羊的嘴，就算不很皮实，漏卢也安然活老，不用担心半途夭折。

和草木相处得久了，心也跟着清凉豁然起来。人生的很多煎熬郁结，都是因为把自己逼得太狠。像一株草一样，丑也好，美也好，都带着露珠独自优雅生长多好。总有一双眼，能识得它是草药，能济世救人，能医世间的疼痛。这，才是大道。

牵绊生长的草木

络石

络石不是石头，是草，只是包络在石木而生，故名络石。不过我想，倘若它包络在墙头上，或许叫络墙也是允许的。谁叫它长那么软，茎蔓延绕，见树附树，见石贴石呢？络石一辈子都在寻找依靠的肩膀，一点也不想独立生长。

可是，草木之事，纷杂隐秘。有粗枝大叶独自发荣滋长的，也有攀缘在树木岩石上柔细呼吸的。反正红尘是大家的，你长你的，我靠我的，谁也不能把阳光遮蔽，亦不能把雨露拿走。络石就是喜欢贴着岩石、树木生长，你有才子的傲气，我有俗世的地气，无须赘言。

攀附也是一种本事，并不是每样植物都会。络石用它那叶面青绿、叶背灰白而淡、涩而不光的小叶子，轻柔擦拭岩石，低低耳语。络石的藤蔓盘踞纠葛——我寻找了多少次才遇见你，怎能轻易错过？岩石一直沉默不语，大概也不会抱怨一株植物的依附攀爬。而大树，也没有手，不能把络石从枝梢上扯下来。

络石的草蔓纤细、柔韧。若是折断，有乳白色汁液溢出。茎节处，生有软软的触须，拿来包络石木。若包络在岩石上，叶细浓，圆短，稍厚些，比指头肚还要小点儿；若是绕树生者，叶大而薄，稍微有点尖，有点似细橘叶。夏天，开白色花，细微、干净，细细嗅也是有香味的。风一吹，微微摇晃，撒娇似的，美丽又充满了风情。

山间无闲草。六七月采络石茎叶，晒干，方可入药。不过，入药不入药的，络石并不在乎。它可能不想入药，不入药虽然无用，但它一直拿自己当作一轴花卉的画卷，贴在岩石壁上，挂在大树上。

假若络石坚持认为自己是一轴画卷的话，那么岩石和树木似乎都沾染了艺术的气息——一年四季都挂着画儿，而且是春荣秋枯变换着的，也该是相当有意趣的吧？

红尘之事，经不住细细咀嚼，模糊一点最好。

蔷薇

蔷薇也是靠在墙垣上晒晒太阳开开花的植物。这么一想，未免慵懒，但是，它又美又妖艳，靠哪儿都好，谁会拒绝如此妖娆的花朵呢？你以为颜值高了，一定会活得容易一些吗？那也不是。大自然的包容程度超越凡尘——但凡活在天地之间的植物，个个平等。美的也好，丑的也好，皆是草木子民。不然你看，草没有脚，花也没有翅膀，可是天涯海角，都是草木的影子，剪不断，理还乱。这一定是大自然的平等宽容之处。

蔷薇还有个古老的名字叫蔷靡。为什么啊？皆因它的枝蔓柔靡，总是依着墙垣生，所以叫蔷靡。它的叶子相当的绿，老绿老绿，教人看不出来空灵感，只觉得沉，俗世之沉，俗世之实。

茎多棘刺——这个我一直想不通，它本性是要依墙而生的，既然依附人家，为何还要生出这么多尖利的刺，一边戳扎着墙，一边依靠着墙，世上哪有这种道理啊？

不过，尽管蔷薇多刺，但牛相当喜欢啃食——当然，是它嫩的时候。等老道了，刺也是要扎牛嘴的。其实，植物是最能感触入侵者气场的，牛生得粗笨野蛮，它的气场想必也是强大的，能逼退植物的锐利气息。倘若是人，气场可就柔弱多了，因此蔷薇扎人毫不费力。至于墙，蔷薇知道它没有生命力，也无气场，无论怎么扎，都不要紧，又扎不死。

野生于林堑间的蔷薇，春抽嫩蕻，是老牛最喜欢啃食的时候。若是到了初夏，则成丛似蔓，茎硬多刺，一路所向披靡。小叶尖薄，略略粗糙，有细齿，面青背淡。

蔷薇开花，就像火焰一样蓬勃地燃起来，浓烈得不得了。其实我一直莫名觉得，蔷薇花是个妖女，会勾引人。花瓣如同双眸，用一种艳丽的眼神，勾走别人的心神，教人抓耳挠腮。

蔷薇盛开的架势，有那么一种绯红的气息在涌动，不冷艳，不凛然，只是一股人间暖意。花事一旦开始，就苍茫无尽，不会因任何阻滞而停止，尽情开，不管不顾地开。蔷薇美得有侵略性，会趁人不备，把一种风情摇曳的东西沾染给人，教人心里顿然生起怜爱来。想必揣着一腔怜爱之情的人，容易被诱惑吧。

我家种的菊花也是极多的。不同的是，秋天菊花盛开的时候，我的心绪平静得多，只觉得是人间寻常之美，清清淡淡，恬恬静静，一朵也不去毁坏。菊花开得轻松，我没有来路不明的情绪，也无排斥之心。它开它的，我看我的，我和花之间没有冲突纠葛。

遇见蔷薇花，是最近几年的事情。人到了这个年龄，过于敏感的东西消失了很多。看蔷薇，虽也觉得美得妖气，却不刺激我的脆弱，反而还有一种熟稔的感觉，似乎是旧相识。世上的事，都讲因果，人和花，必也有因果的。一朵花开，有一个人在花下微笑——所谓的心心相印，可能就是如此了。只是花太繁，忍不住教人担心，一朵朵往外挤，开的开，凋零的凋零，不知道何时才能止住。

墙高，蔷薇的枝枝蔓蔓就在人的头顶上，层层叠叠的花朵上方，是蓝得淌水的天空。透过枝叶仰望天空，缝隙里的那抹蓝，很清凉。蔷薇花看一看就好了，不然心情还是容易被扰乱。看多了，就会觉察出这花儿的巫气，它的花瓣刻意露出攫取的颜色，若是看久了，把你的心思都攫取了，教你只剩下呆愚。

有时候看花回来的路上，我也会忍不住写几句：荒山野径，繁花不惊，君可远观矣。昔年看花，君乘车，我戴笠，他日相逢下车揖；而今顶一头花瓣而归，渺茫而忘孤愁。被花朵填满的山谷，四野寂静，即使有几声鸟鸣敲落花瓣，也依然是静寂的。

是的，所有的草木，都在寂然美丽，也逍遥，也牵绊。而我，前世怕也是一株草，今生走遍荒道，相思只在：丁香枝子，豆蔻梢头。

高良姜

你以为这味草药姓高，名良姜？其实，它姓高良，名姜。别不信，我不是胡诌的。药典记载着呢，说这个名字是陶隐居取的，言此姜始出高良郡，故得此名。

陶隐居又是谁？他不是“采菊东篱下”的陶渊明，而是“路远香迷野草花”的陶弘景。陶弘景是古时一代名医，当然，他顺便也炼一下丹，修一下道，夜观天文昼著书，人称“山中宰相”。有人写诗给他：“炼就灵丹岁月赊，药炉丹灶旋成洼。庭空响落山松子，路远香迷野草花……”

李时珍先生说，高良姜，又名蛮姜，子名红豆蔻。红豆蔻花朵丛生，叶子不肥，如碧芦一样细瘦，等到春末，才开始发芽。花作穗，嫩叶卷之而生，微带红色。初开花，先抽出一枝干，有大箨包之，样子就像新笋上一片一片缠裹的青皮，青皮裂开了，花朵才冒出来。

花朵一穗十蕊，淡淡的红，但色泽鲜艳，并不是灰扑扑的样子，清美得简直可以和杏花拿来赛赛。当然，姜很老辣，并没有心思和杏花较劲儿。花开到最艳的时候，花瓣的颜色稍微深了一些，花蕊重缀，下垂如葡萄一样。再开一开，有点疯狂，又如火齐璎珞，及剪彩鸾枝之状。每蕊有心两瓣，人比之连理也。

开个花，这么隆重，状若宝石，色如紫金，光耀照人，如同珠玉串成的璎珞般晶莹灿烂。真个儿盛大啊！

草木各有脾性，地黄开花很低调，恨不能钻到地皮底下去躲起来，可这姜却炫耀得不行，恨不能开出“叮叮当当”的声音来才好。实际上，它的花也并不是拔尖的好。但人家喜欢狂热啊，谁也没有办法叫它黯淡一些。

任何草木都有自己的深情，都会展示独有的孤傲和绚烂。人有一生，草也一世。人的劲儿在心里，草的劲儿在根里。这光阴，清寂淡然，步步花开。

朝开暮落花

朝开暮落花是个什么花？其实就是木槿，它还有个名字叫藩篱草。真好，一会儿木，一会儿草，是草是木，恍若尘仙。若是细细归类，它是落叶灌木。

叫木槿，是因为它小。槿，小木也。木槿的小枝很稠密，繁花不惊，简直有些鲜衣怒马的意思。容易活，可种可插，其木如李。木槿的叶子美而朴实，叶梢尖儿有桠齿，叶面缀一层稀疏的细毛。这世上，绝大多数植物的叶子上都覆盖了一层细细白茸毛，大概草木世界里以此为美吧。

因为是小木，所以常被人拿来随手种植，当作绿篱笆之类的。风雅、深绿的木槿篱笆墙上开了花，美得灼灼，娇艳夺目，真教人惊讶。所以，朝开暮落花也叫藩篱草——能做篱笆的草。

微露还未卸春，花朵还未辞树，连影儿也是微醺的。

木槿开花，当然是繁花似锦了。满树的花朵小、艳、澄澈，色泽清美。白色如雪，粉红色则如云霞飘落。单叶者蹁跹，千层叶者妖娆，怕是世间最好的词拿来赞美，也不为过呢。花瓣有微微的皱褶，气味也淡——美的花朵，香味都淡，天底下的好，不能都占全了。

木槿花爱恋太阳得不行，没有阳光简直活不成。太阳来，它就开；太阳落，它就谢去，所以也叫朝开暮落花。人家才不是朝三暮四，只是一种固执。今儿花凋落，明儿繁密的花苞又“哗哗”绽开，绝无花飞叶落之叹。这样的盛开也是好的——始于清晨，万物萌生；止于黄昏，万物收拢。太阳，太阳，若无相见，怎不凋零？

芍药

古代的雅士们有很浓的草木情节。离别时，赠之以芍药；相招时，寄之以当归——你这一去，天涯遥遥，不知何日再相逢，唯有用一束芍药表达我内心的别离之情；他年我若想你想得不成，定然寄来当归相邀。有个叫崔豹的人就说过，古人“相赠以芍药，相招以文无”。为什么呢？芍药，还有一名叫将离，离草也；文无，还有个名字叫当归，思草也。这样的名字，真个儿好，好得舍不得说给人听。

听听李时珍的说法：芍药，犹绰约也。绰约，指美好的容貌。此草花容绰约，故以为名。古人言，扬州芍药甲天下。药用，多取扬州者。因芍药为草本，故又称为草芍药。

古人闲来无事，拿百花比较，一来二去，把芍药赞美为花中宰相——不单单是长得好看，大概也因药用价值高。张仲景治疗伤寒，多用芍药，药效非常好。不过，那是古代的芍药。现在的芍药，既有土壤污染，又有化肥、农药掺和，怕是药效没那么纯了。

芍药也是古人的爱情草。奇怪，一种别名将离的草，怎么能有爱情的内涵呢？古人情感含蓄，一见相悦，拿一束芍药相赠，表达惜别之情。因为怕别离，舍不得离开，才有结情之意。若是厌恶的人，巴不得早点走开才好。

去山野里看野芍药。寂静山间，有石头小径，路边绿草萋萋，幽鸟鸣叫，不知疲倦。扑面野意，还未见芍药。拐个弯，远远瞧见一丛，在一大片老绿里吐出层层花瓣，沉寂、孤傲。只这一点点红颜，在那里张扬，顿然美得教人怜惜起来。花看半开，酒到微醺，这都是世间暖意，真个儿令人喜欢。

北京有个地方叫“芍药居”，每每听到这三个字都觉得美得摄魂入魄。

万物生长

草鳖甲

也叫落苏、昆仑瓜。

草鳖甲株高也就两三尺，叶子厚沉，肥大如掌，叶脉泛着深紫的色气儿，挺好看。开花也是紫色的，五瓣连缀，五棱如缕，花瓣根部深紫，花瓣尖泛着一抹浅紫。黄蕊，老绿的花蒂，蒂包着草鳖甲。倘若单单是看花，草鳖甲的花也是够妖娆的，有些巫气重重的那种。

长成熟的草鳖甲，一尺来长，倒吊在枝子上，泛着柔和的紫光。实中有瓤，瓤里暗含着簇簇籽，籽白色，如芝麻。瓤不瓷实，虚，柔韧，絮状团如栝楼。草鳖甲老了，皮厚，瓤轻浮，颜色紫黑。不摘，让它一直挂在枝上，经霜打过，慢慢变黄，变干瘪。这样霜杀过的草鳖甲入药最好。名医苏颂认为，黄色草鳖甲是一种品种，生来就是黄的，生来就是入药的。李时珍却说，所有的草鳖甲到老皆黄，没有单纯黄颜色的。

我家种过草鳖甲，苍老的草鳖甲都是一派枯黄的颜色，吊在枝子上，蔫蔫的干瘪样子。那时我不知道老草鳖甲可入药，只是远远地，瞄准它练弹弓。反正吃是不能吃了，柔丝顽筋的，嚼不动。至于还不太老的草鳖甲，赶在清霜来临之前，摘下来切片，晾晒干，是冬天的菜肴。

草鳖甲是什么呢？其实就是茄子。以为是多玄乎的植物呢，深山老妖似的。

古人认为茄子属土，性滑，不厚肠胃，对人没有益处，不怎么喜欢吃。不过，把老茄子摘下来晾干，烧成灰治口疮，效果挺好。在中医里，霜打的老秧茄子是味药材。

李时珍说，茄子处处有之，一点儿也不稀罕。最多的是紫茄，也有白茄、青水茄。入药多用黄茄，其余只能做菜。江南生长着一种藤茄，引蔓攀生，皮薄似壶卢，也没听说过入中药。古时的新罗国出一种茄，形如鸡子，淡光微紫色，蒂长味甘，做菜最好。

茄子的别名叫落苏，谁也不知道缘由，连李时珍也不知道。昆仑瓜，是当年隋炀帝西巡时给它改的名字，大概是对连绵的昆仑山脉的致意吧。

古代名医寇宗奭挺不喜欢茄子的。他说："蔬圃中惟此无益。"意思是说，百果蔬菜里面，唯有茄子无益处，入药也并无主治。又说，昔日圃人拿落苏籽种植于温暖处，浓加粪壤，厚厚苫了一层枯草保温，遂于小满前采摘下来，售以贵价。

老茄入药，古人有奇奇怪怪的方法，读来惊诧。治疗大风热痰的方子是这样的：用黄老的茄子，越大的越好，不计多少，清洗干净，剁一剁，纳入瓦罐里，封口，深埋土中。经过一年，挖出罐子来看看，如果老茄子都化为水了，那就好了。老茄水中搅拌入苦参末，捻成桐子大的药丸，每服用酒冲服三十丸，效果挺好。

要治疗腰脚拘痉，取老茄子五十斤，清洗，切碎，加水五斗，慢慢熬煮，煮到汤汁很浓的时候，过滤去渣，留下浓汁。再熬，直到浓汁大概有一斗的时候，加入生粟粉慢火同煎，煎熬得醇浓了，搅拌了麝香、朱砂末，捻成桐子大的药丸。早晨用米酒冲服三十丸，快到晚上再服用，一个月就痊愈。这个方法挺有意思的，煎煮，提纯，做医家真个儿不怕麻烦啊。不过，古人量米用斗，这个方子里量水也用斗，我可没有见过，大概是一种特制的斗吧。

还有个方子，治疗坠损跌扑的：重阳日，收取霜打的老茄一百枚，去蒂，破为四瓣，以消石十二两捣碎。抬来大瓮，粗砂的最好。先铺茄子一层，再撒消石一层，如此反复铺撒，铺完为止。瓮口用麻纸数层密封，安置到干净处，瓮底子垫了新砖垫高，瓮口也压了新砖，勿犯地气，尽量搁得高一些。等到正月过了，二月初启封，只揭掉两层纸，搬到院子里日光曝晒。逐日如此，慢慢地晒几个月。到了四月初，老茄已烂掉，这才开封倾倒出来，过滤去渣，纳入新的瓦罐里。然后以薄薄的棉被覆盖瓦罐，拿出去接着曝晒，一直晒成膏汁才好。服用时，用米酒调半匙，空腹饮用。服用些日子，则恶血散去，疼痛止，病痊愈。

此方好是好，就是太烦琐了，只拿来读读还行。我们过的日子都是匆忙慌张的，哪里有时间细细翻腾一瓦罐老茄子。古人其实挺有耐心，一茶一饮，都极为细致入微，有条有理。做个膏药也要花大半年的时间，晒了又晒，酝酿了又酝酿。若是说生活的慢滋味，还是古人懂得。茄子是茄子的滋味，冬瓜是冬瓜的滋味。过得太快，日子难免粗糙，动不动就过成乱糟糟的一团。花乱开，草乱长，人心也乱得找不见头绪。

我喜欢《本草纲目》里记载的这些偏方，淡淡的，散发着幽深的气息，似乎还可嗅得到古时日光的味道。人书俱老，草木俱枯，多么好。

胡瓜

《汉书》记载说，胡瓜是用张骞出使西域带回的植物种子培育出来的。那时还没有名字，只觉得好吃，因为来自胡地，就叫个胡瓜。张骞这个人，真是教人心生膜拜，本事大得惊人。不要说蔬菜，就是姹紫嫣红的果子，有好多也是用他从西域得到的种子培育的，寒瓜（西瓜）、蒲桃（葡萄）、柰（苹果）……若是没有张骞，我们先人的日子可就乏味多了，连这些水果都吃不上。

胡瓜二月下种，地垄里覆盖一层牛粪最好。三月生苗引蔓，瓜蔓柔婉纤细，叶子嫩，颜色鲜绿。再长一长，瓜叶有了轮廓，很像冬瓜的叶子，叶脉深绿，覆盖一层细细的茸毛。四五月间，胡瓜开花了，淡黄色的小花朵，朴素、细微、柔弱。花开蒂落，始结瓜，瓜围两三寸，长者至尺许。青色，越老颜色越深。太老的时候，就变黄了。胡瓜的瓜皮并不是光滑细腻的，皮上有密密麻麻的刺点，有如疣子。胡瓜籽长得类似于菜瓜籽。

还有一种胡瓜，五月的时候才下种，慢腾腾地生长，等结瓜呢，也就到落霜时分了。结的瓜白而短，生吃甜脆，炒熟味道清淡，挺好吃，可以是蔬菜，也可以是瓜果。不过，腌成糟酱胡瓜，不太好吃。古人冬天缺鲜蔬，酱菜是比较重要的。

胡瓜叫了一段时间之后，就改名叫黄瓜了。为什么呢？名医陈藏器说："北人避石勒讳，改呼黄瓜，至今因之。"石勒是十六国时期后赵王朝的王，史称后赵明帝，是入塞的羯族人。石勒不准百姓说胡字，胡瓜就改为黄瓜了。

杜宝在《拾遗录》里说："隋大业四年避讳，改胡瓜为黄瓜。"这个说法，是说隋炀帝性子好猜防，大忌胡人，不喜欢胡瓜，就改成黄瓜。也有人说，隋炀帝杨广的母亲独孤氏是鲜卑人，因此隋炀帝有一半的胡人血统，所以避讳胡瓜。

不过，胡瓜也行，黄瓜也罢，不过是个叫法，好吃就行了。夏天腌一坛子酸辣黄瓜，清爽好吃得让人觉得多热的日子都有了意义。

《本草纲目》里说了好多黄瓜的药用价值，清热解渴，利水道等，但独独没有说黄瓜美容。倒是冬瓜，李时珍不惜笔墨，大把大把叙述了冬瓜美容的功效。可见黄瓜美容是以讹传讹吧。

芋

也叫蹲鸱、土芝。

鸱，是一种不吉祥的鸟，很丑陋。蹲鸱，就是蹲伏着的鸱鸟。不过，在《本草纲目》里，蹲鸱是植物，特指芋。苏颂说，蜀川里生长一种大芋，形状圆而硕，乍然一看，像一只鸱蹲着，因而叫芋魁，也叫蹲鸱。蹲鸱产量好，不挑地，本地人种了当作粮食度饥年。江西、闽中生长的，形状椭圆而大，也有小如卵的，生于魁旁，食之味美。但是野芋有大毒，不可食。

关于蹲鸱有两个故事。

《史记》记载，蜀地卓氏的祖先是赵国人，靠冶铁致富。秦国击败赵国时，卓氏被掳掠。他们夫妻二人推着车子，随着大家去往迁徙的地方。被迁徙的人群里，稍有多余钱财的人，便争着送给主事的官吏，央求迁徙到近处的葭萌县。可是卓氏并不着急，他说："葭萌地方狭小，土地瘠薄，留在这里有什么好。我倒是听说汶山下面是肥沃的田野，地里长着大芋头，形状像蹲伏的鸱鸟，很养人，种了一辈子也不会挨饿。而且那里的百姓善于交易，容易做买卖。"于是，他要求迁到远处，结果被迁移到临邛，卓氏也挺高兴的。卓氏到了新的地方，先种了很多蹲鸱，吃饱了肚子，剩下的售给外乡人。然后隔年继续广种蹲鸱，丰收之后再售。等手里积攒了余钱，就在有铁矿的山里开矿，熔铁铸械，靠冶铁致富。过了些年，山野里都是他的蹲鸱田，山谷里是他的铁矿，财势压倒滇蜀地区的居民，家里奴仆就有一千多人，秋天蹲鸱收获的时候，堆得像山似的。他在山野里射猎游玩，逍遥得像国君一样。

还有一个大概是野史里的故事。唐朝张九龄学问高深，某天闲来无事，就随便戏弄一下萧炅。萧炅不太读书，所以经常被他拿来寻开心。张九龄遣人给萧炅送去一封书函，说要送一筐子蹲鸱给他。然后，又差人把芋头送到萧炅那里去。萧炅果然不知道蹲鸱是芋头的别名。他等了一会儿不见蹲鸱，就给张九龄回信说："你送来的芋头已收到，只是没见到蹲鸱。不过呢，我家虽然多异物，但也不愿见这样的恶鸟，一只都嫌多，一筐简直难以接受，你最好不要送来了。"

我觉得张九龄这老头儿也着实可爱，他一定捧着萧炅的回信笑得满地打滚儿。

叫土芝呢，是因为芋头这东西烤熟太好吃了。古时的雅士们吃芋，把大芋裹在湿麻纸里，拿酒和糟涂在纸上，地上挖个坑，燃了糠皮火慢慢煨芋头，煨得差不多了捂上一层土。等闻到香味的时候，将芋头从土里扒出来，趁热去皮大吃，叫作土芝丹。据说芋头冷吃破血，热吃补益。至于百姓人家，就直接把芋头丢进牛粪火中，等芋头煨熟，全家围着火吹着热气吃芋，真是香甜得无与伦比。因为烤芋总是从热灰土里扒出来的，又那样好吃，所以就叫土芝。

至于叫芋呢，徐铉在《说文解字》里记载："芋犹吁也。大叶实根，骇吁人也。吁音芋，疑怪貌。"

芋这东西老实，生长时只看得见叶子，把芋埋在土里。收获季节，人们掘开土，乍然看到一窝圆滚滚的大芋，多得叫人惊骇，惊叹一声，"吁——"。挖一窝，惊得吁一声，干脆就叫芋吧。谁叫它长得这么肥大喜人，简直让人喜欢得束手无策。

李时珍说，芋的品种很多，有水地和旱地种的。旱芋种在山地里，耐旱。水芋自然就栽种在水地里。叶子都长得差不多，不过水芋的味道好，旱芋的味道差一些。芋的茎叶可食。有的芋不开花，有的芋在七八月间抽茎生花，花朵淡黄色，样子很像半边莲，朴实而单薄。

苏恭说，芋有六种，青芋、紫芋、真芋、白芋、连禅芋、野芋。种类虽然多，然而苗茎都很相似。茎高尺余，叶子肥大如扇，大概像荷叶，稍微狭长一些，根似薯蓣而圆。其中，青芋结芋很多，芋细长而毒多，初次煮，必须得灰汁，煮一会儿后还得换一次水再煮，煮熟才可食用。白芋、真芋、连禅、紫芋都是毒少的，直接煮熟就可以吃了。若是有肉，一起烧煮作羹甚佳。野芋大毒，不可以吃。

我们老家的芋，叫山芋。因为方言比较模糊，听上去像"山约"。早些年的山芋好吃得要命。水地芋金澄澄的，像蛋黄，咬一口香得渗舌头。旱地芋沙甜，蒸一锅出来，香味儿飘到院子外去了。这几年的山芋，据说是新品种，实在不好吃，水稀稀的，嚼得两腮发酸，而且很容易就坏掉，根本不耐储存。山芋丧失了芋本来的香甜，几乎没有山芋味道了。有人说那可能是转基因的东西，我不太清楚，只是特别怀念小时候从热灰里扒出来的山芋。那清香，执拗地结晶在梦里，连几十年的日光都晒不干。

草龙珠

也叫蒲桃，其实就是葡萄。

我总觉得，西瓜是属猪的，腆着圆肚子不动弹。而葡萄藤是属蛇的，太能爬了，一天到晚爬得气喘吁吁，根本停不下来。

李时珍说，《汉书》里记载，蒲桃，成熟透彻的果实可以酿酒，味道甘美，人酺饮之，则醄然而醉，故是取酺醄的意思，为葡萄。果实饱满圆润的，叫草龙珠；长长的那种，叫马奶葡萄；白色的叫水晶葡萄；黑紫色的叫紫葡萄。

酺，是聚集在一起饮宴。醄，是醉酒后欢乐的样子。葡萄天生是拿来酿酒的料。《史记》记载：大宛盛产葡萄，家家户户以葡萄酿酒，非常好喝。富足的人家，藏酒万余石，放置十来年都不败，酒液醇浓。张骞出使西域，得到葡萄种子回还，汉地才开始有葡萄。

葡萄很好活，折藤压在沙土里就行。春月里萌芽苞，生细叶，颇似栝楼叶，有尖细的五个尖。再长一长，开始引蔓，生须，引到数十丈长。叶子边缘有粗而稍尖锐的锯齿，背面密密长着一层灰白的绵毛。藤条生长迅速，枝枝蔓蔓，一节一节拔节攀生，枝上的卷须是细细的绿色丝儿，勾住藤架，向上攀缘生长，枝梢的卷须丝像触角一样，一根一根抽出来。三月开小花成穗子，一串琐细的黄白色花朵。果实幼时亦细小，星编珠聚，长到七八月就成熟了，一串一串，教人看着心生欢喜。葡萄果实是浆果，有紫白二色，酿酒是极好的。古时西域有一种琐琐葡萄，果实颗粒大，无核，很像五味子，味道甘美无比，很远的地方都可闻到清香。青时有点涩味，熟透则散发着酒香。

《名医别录》里说，在甘肃敦煌的山谷里，生长着一种草龙珠，苗作藤蔓，极长。太盛者，只有一两株，就能绵绵铺满整个山谷间。藤长几里地，真个儿教人惊讶。开了花，细小柔弱，黄白色，亦是不大起眼。花落结果，一串串果穗呈圆锥状。它的叶片厚而粗糙，叶质较硬，叶表有光泽，绿色，叶子背面绿白色，有茸毛。结的果实有紫、白二色。有的圆如珠子，有的长似马乳；有的无核，有的含着核。一颗一颗，沉甸甸地坠在枝子间。七八月间，草龙珠熟透了，满山谷都是醇浓的酒香味。人走在山谷里，都被熏醉了，脚底下软绵绵的，走不好。

古代最好的葡萄酒在哪里呢？就在凉州。“葡萄美酒夜光杯”，古人早就赞誉过的。

魏文帝的文采出众，他曾诏群臣曰：“蒲桃，当夏末涉秋，尚有余暑，醉酒宿醒，掩露而食。甘而不饴，酸而不酢，冷而不寒，味长汁多，除烦解渴。又酿为酒，甘于曲蘖，善醉而易醒。他方之果，宁有匹之者乎？”大概他很喜欢吃葡萄，饮葡萄酒。对一斛酒，魏文帝给予最好的耐心。这样的人，连一味水果也不怠慢，食之，赞之。

唐朝的时候，河西走廊的商人最喜欢做的一宗买卖就是葡萄酒。酒液盛装在木桶里，运到长安。大街小巷都是胡人开的酒肆，西域夜光杯盛琥珀色葡萄酒，好不奢华。清醇的香味能让路人闻见落泪，不饮一杯迈不开脚啊。倘若我生在唐朝，便是个地地道道的胡女，穿了胡服，梳了碎碎辫子，说不定就赶着驼队，把河西的葡萄酒一路风尘仆仆贩卖到中原去了。

名医戴震亨说：“葡萄属土，有水与木火。东南人食之多病热，西北人食之无恙。盖能下走渗道，西北人禀气厚故耳。”被我猜对了吧？西北本来就是葡萄的老窝，这里的葡萄酿酒自然是最甘醇的了。西北人性格粗犷凛冽，跟水土有关系，跟食用的果蔬五谷有关系。常饮葡萄酒，能除筋骨湿痹，益气，强志，令人健壮，耐饥忍风寒。久食葡萄，可延年。古人喜欢采摘新鲜的葡萄，捣滤取汁，以瓦器熬稠，加入熟蜜少许同收，酝酿几日饮用，滋味甚美，能除烦止渴。

绝世清味，都来自素淡的植物。

《本草纲目》里说，一年之中，到了霜降那天，大地上的植物似乎都在收拾行囊。等到老天赐予霜降的那一刻到来，植物们齐刷刷垂下枝叶，万物都要暂缓生长，回到生命最初的状态里去，回到天上去越过冬季，等来年再下凡落尘。

而百姓人家，霜降一过，地窖里便储藏好了山芋、胡萝卜等，地窖深处的沙子里还埋藏着苹果和梨子。河西漫长的冬季里，古人在火炉里煨了山芋，煮一碗粟米胡萝卜粥，启开一坛葡萄酒，把酒话桑麻。这些朴素的食物，滋养了河西千重光阴。

实际上，我也一直都在过着这种朴素的生活。一碟青蔬，一碗小米粥。若是有奢侈一些的陪伴，便是书卷和音乐了。若是再有一些更加奢华的祈求，便是想着，让自己的文字，和大地之上的植物一样，发荣滋长，对每一个季节心生欢喜。

采采虫草

初夏，天祝高原上挖虫草的季节到了。海拔两千多米往上，人影绰绰。古人采药，有个喊山的习惯：人立在山脚下，齐声呐喊，喊一会儿再踏草进山。为什么呢？据说草木是有灵性的，每一味草木，都有小动物守护。喊一喊，把小动物们惊动走了，人好上山采药。不过，我宁愿相信，喊山是把打盹的花蕾喊醒，把藏着的草木喊出来。可是挖虫草是不喊山的。虫草又不傻，把它喊醒了，它就拔爪逃走，不会等着你来挖。

古人讲究“必先岁气，毋伐天和”。就算是采药，也要遵循天人相应。人的生命活动与自然界变化的“大纪”是息息相关的。挖虫草，拿个小柳叶铲轻轻撬出来就行了，不能扛着大铁锨乱翻。高原植被稀薄，经不住用力过度。

雪域晴冷，每年初夏，残雪还趴在山野，迟迟不肯融化。等草芽儿都蹿出来，虫草才顶土而出，褐色的触角，掺杂在乱草中，诡秘一笑。人的劲儿攒在心里，草的劲儿攒在根里。山野里，弥散着植物生长的旺盛劲儿。

虫草的本名叫冬虫夏草，这家伙挺奇怪的。古人说：“冬在土中，形如老蚕，有毛能动。至夏则毛出土上，连身俱化为草。若不取，至冬复化为虫。”想想也是极为奇妙的，虫草合一，是怎么做到天衣无缝的呢？一定是光阴幻化了因果，是苍茫大地点拨了一根细草。

虫草长得很随意，甚至有些粗陋——就是虫子的脑门上顶着一枝草样的触角。黄棕色或者褐黄色的虫体上有一圈一圈的环纹，稍扭曲一些。脑袋红棕色，细细看，连眼睛也是有的，小而黑。细小的爪子也有，腹节也明显，全身都是细纵皱纹。冬天它是虫子，在土里蠕动，咕咕叨叨。夏天华丽转身，打发自己变成草，霍霍生长。有粗陋，亦有孤意。

像孙悟空那样七十二变也有点多，变来变去麻烦。虫草只有两变，变虫像虫，变草像草，很彻底，极简极透，淡然与决然并存。

总的来说，这家伙似虫非虫，似草非草，兼有虫和草的外形，腹内也并不空空，有点菌丝，所以归属于菌藻类生物。想来它肯定是不读书的，倘若读书，定然要成精了，才不会这么迷糊，拿不定主意，把自己混到菌藻类里去。至少留在草类里，也算是不枉活一世——本草本草，红尘以草为本。菌藻多么缥缈无定，一口气就吹散了。

也可能，这是它和光阴的约定——我就不想长成草，也不想长成虫，就随便长一长，我高兴就好。世间万物，都有自己的心愿，天地都一一成全了，不会拧巴人家。山有山的意思，水有水的心思，草木有草木的惦念，都顺乎天理。

也可能，虫草就是传说里的深山小妖，有灵性，有秘密，躲在草丛里修炼，四季跨度对它而言只是朝朝暮暮。

虫草藏在杂草里，一点也不想被人挖出来。毛驴草、香草、野葱、长针茅、苔草、柴胡……还有上年枯黄的枝叶、残雪、土粒，这些都是它天然的掩体，好不自在。虫草头部长出的那支黄褐色的菌芽，冒出地面，像草梗，悄悄躲在乱草里，偶尔有蚂蚁路过，使个绊脚，一绊子绊翻胖蚂蚁，偷偷直乐。蚂蚁不来，那支触角就支棱起来，吸纳天地雨露，修炼自己。

虽然不易找寻，但挖虫草的人，都练就了一双鹰眼。山坡上打眼一瞧，手指轻轻拨开杂草，就能把露出芽梗的虫草挖出来，托在掌心。这时候的虫草，原形毕露，寸许长，触角挑着，沾泥带水，有一丝微微的土腥味，带些来路不明的诡秘味道。时光把它淬炼成繁花不惊的淡定样儿。

一根虫草一旦现形，那可就不是虫草了，是很多钱呢。收虫草的人早早守在山里，现挖现卖，虫草刚出土就完成了金钱交易，这速度，多么快。它只翻了一个跟头，从土里翻到手心，就把自己从似虫非虫、似草非草的东西一下翻到软黄金的行列里去，真够玄乎。这个，别的草药可做不到。羌活采来还得晒晒，甘草挖来还得炙炙，入药也还是草药，抵达不到“精英”的行列里去。

雪山之上，虫草成全了人生。蠕动在残雪里讨生活的人们，背了雨，背了雪，慢慢摸索出与大山的相处之道，与虫草的沟通之情。这，便是最真实的生活。山野里丝丝缕缕的炊烟飘起时，人们蹲在简易的窝棚前，大口吃饭。一口饭，一口山里冷寂的时光。夜里下了雨夹雪，整个窝棚都冻得瑟瑟发抖。

我总觉得，虫草不是挖到的，是捕获来的。有的人一整天都遇不见一根虫草；有的人吸根烟就发现一窝虫草，顺手擒来；有的人找虫草，嘴里念叨着原创咒语，一路念念叨叨，想把虫草哄骗回来；有的人悄悄潜伏在草丛里，大气儿不敢出，斜眼觑着，怕惊吓走虫草。人多，各有其招。

我的邻居说，虫草是一家子一家子的，只要能找到它的老巢，就能一口气寻到很多。另一人则说，虫草有它行走的路线，只要找到第一根，顺藤摸瓜，一路撵过去，都跑不掉。还有人说，虫草会闻人类的味道，遇见味道适合的，它的触角就伸出来让你发现；遇见味道不适合的，它就把触角缩进地皮里，你找晕都枉然。最诡秘的事情是，同样一块地方，头一个人五体伏地翻遍了草丝，梳过去，一根也没有；再过来一个人，一弯腰就是好几根。

找虫草，靠的是运气。碰上一根也遇不见的时候，你就要想，可能是你的气息跟虫草的气息不够契合。味道不同，路途也不同，你便遇不上它。大山里岔路千百条，你恰恰错过了它，走在另一条岔路上。虫草是深山大野写给人类的挂号信，一字千金。

找不到虫草也没有关系，雪域高原的阳光很好，就在山野里随便溜达也不错。无趣时，对一枝金露梅吹个牛：“你看，后面有虫草追我，前面有虫草等我，我都没有打扰它们——我是专门来看花的，不是来寻虫草的。”实际上，那天我跟了大伙儿一天，一根虫草也没瞅见。傍晚牛羊下山的时候，我也跟着回家，一路上还唱了个小调儿，走音跑调的。想要遇上虫草，就是要随缘。它跟你这么陌生，凭啥就要让你看见呢？

这世上，要是有人和虫草一样就好了。顺着走过的路，可以找到；顺着同样的味道，可以嗅见。变成虫也认得，变成草也认得，步步花开，一意孤行。这样的决然，才是欢喜。

半日看花，半日读草

葵

这个葵，不是向日葵，也开花，但花盘没有向日葵大，小多了。当然，跟《葵花宝典》也没啥关系，人家就是葵嘛。古籍说：“葵倾叶向日，以蔽其根。”古人认为天有十日，葵与之相始终。葵可是宅心仁厚的植物。

它还有别名的，叫露葵、滑菜。

为啥叫露葵呢？“采葵，必待露解”，故曰露葵。至于称为滑菜，是言其性也。葵也入药，气味寒，滑。

这些话都不是我胡诌的。《尔雅翼》云：“葵者，揆也。葵叶倾日，不使照其根，乃智以揆之也。古人采葵必待露解，故曰露葵。今人呼为滑菜，言其性也。古者葵为五菜之主，今不复食之，故移入此。”

“故移入此”是什么意思呢？是指把葵从菜类，移动到野草里去了。《本草纲目》里，葵也移在“草部”。也就是说，葵，本来是一味很好的菜，被称为百菜之主，古人一直吃着。可是有一天，他们有了更加好吃的菜，葵就被抛弃了。抛弃也就罢了，还一脚踢到野草行列里去了，可怜见的。

古时的穷人家，全凭葵来度日。有诗为证："贫厨何所有，炊稻烹秋葵。"我若在汉朝，或者更早，可能就是天天吃葵哩。拿枯萎干燥的豆秧子做烧柴，洗手煮一锅粟米羹，再煮一锅葵，大吃一顿。

其实小时候我家里种过葵，我们叫它小葵。主茎粗壮，高，有紫茎，有白茎。叶子肾圆形，手掌一样，稍微有点波状。叶面皱缩不平，有细柔毛，叶子边缘有细锯齿。花朵就开在叶腋间，短柄，花瓣呈淡紫色，花脉深紫，一痕一痕伸到叶缘。花朵不很大，颜色清冽干净，一撮花丝亦是深紫色的。

那时候我们不知道它是古代穷人的糊口菜，当然也没叫它野草，我们种小葵就是为了看花。不过，我们吃葵嫩嫩的籽实。花籽还绿着，嫩白着，剥了皮，嚼起来有一种黏糊的感觉。

七月烹葵及菽，八月剥枣，十月获稻……当然，葵从《诗经》里一路走来，在漫漫时光里，可能有点变异。我们种的葵，也许和《诗经》里的葵有点不一样，可是，也变不到哪里去，叶子还是那个叶子，花还是那朵花。

人裹在自己的衣服里，葵，则住在土地上。

"葵叶倾日，不使照其根，乃智以揆之也。"可能，古代的葵，叶子比现在的要大些，稠密些。葵叶子朝向太阳倾斜，遮挡着阳光，叶荫覆盖地面，遮住根部，尽量使根部处于叶荫中，不被太阳灼伤，减少水分流失。根有充足的水分，葵才长得旺盛。

据说，葵是在唐朝被冷落的。至于彻底退出日常菜羹，被踢到野草行列里去，差不多到了明代。一种蔬菜，也有它的宿命。

李时珍说："天造地化而草木生焉。刚交于柔而成根荄，柔交于刚而成枝干。叶萼属阳，华实属阴。由是草中有木，木中有草。得气之粹者为良，得气之戾者为毒。”

而葵，天造地化而生，是一味救荒的草，老天打发它来为穷人填肚子，以备饥馑。《王祯农书》里说：“葵为百菜之主，备四时之馔……供食之馀，可为菹腊……子根则能疗疾。”葵也坦然，能吃则吃，不吃则入药。生长也不挑地儿，村子里、老屋旁、路边、田埂草丛中，都行，有点儿地皮就落脚。

草的世界，让人想起一个词，暖老温贫。饥了，给你食；寒了，给你衣。穿草食木，人类才得以有弄花香满衣的小时光。

我在一个雾气蒙蒙的秋天读到葵，突然心里一惊，愣怔怔呆在那里，想起了儿时，我家花园里的小葵开得那样美好。家里阳台并不宽敞，但是挨挨挤挤养了十来盆花草。有一株大叶海棠，很高，长到屋顶了，垂下一簇一簇花朵。每天中午，我都会坐在花下，喝茶，读《本草纲目》。我假装阳台是我年少时的花园，我极力想回到草木之间，接收它们的润泽——像一个孩子，极力想回到母亲的衣襟里。历尽千帆，归来仍是少年。

葶苈

葶苈是什么意思呢？李时珍说，名义不可强解。不可说，不可说，胡诌就错。

单单听名字，觉得是多么风雅的一味草药。不过，葶苈真的很土气，样子极不起眼，躲在乱草丛里几乎寻不见。在我老家，葶苈多了去了，满山遍野都是。不高，灰扑扑的，细叶子，细茎秆，花朵也细小琐碎。在我们那叫辣辣草，掘了它的根当作零食嚼。不过，吃多了会流鼻血。

乡间的闲草，各色各样，乱蓬蓬地长成一团，也没有人在意。小的时候，物质真是匮乏到了极点，连一颗水果糖都吃不到。我们看草，不过是能吃的和不能吃的，好看不好看有什么关系呢？小孩子们结伴在山野里乱窜，搜寻可以吃的野草。厥麻草、辣辣草，都掘了根来嚼；猪头草，则剁掉尖刺，吃它包裹着的草心；酸楸片草，摘了叶子吃；蜜罐罐草，采了花朵吮吸蜜汁……多馋啊，可能也吃得不是很饱，只记得满山遍野找野草吃。

葶苈混在闲草里，灰头土脸，默默开着几朵小花儿。它总是长不肥，很瘦，有点柴，容易让人忽略。可是，再怎么朴实，也还是有味道的，就像古时候的乡野女子，梳三绺头，穿两截衣，臂弯里挎着篮子，走在陌上花开的春天里。那是天然的风韵，不用雕琢。等它结了籽，就是葶苈籽，可以入药。草秧、根、茎秆都不要。

我家开药铺的时候，闲来无事，我就一格一格抽开格屉看草药。葶苈籽常常让我迷惑不解——它太小了，圆形、稍扁，淡红褐色，微有光泽，细密、幽微，实在是小如针尖。采药人是怎么采到一布袋葶苈籽的呢？生之艰难，从一粒草籽里便可窥见。

我的老家也算是穷乡僻壤，挖柴胡根换钱的见过，采葶苈籽的人真没有。草籽实在太小，从指缝里逃走了，一天也收拢不了多少。

混在草窠里的葶苈，绿翳翳的，一点也没有凄寂的味道，兀自闲闲养神。它单薄、纤弱，却那么安然地走过季节，留下一撮细若针尖的籽，当作药材。这是它留给大地的想头。草的一生，天晴爱着暖，雨天爱着凉，它们有欢喜之心。

防葵

防葵还有个名字叫方盖，真难听，也不知道谁取的。

苏恭说，防葵，根叶似葵花子根，香味似防风，故名防葵。

防葵长得比葶苈也好看不到哪儿去，都朴实得很，不过比葶苈高一些罢了。叶子似葵——不是向日葵，是露葵。每茎三叶，一本十数茎，中发一秆，直直而上，其顶端开花，远远看去虚虚的一蓬。花也朴实，白色，大致像葱花，伞一样的，也不很大。六月开花，七八月即结实。香味似防风，依时采者乃沉水。

防葵入药，用的是根。也不是常用药，偶尔用用罢了。药剂里下防葵，须仔细谨慎。李时珍说，中火者不可服，不然，令人恍惚见鬼。剂量也须得把握好，不然多服用了，令人迷惑，恍惚如狂。

有一些草药带有这个虚幻性，比如莨菪、云实、赤商陆，一旦剂量重了或者不对症，都能令病人狂惑见鬼，蔽其神明，乱其视听。这类药材，不是资深医家，一般不下药。

不过，防葵的药性还是有争议的。一般医家认为它无毒，但是《名医别录》里说是有毒的。而且古代医家为了防葵和狼毒，吵成一团，说狼毒和防葵容易混淆，狼毒乱防葵，不可不辨。不过单单看生长着的狼毒和防葵，很好辨认，虽然花长得像，但防葵花白，狼毒花粉红。可是，一旦采下来，晒干入药，这两样的根相似，很容易混淆。

古代医家吵架，也很有意思。引典论据，不惜拿出古籍作为证据，搬出名医，谁也不服谁。连隔空对骂的都有。有些药材，吵了很久也没有结果，其实药材本身用得也不多，比如防葵。

防葵长在大野里，也别有意趣。杂草萋萋，防葵开花了，白灿灿的，远处看，一球一球，伞一样冒出来。虽然并不是很多，但防葵开花，总有一种拥挤的感觉。它的世界迂缓、安静，稍微有点迷幻。草木江湖，也是个大江湖。乱草纷杂，有一两味迷幻的草，倒也不是什么奇怪的事情。

我在想，当初，防葵是怎么想到让自己来点恍惚如狂的药性呢？虽然李时珍说“得气之戾者，为毒”，可是，天干地支，它从这个世界萌发的时候，骨子里就有点癫狂，有点锣鼓喧天的热闹劲儿。可能，它也是为了保护自己。倘若有人类，或者小动物们啃食它，便药性发作，变得癫狂，眼前出现诡异的幻觉，吓都吓死了。所以，没人去招惹它。防葵好好地保护着自己，从远古世界一路走来，毫发无损。

草木有两种：一种是有慈悲心的，就是为了给人类吃才下界的；另一种就如防葵，有残心，它就是要呵护自己不受一点伤害，安然度日。当然，谁也不能指责它。一饮一啄，前世有定。吃该吃的草木，穿该穿的棉麻，遵循老祖宗留下的规矩。

云实

云实这个名字的来历也不清楚。李时珍说，其义未详。

不过，它一定也是有出处的，只是时光漫漫，消失不见了。它俗名叫臭草，也叫粘刺。单单看这俩名字，就知道它也不是什么清雅柔和的草。

云实多长在深山大野，山坡岩石旁及灌木丛中，远离尘寰。它知道自己不太讨人喜欢，所以不必依附到村庄里。云实有刺，气味也不佳，而且有致幻作用。这三重设置，都是为了保护自己，不让别人靠近。

云实到底对生活有多么重的防御心，一身腥气，还长出一身刺来，又弄点“见鬼精”的药性，拒人于千里之外。这家伙多么会算计，简直是植物界的老江湖。也许，生太过艰难，混在大千世界，没点儿防身之术是不行的。

云实属于落叶攀缘灌木，密生倒钩刺。茎赤，中空，高者如蔓草一般。叶子像槐叶，小一点，长椭圆形，顶端圆。表面绿色，背面有白粉。三月开花，一串一串的花穗，颜色金黄，看上去也不错。一撮花丝，从密生的茸毛里探出来，娇俏可爱。

花开，累然满枝，灿灿的。花谢，结荚果，荚长三寸许，状如肥皂荚。荚内含着五六粒籽，如鹊豆，两头微微尖，有黄黑斑纹，厚壳，白仁，坚硬，咬开有腥气。云实入药，用的就是这个籽实。

云实的花，不能食。误食，就会让人产生幻觉，还兴奋狂躁，一路狂走，大呼小叫，所以云实也不是常用药。有些草药，单单是致幻的；有些可不一样，会让人癫狂乱走，很可怕的。

有人说，云实久服轻身，通神明。李时珍骂道，既然云实花朵能令人发狂，岂有久服轻身之理？此古书之讹也。

看来，云实确实不能久服，像这一类的药材，很多药铺的药格屉里根本没有。才学疏浅的医者，驾驭不住。

狼毒

李时珍很不喜欢狼毒。他说："观其名，知其毒矣。"又说："狼毒叶似商陆及大黄，茎叶上有毛，根皮黄，肉白。以实重者为良，轻者为力劣。"

狼毒药用，用的是根。李时珍说的实重者，也是根。我的老家满山都是狼毒，我们叫粉团花，因为它的花开了挺好看，像馒头一样，一团粉白。小时候，我可没少采过狼毒花，手里攥了一大把，招摇来招摇去。

为啥叫狼毒呢?《神农本草经》里说，此草有大毒，杀飞鸟走兽。有古籍记载说，狼山多毒草，盛夏鸟过之不能去。

不过，后世本草皆不以为然，认为此说并不妥当。因为狼毒生长在秦陇寒地，而且是河西走廊所产的狼毒药效最佳。有些地方出产的狼毒，并不药用。陶弘景说，秦陇寒地的狼毒，为古用狼毒。所以，古籍记载的狼毒和真正的狼毒并不是一种草。我们小时候都采了狼毒花玩，若是飞鸟都飞不过去，也不可能呢。

据说日本有人珍藏着唐朝的狼毒，不过经鉴定，不是狼毒，是防葵根。

在我们老家，狼毒被视为不吉祥的草。因为天旱的年份，庄稼枯焦，牧草也枯焦，唯有狼毒花，开得疯了一般。狼毒花根系大，吸水能力强，能够对抗干旱气候。周围的牧草难与之抗争，都枯了，唯有狼毒繁花似锦。

干旱年份，庄稼人看见满山遍野疯狂的狼毒花，眼泪就下来了。因为这预示着庄稼要歉收，人要饿肚子了。雨水好的年份，狼毒却收敛很多，开也要开，但不会发疯一般地开。

狼毒不高，也就一尺多高。茎绿色直立，纤细，一丛一丛。叶子狭长，披针形，顶端尖，柔弱，薄，微微卷曲，对生。茎顶端开花。花很漂亮，由好多狭长的萼筒簇拥而成，花萼筒细瘦，紫红色，花柱头白色，看上去粉白粉白一团，很可人。单枝就能开成一球，一丛狼毒，就会开成一大团，隐在青草里，委实好看。

狼毒入药，取的是以毒攻毒之效，常常外用，不内服。牛生了牛皮癣，奇痒难忍，或者是牛犯了牛脾气，气得要撞墙之时，取狼毒根熬水，涂抹，能痊愈。干湿虫疥，取鲜狼毒根捣碎，掺了猪油搽患处，效果挺好。

大千世界，芸芸众草；你方唱罢，我来登场；草有草姿，药有药性。老天从未嫌弃过哪一味闲草。一个人格调的高低，要看遇见仇家时的态度；一味草药韵致的高低，要看它的疗效价值。置身于自然界，所有的草，都生长得不容易。

梭梭

治沙本身就够偏执的。听听这个名字——老虎口。在浩瀚的大沙漠里，在风沙口治沙，想来就不切实际。老虎口的风沙有多大呢？天地之间，塞着一股子风，沙丘被吹得整座整座飘移。今天见到一座沙丘，明天它就到了百里之外。这很正常。

世人都觉得偏执不好。实际上，这种偏执至今仍然是一种根深蒂固的治沙理念——不偏执，连一棵树苗都栽不活。整整十万亩沙漠，一棵一棵种过去，一瓢水一瓢水浇过去，看着它们成活，抵住狂风，锁住风沙。没有这种偏执，老虎口的沙漠怕是早就吞噬了民勤大地。

我便是个偏执的人。虽不觉得偏执事事都好，但要做成一件事，有点偏执也是不错的。

没有到过老虎口，你绝不知道大千世界竟然有如此糟糕的沙漠地带——不能张嘴，一张嘴，沙子就会顺势灌进来；连笑也要捂住嘴才行。这还说的是天晴日朗，只刮一点点风的好时分。若是起了大风，结果可想而知。唯一的救星，便是植物，确切地说，是梭梭。

真是奇怪，老虎口这地方，就梭梭长得好。柠条、桦棒、沙拐枣，都不如梭梭皮实。梭梭一旦种活，便把根深深扎下去，风沙揭走一层地皮，它的根就再往下扎一尺。最深的梭梭根，可达几十米，一直抵达地层深处。地层深处有什么？有水，活命的水。

老虎口的沙滩上，随处可见倒伏在地的梭梭，根裸露出来三四尺，寡白寡白。梭梭身子伏在沙地上，叶子依旧绿，枝条依旧柔软，活得很好。趴着也没什么，不过是换了个生长姿势而已。梭梭这东西，也是偏执的。

最高的梭梭，有一人多高，怕是长了十来年的。树皮被风撕扯得破破烂烂，卷了边，缩在树干上，死活不卸；枝条得一点雨水，便发疯般地长。沙梁上的梭梭，几乎都躺着，耗尽体力的样子，枝梢绿着，喘着粗气。平地里的梭梭都直挺挺地站着，石青色、纯朴、吃苦耐劳，活得铁骨铮铮而有坚定的信念。一眼望不到边的大漠里，千万棵梭梭挺直腰板，枝叶炯炯发光。

也不知道老天爷是怎么想的，同一时刻，南方大雨倾盆，雨水多得成了灾，而民勤的沙漠里，天空晴朗得简直叫人过意不去。就算把眼珠子盼蓝，也一点雨都不曾有，只有干旱、干旱、干旱。

没有雨水，梭梭也挣扎着活，而且活得不错。十万亩梭梭的上空，刮来阵阵清风，飒飒作响。梭梭的叶子、枝条，撞击在风梢上，发出很奇妙的声音——像千万匹马从大野里奔过来，声音时远时近，捕捉不定。有时很急促，节奏相当快；有时又舒缓下来，“簌簌”的，有条不紊。沙子敲打在一层一层的枝叶上，短促、明快，声音凛然而空旷，似乎蕴含着来自腾格里大沙漠深处的某种生命密码。清风从沙丘上掠过去，从沙滩上扫过去，那是一种奇异的、轻快的声音，难以准确形容，有点震撼，有点沉默，有点飘忽。

这是现在治理之后的老虎口。同行的摄影师说，十几年前他来老虎口，黄风压得人站不直。顺风走，被大风拎着一路小跑。逆风还想走？不可能。走一步退半步，眼睛直接睁不开，在黄风里瞎摸索。

民勤人治沙，令人折服。要先压沙，不然树苗会被老风抬走。压沙用麦草、葵花秆、苞谷秆。先在沙地里刨出一条沟，把麦草竖着栽进去，葵花秆、苞谷秆横着栽进去，都栽成田字格，这叫压沙“草方格”。相对而言，麦草用得最多。

天地之间，栽出一张巨大的草格子网——“草方格”一点一点向沙漠腹地延伸，老虎口的角落里都是亮得刺眼的“草方格”。十几年的光阴，整整十万亩，惊天动地的草格子，一浪一浪扑向沙漠深处，简直震撼之极。天底下，民勤人的吃苦精神也是数一数二的。一个春天的“草方格”栽下来，治沙人都熬得黑瘦，几乎瘦得“咯嘣咯嘣”响。烈日晒，黄沙打，高强度的劳动，中午就在沙漠里吃简单的午餐，能不瘦嘛。

黄风吹呀吹呀，沙子都拥挤到麦草上，铺好的“草方格”中间陷下去一个窝窝。等的就是个窝窝，治沙人刨开“草方格”中间的窝窝，种下梭梭苗，顺手浇一瓢水。一个方格，守着一棵弱苗。沙漠的气候，早晚温差很大，有返潮性。从日落到清晨，潮气非常重。扒开干沙一两寸，底下是潮湿的沙子，水分足，梭梭就可以借助这个返潮的湿气，安然扎根生长。

民勤人年年岁岁栽“草方格”，年年岁岁种梭梭。至今，老虎口的十万亩梭梭已经形成强大的沙漠防护林，扼住腾格里大沙漠蔓延的爪子。

我们在清早六点多走进老虎口的梭梭林。沙漠的太阳又圆又大，车轱辘一般。阳光洒在沙滩上，金黄金黄。梭梭林里有各种动物的踪迹，像花朵般裂开的、紧凑得只有一点的鸟儿的爪印，甲壳虫的足迹……但最多的是沙老鼠的爪印。沙滩上到处是沙老鼠的洞穴，它们很恣意，根本不用掩饰，就那么大大咧咧地掘土挖洞。

沙老鼠们在地底下挖出一张巨大的网来。我在沙地里走来走去，动不动就踩塌沙老鼠的洞穴，脚陷进沙子里，唬得我惊叫。

越往梭梭林深处走，沙老鼠的洞穴就越多。很多一人高的梭梭都枯死了，干巴地杵在风里，这都是沙老鼠祸害的。沙滩上随处可见死了的沙老鼠，有半个猫儿大，尾巴老长老长，毛也长，看着恐怖。这种老鼠，大概是土拨鼠的一种。沙老鼠的牙齿生长速度很快，必须经常咀嚼纤维含量高的食物磨牙，否则，牙齿太长了，嘴里放不下，怎么吃东西呢？梭梭根是沙老鼠最好的磨牙零食。它们不停地打洞，打到梭梭根，咬断细嫩的根茎，扬长而去。它们似乎并非是用牙齿来毁掉梭梭，而是以整个灵魂破坏草木的根系。实在也太猖獗了，这儿那儿四处流窜，不停地打洞，打打打，又不停地咬断树根，咬咬咬。辛辛苦苦栽活的梭梭，风沙没毁掉，倒是被沙老鼠咬死了。沙老鼠有天敌吗？有，鹰、蛇和狐狸等动物。但是沙老鼠的繁殖能力强大得简直令人难以相信，天敌又少，根本降服不住。

种活梭梭难，保护更难。

林区的工作人员告诉我，他们现在在试探一种办法——用骆驼护林。骆驼蹄子又厚又大，踩在沙地上面积大，能踏塌沙老鼠的洞穴。虽说沙老鼠打洞的本事很大，但总是被骆驼踩踏，能阻断一部分伤害。另外，梭梭长到一定的高度，就需要修枝剪叶，不然梭梭也会枯死。骆驼高，只吃梭梭枝梢的嫩叶，这样刚好弥补了修剪的不足，促进生长。

依照古人的说法，植物长到四五年，枝叶若是一点伤害都没有，就会昏睡过去。此时，要修剪枝叶，目的是要惊醒它。因为枝条有了伤口，昏睡的植物感知到疼痛，就会全力以赴修补伤口，生出新的生长因子，反而会生长得愈加好。

不过，骆驼不能多，一两匹便足够。多了，梭梭就会被吃光。骆驼也是很能吃的动物，想想它巨大的肚子就知道。

在一个很高的沙丘上，有一行爪印，很清晰，比兔子爪印大，比狗爪印小，深深嵌入沙子，一直延伸到沙丘背阴处，大概是沙狐狸的吧。不管怎样，还是期望沙狐狸多一些，能够吃掉一部分沙老鼠才好。

老虎口的清晨，阳光金黄得滴水，鸟儿站在枝头纷乱啼叫。它们藏在远处，只闻其声不见其身。鸟儿听上去很忙碌，像要急着去做一件事，一直不间断地叫着，叫着。沙漠里干燥的空气被鸟叫声撞碎，十万棵梭梭张开眼睛。沙老鼠躲在深洞里，抱着沙子熟睡。

梭梭林里有一条小路，在这儿散步真是好极了。偶然踩在路边的杂草上，心里一疼，觉得对不起它们。人在大自然里，所见所闻，总会触动内心。

读到过一句话：沙漠里什么都没有，沙漠里什么都有。想了很久。

当归

青花瓷、绿藤架、乌木桌、老先生，这是旧时光里行医的经典画面。那时西药尚未流行，中草药一统江湖。一味味炮制好的草药，盛在药抽屉里。还有先生独家研制的散剂，装在紫砂钵里。至于青花瓷器里，一定储放着名贵的好药材了——麝香、牛黄、血竭、珍珠、琥珀、人参、红花、鹿茸……哪一味都是济世救人的好药材。

不过，青花瓷里的药是不常用的，有重病才用，也不是一般平民百姓能用得起的。寻常的日子里用得最多的，就是药抽屉里的草药。乌木或紫木的大药柜，用了一辈子或者是几辈子，闪着一层被岁月磨亮的光泽，幽幽的。几十个药抽屉上钉着黄铜的拉手，也是磨得发亮。

乌黑或紫红的抽屉面上，写着四味药材的名字：当归、党参、黄芪、白术。字体略带古风，苍劲端庄。传承了几千年的中国医学文化，朴素地体现在汉字一横一竖的笔墨里。

先生将笔蘸饱了墨汁，仔细琢磨良久，用蝇头小楷开出方子，递到柜台去。伙计铺开麻纸，捉起戥子，抓出一味味的药材。熟地三钱、当归三钱、党参六钱、甘草……都说是抓药，没听说过称药。手抓出来的药材，是带着体温、带着情感的。

将药抽屉里的药材抓出来，用麻纸包了，用白线扎紧，病人拎着就走了。把这些药挨挨挤挤地下到砂锅、瓦罐里，清水浸泡，文火慢炖，药味儿就飘了出来。药的味道，就是植物的味道，是病人苦涩心情的味道。我曾经有一段时间每天都喝掉两大碗中药汁，一闻着药味儿飘出来，就眼泪哗哗的。生病的人对药汁的感情是复杂的，既寄托了康复的希望，又排斥药汁的那份苦涩。

药材采集回来，还要加工炮制。这个程序是必须的。比如桔梗，炮制时要用米泔水浸上一夜，切片微炒。又如白术，要用黄土炒过才好。巴戟天，要用白酒浸泡一宿，锉焙入药。这样的炮制是为了加强药性，祛除药材的毒性。至于当归、党参这一类的药材，一般采集来曝晒风干即可入药。

药材进入药抽屉里，慢慢地沉淀自己，芳香的愈加芳香，苦涩的愈加苦涩，咸的愈加咸。长在山野里它们是植物，进入药店，就是药材了。身份不同，信念也不一样了。每味药材的理想，都是济世救人。

药店的名字也很风雅，有一种馨香的医德流露。同仁堂、百草堂、佛慈堂、百合堂……看着这样的店名，心里先暖和起来。旧时的先生看病是很注重医德的，每个先生的头顶，都有一双苍天的眼睛在注视着——那就是良心。

看病是不能讨价还价的，先生开什么药，病人必须得接受。先生算了什么价钱，病人就掏什么价钱，不可有异议的。那么，能制约医者的，只有良心了。一个好的先生不仅仅是要病看得好，还要不能贪婪，不能开黑药方算黑心钱。

我学医时，我的中医老师可以说是一个很传统的老头儿。他除了上课之外，还在学校的门诊坐诊行医，找他看病的人简直太多了。老师总是在课余差人来唤我，他看完病人，指着药方对我说：写。他说一味，我在药方上记一味，然后他告诉我用这一味药的理由。老师很器重我，认为我有一位医者应该有的良好品德：善良、有同情心、不贪财、有悟性、心底澄明。他说我天生就该当个好医生，只要加上医术就可以了。可是，那时候我还年轻，根本不把老师的话当回事，也不下功夫学习。中医学是传承了几千年的传统医学，可谓博大精深。我在门前徘徊良久，始终没能进到门里去，愧对老师的厚望了。

虽然没能让中医成为职业，但我还是喜欢中草药，喜欢这些散发着苦味儿的百草。百草百味，每一味草药都有它的药性脾气。医者就是掌握了它们的脾气而已。

中药世界和人的世界是相同的，一个方剂就是一个完整的社会规则。先有君药，再有臣药，还有辅药和佐药才行，这是任何一个方剂都不能违背的。每味药材都有它走的路，有它要达到的目的，有它奋斗的价值，都是有规则的。也许你觉得玄乎，但确实是这样的。药材都是有归经的，不然怎么治病呢？归就是药材的选择性作用，是归入、走向的意思；经就是经络，对某经络有特殊作用。先归经了，再发挥疗效。归经是以脏腑经络学为基础的。就拿当归来说。当归味甘、辛，性温，归肝、心、脾经。因此，当归就是对肝、心、脾有特殊作用的。所以，你不要指望用当归治疗颈椎疼。

当归是一味良好的补血药物。旧时都是野生的，现在多用人工种植的，野生的怕是难以寻觅了。一棵完整的当归，它的作用是不一样的。不要以为当归就是当归。道非道，当归非当归。

一棵囫囵的当归，方剂里叫全当归。全当归是用来补血、活血的，主要治疗血虚、头晕、目眩、心悸。若是取了头尾的当归身，只有一个作用：补血。血虚气弱者，把当归身同党参、黄芪一起熬，喝了补血的效果良好，属于温补。当归尾则是活血止痛的，用来治疗跌打损伤、风湿痹痛等症，常与乳香、桃仁同用。用当归，那得根据病情用，有的病用全当归，有的病用当归身，有的病用当归尾。这是有严格区别的，不能乱用。

同样的一味药材，炮制的方法不同，药用疗效也是不同的，比如当归。当归经过酒炙后，补血的作用减弱了，却增强了活血的功效。酒炙是怎么回事呢？就是把白酒喷洒在当归片上，拌匀了，醒上一宿，再晾干微炒，这就是传统的酒炙当归。一般药材经过酒炙都可以提高其活血通脉的作用。至于醋炙，是为了提高药材柔肝止痛、理气活血的作用。补血的时候用当归身，活血就用当归尾，补血活血用全当归。根据病情，补血、润肠宜生用，活血、通经宜酒炙。当归还是妇科良药，对子宫有双向作用。欲使子宫收缩，就久煎，多熬一会儿；

欲使子宫弛缓，就后下，别的药都熬得差不多了再下当归，少煎一会儿。

药材的炙也是很重要的。比如黄土炒白术、姜汁炒黄连、麸皮炒枳壳等。这样的炙，要看具体的情况而定了。有一味药材的炙很经典——熟地。它本来叫生地，因为炙后熟了，就叫熟地。生地和熟地的药用价值截然不同。熟地有个别名叫九地。为什么叫九地呢？就是因为炙的时候需要九蒸九晒。经过这样炙过之后，九地补血滋阴的效果大增。在治疗血虚心悸的病症时，当归为君药，九地为臣药，是黄金搭档。当归补血的同时，九地协助补血滋阴，效果相当好。

你如果觉得要了解一个人很难，那么我告诉你，了解一味药那是难上加难。每一味药的疗效看似固定，其实不一定呢，都是不断变化着的。

一味草药犹如一个人，药材的一生就是人的一生。一个人如果很坏，可以抓进监狱里去；一味药材如果有剧毒，也可以把它囚禁起来，不让它随便出现。坏人可以劳改干活，做些对社会有益的事；剧毒药适量用一点点，有时可以以毒攻毒，治好疾病。有一种病叫驴嘴风，症状是口唇干裂、㖞斜。古医书记载的方剂里用一味剧毒的药，用量极小，治疗驴嘴风效果不错。不过这类药材一般大夫是不会开的，因为剂量实在难以掌握。

人和人之间有有缘的、无缘的、有仇的。药材也一样，方剂搭配是有禁忌的，有的药材不能在一个方剂里出现，一旦出现了，就会削弱药效或者是产生新的毒性反应，比如断肠草，也就是野葛，不能与巴豆一起用。有的药材却很投缘，经常一起用，比如当归和黄芪，太喜欢在一起了，拆都拆不开。人的世界里有恩怨情仇，药材的世界里有“十八反”“十九畏”歌诀。做人难，做药材也不容易。

医书的文字表达很简练。比如四物汤：“熟地、当归、白芍、川芎，功用补血调经。此方剂中当归为调经要药。气虚者加党参、黄芪；血虚有热者加黄芩、丹皮。气血两虚者合四君子汤名为八珍汤，再加黄芪和肉桂名为十全大补汤。”多么漂亮透彻的文字叙述。

四物汤的这个方剂里，熟地是君药，滋肾补血，臣药当归补血、治血，再以白芍辅助养血和阴，川芎活血行气为佐药，四味药合用，补血调经。多么合乎规则的药理系统。有君为主，有臣为辅，有使引导，有佐药消除烈性、毒性，诸药和谐地直达病变部位，驱邪扶正，多么融洽。

对于病人的症状，医书的文字描述也是很独特的。比如对慢性胃炎是这么描述的："胃脘胀痛，攻撑连胁，食后尤甚。痛无定处。每因烦恼郁怒而痛作，嗳气及失气后则舒。"多一个字没有，少一个字也不行，可谓简练准确了。看病时医生总是问，是不是这样，是不是那样，这是问诊，是辨证治疗。问诊的依据就是这几十个字。

有一个治疗女子面部雀斑、面色黄黑的民间偏方是这么记载的：当归成熟后，连同枝、叶、根一起采了，用甘草水浸一夜，再用新鲜的当归叶子裹一夜，去叶后曝晒干备用。然后再配以三柰子、鹰粪、密陀僧、蓖麻子各等分，研匀，以乳汁调之，夜间涂抹，早上洗去。三月之后，则面若桃花，红润光泽。我一直想试试，无奈本地不产当归，带枝叶的新鲜当归更是找不到。

当归补血调经，女子面色黄黑必然是经血不调的缘故；面上生雀斑，必是气血运行不畅导致。三柰子暖中，辟瘴疠恶气，治心腹冷痛，运行气血，鹰粪有美容功效。我记得小时候手冻得生了疮，就捡来麻雀粪用童子尿浸软，反复搓洗，一周后皮肤光滑细嫩。

一草一世界，一花一天堂。百草汇聚的地方，就是百草堂了，那里摆放着乌木的桌子和青花瓷。满抽屉的草药，都有自己漂亮芬芳的名字，多么风雅。我总是喜欢这样古风的诗意。我家的大药柜还在，纯白的颜色，被烟火熏得有点黄了。药抽屉里，百草依旧。黄芩、当归、薄荷、山慈姑、贝母、防风、茵陈、使君子……我轻轻唤一声，这些草药一定都竖起耳朵听见啦！

高山植物

我在雪域高原住了二十多年，慢慢地，我变成了红脸蛋，走路气短、心血虚、关节痛。我实在适应不了高山寒凉的气候，天天想着搬到山外去，不过一直没有成功，只好枯守着。而高原的植物世世代代生活在高海拔的缺氧、寒冷之地，早就适应了冰封雪地，生命基因里也早就有了应对之策。所以，它们在雪域生活得比我好。

雪域并没有春天，一年只有两个季节：冬季和大约在冬季。春天的倒春寒，比冬天还要凌厉，风刮在脸上干疼干疼。一直到立夏，高原上的雪才缓缓融尽，草芽们削尖脑袋钻了出来。很快，不足一个月，所有的花草都拼命生发。开花的赶紧开花，拔节的快速拔节——跑啊，冰雹就要来了！跑啊，霜就要来了！它们的生长期很短，只有一个夏天和半个秋天。因为秋霜来得很早，甚至八月十五日过后，大雪也要来了。所以，植物掐着点儿跟时间赛跑，它们要在短短的一个半季节里发芽、长叶、开花、结籽，要完成植物的一辈子，播下种子，繁衍生息。

虽说草木一荣一枯是一辈子，但其实高原上的植物并不是自然枯黄的。它们还绿着，意气沉沉地苍绿着，冰雹一轮一轮砸下来，然后清霜早早杀来，紧跟着大雪也来了。霜雪一来百草休，只好半途夭折。草木们根本来不及变黄，生长的季节就结束了。厚厚的大雪压着青绿的枝叶，压着正在绽开的花瓣。有时候去山野，看到雪后挣扎着抬起头的一山绿绿的枝叶，不由地感叹大自然的残酷无情。山脚下的草木还幸运一些，至少叶子还有机会变红、变黄，草尖还有机会变枯。

千百年来，高原的气候都是这样。不适应的植物，统统被大自然踢出局；能留下的，都是会应对的植物，轮回转世，生生不息。它们有自己独特的生存方法，不和极端恶劣的环境抗衡，而是顺应自然，找到契合点，与风雪和解，与寒凉的高原和解。在高原，环境的残酷被简写，而植物的生命力则被放大。

半山腰的灌木，叶子繁多，羽毛一样的，手掌一样的，大多肥厚。这里的叶子也有应对缺氧和寒冷的办法。白天，风和日暖，叶子们舒舒服服地摊开自己，吸纳阳光雨露。傍晚，山风疾疾，寒气弥散时，稠密的叶子竖起来面对面折合收拢，以抵御夜晚的寒冷，仿佛要睡觉的样子。紫烟花睡得早，日头未落，叶片就竖起来，合拢在一起，旗帜一样，到清晨才伞一样打开。蜜罐罐花睡眠时，一蓬花丝都举起来，合拢，收敛，有点像秃了的大号毛笔。狗牙花则垂着花瓣，尖缘紧贴，像勾着头打盹儿的鸭子。

极高处的山顶，海拔三千米以上，没有青藤，没有树木，只有一些矮小的、匍匐在地的植物。它们放弃了自身的高度，把自己收敛起来，变低矮，甚至匍匐在地，把宽大的叶片往回收，收，再收，收成一根刺。它们不能独活，就结伴，丛生，一墩一墩地生，盘根错节地生，在枝叶上长满茸毛，吸收养分。这些植物，在中午阳光灼热的时候，要午睡一会儿。气温骤然升高，植物们断然关闭叶片上的气孔，留住水分，停止光合作用，有点蔫，看起来睡着了的样子。高山植物在残酷的环境中生存，学会了融会贯通。极高处的天气，一会儿暴晒，一会儿下雨，一会儿刮风，实在捉摸不定，植物们知道怎样对付剧烈变化的气温。

山脚下的植物是开花的，花朵都极其艳丽，无比妖冶，美得巫气重重。红牡丹红得要破，紫香柴花紫得要吐芯，蓝马莲花蓝得要命。没办法，花朵们在最短的时间，要狂浪，要放肆，要招摇，要喷薄而出。这样，才能招蜂引蝶，传粉，繁衍。太低调含蓄了不行，生命不能顺利延续。人活一辈子不容易，草木亦难。倘若霜雪来得太早，实在来不及让种子随风飘散，植物们还有最后一招——把根留住。留着根，生命还有重来的机会，所以，高原植物的宿根强大。

季节变换，风来雨去，叶黄叶绿。植物们沿着生命的轮回，兀自盛开或者凋落。它们一点也不伤感寂寞——野芍药大红大紫地开，狗尾巴草素淡地摇，都没有关系，各有各的活法，没有高低贵贱。

草甸雪兔子

草本植物，菊科。因为太寒冷，草甸雪兔子压缩掉了多余的枝干，低低贴在地上。根状粗茎，撑开一圈披针形的狭长叶子。叶子披散开，全缘，具稀疏的锯齿。苍绿的叶子几乎匍匐在地，像一朵绿色的莲花。花骨朵从莲座的中心钻出来，毛刺刺的一个疙瘩，慢慢散开叶蒂。

六七月，叶蒂散尽，翻卷过去，花开了。头状花序带着小花梗，一枝一枝凑成半球形，小小的一攒，蓝紫色。那颜色，醇浓醇浓。植物生成的花青素可用来对抗紫外线的伤害，高原紫外线照射强烈，花瓣便生成了大量的花青素，花青素喷薄而出，花朵的颜色美得晶莹剔透，美得难以描述。

生在低海拔平原的花朵，绝对没有如此用力过猛的色泽，花瓣颜色比较含混不清，沉淀着浑浊之色。

鸢尾花

颜色过于浓烈的花朵，一般都没有香味。但鸢尾花有，不过淡一些罢了。贫瘠、高寒的雪域土地上，鸢尾花一旦盛开，美得简直摧枯拉朽，有些追不上趟的感觉。高山的花儿，都被紫外线滤去杂色，颜色非常纯净清醇。

鸢尾属于多年生草本，叶互生，狭长剑形，深沉的厚绿。花朵挑在茎秆上，高高的，干净幽致。花朵青紫色，颜色实在艳丽。海拔越高，紫外线越强，花瓣中的花青素和胡萝卜素就越多，花的颜色也愈加纯净剔透。有时候在大片的草甸子上走着，突然遇见一丛一丛的鸢尾花，那种清冽的感觉，让人忍不住想一口吸掉。

矢车菊

草甸雪兔子只喜欢高处，在人迹罕至处才有；而矢车菊，更加偏爱人间烟火，在低处生长。乡间太多了，随处可见。大野里、田间小路、向阳的山坡上、山林里、泉水边、房前屋后，甚至山野人家的墙头上，都有它摇摇曳曳的影子。

高原的矢车菊秋天才开，也只有一种颜色，蓝色，不浓，略略带点紫，恰到好处，不甚深，淡淡的，一丛一丛呼朋引伴。不高，主茎直立，有蛛丝状卷毛。分枝，枝子细长，分得仔细稠密。叶子也细长，线形，叶面披一层薄茸毛，石青绿，叶缘有小锯齿。花苞小小的，蜷缩在主茎顶端，毛茸茸的，向阳。

我不知道矢车菊是清早开花还是日光明艳的时候才开，反正，我只要去山野走走，就看见矢车菊开得好好的，端庄素雅。或许它是会散发出清幽香气的，不然蝴蝶和蜜蜂是怎么找到它的呢？不过，香气我并没有嗅见——它太矮了。

矢车菊的花，小小的，花瓣两层或者三层，细条花瓣围着花蕊放射开，花瓣流苏般披散，像凝缩的向日葵一样。花朵有多大呢？差不多核桃大小。一丛矢车菊，几十朵花朵凑聚，繁密悦目。花朵绝不艳丽，以素雅取胜，稍微有点不胜风力的青涩感。那种颜色我实在喜欢，干净、清冽、幽静、朴实。

高原上的矢车菊只有一种颜色，蓝里略略带点紫，来自它的先天性遗传。一般来说，土壤的酸碱度会影响花朵的颜色，高处红土壤和低处黑土壤培育出来的花朵总会有点差别。但我见过的野生矢车菊都是一样的颜色，复制的一般。大概，它们选择的海拔高度差不多，外部的生长环境差不多，光照也差不多，所以不太有变化吧。大自然的事情，真是不好揣度呢。

点地梅

在我老家叫水泉花，河岸边很多。童年时，我总去河边拔水泉花。小小的人儿湿了鞋子，湿了袖口，拔了一攒细小的花，握在手里，在阳光遍布的岸边静悄悄地玩。那是小人儿的一个童话世界。老家的水泉花只有一种颜色，水红的，晶莹剔透，细碎而清美。后来到高原，发现水泉花还有几种颜色，样子和老家的没什么差别。

点地梅植株低矮，几乎贴在地面上。分枝繁密，枝子辐射状，把自己分枝成半球形。一小蓬一小蓬，围成一个同心圆的圈垫。中间的植株逐年枯萎，新生的点地梅就围着一个圈繁衍生息。草木生命轮回，就轮回出一个大圈来。盛开的小碎花，一窝星星一般，美得可以穿越月光。

点地梅枝叶都毛细毛细，看不到明显的主茎，乱蓬蓬的。茎矮矮的，叶子呈卵圆形，先端钝圆，纤细，边缘有三角的钝齿，叶质稍厚。叶背面贴伏一层短柔毛。花葶从叶丛中抽出，挑起来，水红的、淡粉的、浅白的。花朵也小，几片单薄的花瓣只有指头那么大，细细碎碎，但是美，那些繁繁的小花朵攒成一个半圆，风一吹，翻翻卷卷，十分耐看。小家碧玉，大概就是这个样子，有点儿不经世事的懵懂感。

点地梅的花儿水红色的多，白色的少。花的颜色是花青素和胡萝卜素等各种色素共同作用的结果。而白色的花朵，是因为它的细胞中不含任何色素，花瓣细胞间隙藏着许多由空气组成的微小气泡，它能把光线全部反射出来，所以看起来洁白。不过，总的来说，颜色绚烂的花朵要好看很多，白色的样子清秀，点缀点缀即可，多了，就有点寡淡。

点地梅在短暂的生长期里，匆忙地开花，招摇，引来蜂蝶，急着结籽，撒播。它那么柔弱，对抗寒凉的气候，多么不容易。我总觉得，它是在大自然的夹缝里生存。有时候，一场大雪突然而至。而点地梅正在开花，猝不及防。不过，它的生命力相当顽强。等雪化了，它接着开，只是稍微倦怠一些。它们一定在夜里大哭过一场，又在清晨擦掉眼泪装作坚强。

在传宗接代这一点上，所有的花朵都有母性的力量。点地梅要顽强地开着，坚持把籽实留在人间。一圈一圈，中间的枯萎了，边缘的接着生发，生生不息。

蓝玉簪龙胆

低矮，贴地丛生。村庄里很少见到，多生长在山坡上、草地里、河滩上，高山草甸上也有。夏末秋初，花朵撑开。那花朵，有点胆怯的样子，颤巍巍的，像一枚蓝宝石的簪子，说不清有多美。一茎直直独摇，茎顶开花。花枝单生，花朵也不大，小巧玲珑，有花棱，像个细长的小喇叭，又有点像古钟，古色古香。花冠深蓝色，有一种丝绒的感觉，尊贵、华美。倘若有一件这种颜色、质地的裙子，一定是美极了。当然，人工无论如何也制作不出这样纯净的颜色。强烈的紫外线给予它笑傲天下的好颜色，真是难以置信。

叶子很朴实，细长，线状披针形，石青绿。越到茎顶部叶子愈小，叶子尖缘微外卷，叶面粗糙，叶脉清晰。细小的叶子可以减少水分蒸腾，节约养分，使得花期很长，一直要开到大雪来临的时候，还不肯凋谢，一路摧枯拉朽地开下去。

好多次，我在山野里看见残雪下面几朵妖蓝妖蓝的花朵儿还在挣扎着绽放，心里顿生怜悯。因为低矮，蓝玉簪龙胆可以避免大风的袭击；因为细小，需要的养分不多，可以在贫瘠的土地里扎根生存。花期长，一边开，一边凋零，在严酷的高原，镇定自若，生生不息。实际上，生生不息这个词，饱含了沉甸甸的苦难。在残酷的自然环境中，植物们拿出生命在拼，拼的是生存。比起温热带的植物，它们要艰难千万倍。

甘青铁线莲

我一直不知道它的学名，尽管它陪伴了我整个童年。我们乡里叫它狗牙花。直到某天翻看一本植物图集，狗牙花倏然跳到我跟前，心里一惊：天啊，我亲爱的狗牙花，你怎么在这儿！

多年不回老家，牵挂着花草，对狗牙花思念成灾。大概，我刚刚会走路，就会掐狗牙花了。我家门前，有一个看不到边的树林，林子里，狗牙花多得绊脚，小孩儿们便摘了大把狗牙花，斗花草。狗牙花不是直直地在茎上开花，而是打个弯儿，花苞勾下来，垂着，像个钩子。幼时斗花，我先伸出一枚狗牙花，弟弟也找出一枚，两枚花朵的花茎勾在一起，往外扯，谁的先扯断谁输。输的人不服气，再伸出一枚，继续斗。一场花斗下来，花苞一地。

狗牙花不矮，它是藤本，牵牵绊绊地缠绕在一起，最喜欢攀附在别的植物上。主茎粗壮，木质，有明显的棱，附着白色的茸毛，摸上去毛糙得很。单花顶生，细细的茎斜斜伸出去，打个花蕾，狭卵形，像毛笔头。花梗粗壮，有短茸毛。花蕾渐渐饱满，垂下头，倒卵形，花柄也跟着扭曲勾下去。

叶对生，羽状复叶，披针形，不甚起眼。叶柄部钝，叶梢渐尖，边缘有锯齿，叶背面有稀疏的长毛。

花朵在清早裂开，鹅黄色，四瓣，清美清美。花朵也不是很大，小孩儿放在手心里，刚好遮住手掌。花蕊也是鹅黄色的，颜色稍微深一些。花朵垂着，花瓣倒卵圆形，顶端圆而丰满，基部渐狭，梢尖锐。花丝线形，短于黄色的花药，子房狭卵形，花柱上部被短柔毛覆盖。花朵非常繁密，一根藤盘绕，开出无数的花朵来，高高低低挂着，像黄色的小鸟儿栖满枝头。花期也不短，一边凋谢一边开，似乎有很长的一段时间。花朵不很妖娆，有点儿羞涩拘谨的感觉。

花瓣凋谢了，一撮宿存在花柱上的柔毛一下子蹿出来，几天就长得长长的，两三寸都有。此时，乡间的人们亲切地称它为“白头子”。小孩儿们坐在狗牙花藤下，给满藤的白头子梳头发。我们给白头子扎小辫，绕发髻，再别上一枚珊瑚草的深红色浆果珠子，还要戴上一顶马莲草编织的凉帽，十分有趣儿。

花开花谢，人比花妖，我的童年就泡在狗牙花里，簪花满头地长大。每次看到狗牙花，都能闻到童年那淡淡的、微凉的花草味道。在花草中放养长大的孩子，一定和大自然有息息相通之处。山河、草木、万物，都是生命的共同体。

绿绒蒿

我只见过两次绿绒蒿，而且，一直被我当作野罂粟。

去年秋天，我到海拔三千多米的草原采访。午后在山坡闲逛，看见几株奇异的花朵，气韵饱满的金黄色，五六枚扁圆形花瓣，和野罂粟非常像。围着几株花拍照，发朋友圈，得意扬扬地说我遇见了黄色的野罂粟花，很迷人。后来一次，在高山幽谷一座深山寺院的墙角，看见几株刚刚拆开花苞的植物，金黄金黄的花瓣还有点皱，未完全舒展开，像薄薄的丝绸，无比娇嫩轻柔。直到前些天，才有朋友告诉我，那些令人炫目的金黄花朵其实是绿绒蒿。真是让我大吃一惊，天底下竟然有如此像的植物。

绿绒蒿并不低矮，大概有一匹狼那么高。叶中抽葶，一丛数葶，每葶独挺一朵。茎秆硬朗，直直挺拔而立，顶端举着一粒花蕾，像狼高高撅起尾巴。茎秆上有刺毛，苍绿色。花单层瓣，一朵五六枚花瓣。叶长椭圆形，先端圆，叶梢尖，基部楔形，下延成翅，全缘，有点像牡丹的叶子，两面有黄褐色反曲的茸毛，因而叫“绿绒蒿”。其实它不属于蒿类，而是罂粟科，难怪和野罂粟那么相似。

罂粟家族的花朵，都一个样，有妖气，美得梦幻，美得巫气袅袅，有点不真实的感觉。反正看了，决然地喜欢，简直把持不住。高海拔的山野，空气稀薄，紫外线疯狂，而绿绒蒿大量合成的胡萝卜素，使它有了这种美得洪荒原始、美得疯狂的颜色。

绿绒蒿的世界里没有红尘大众。高山幽谷，只有一朵花对另一朵花说话。

垫状驼绒藜

这是一种小灌木，耐旱，根系非常发达，伏于地表。它们很会对付残酷的大自然，把自己从根部密集分枝，老枝短而粗壮，新枝鲜嫩，枝条向上方伸展，长成一团，贴伏在地面，像一个覆扣的碟子。叶子碎小而厚，格外繁密，挤成紧密的伞盖，即便是寒流袭来时，芽也可在伞盖下受到妥妥的保护，不会被冻坏。稠密的枝叶牵牵绊绊，粗手粗脚，紧紧地凑在一起，大风也不能刮乱。

如果说全力以赴地活着，垫状驼绒藜做到了。我觉得它像个老江湖，沉而稳，参透了世事。

苔藓

苔藓可能是绿藻或者是裸蕨类的亲戚，很柔弱，很矬。当然，“矬”这个字不一定合适，它只是身材细小而已，容貌绝不丑陋。苔藓活得简单，删繁就简，只有茎和叶，不开花，没有种子，用孢子繁殖。可是，它对自然条件相当敏感，喜欢生长在空气纯净的地方。苔藓叶只有一层细胞，污染重了，它就拒绝生存，枯萎给大地看。如果说简单率性，苔藓做到了。

苔藓生得细小，模样儿也好。它在粗糙的大石头上筑巢，松软的泥土上也行，老树干、树枝上，都可以落脚。至于深山裸露的石壁上，它也喜欢安家。心安处，即可住。苔藓最喜欢原始森林，散射的光线明明暗暗，潮湿的地气、清纯的空气，让它长得委实可心。

虽柔弱，但苔藓的生命力是强大的。有一年，我爬上海拔四千多米的马牙雪山，山顶没有树木，没有野花，只有低矮的牧草和大片大片的苔藓，只觉得隆重，浑然有远古之味。高山之巅，空气干燥，氧气稀薄，苔藓贴地蔓延，一片一片，不急不缓，覆盖了它鲜衣怒马的梦想。自然环境恶劣一些没有关系，但万万不能有污染。苔藓是有洁癖的植物，它只停留在干净纯洁的地方。

七八月，高原卸下霜雪的盔甲，也收了狂风冰雹、兵戈铁马，绵延的高山都有了文人气息，安静、柔暖，翠色四合。草木们发了疯一般，贪婪无尽地生长。随便在山野里走走，能嗅到香烈的草木味道。人间寂寞，不如痛痛快快地爱一场。一生开花，相思到老。草木把自己爱惜着，活得丰盛而隆重。

后记

关于刘梅花的评论

刘梅花以散文写作的方式强势崛起于西北大地，她的作品为当代散文带来了一股类似于青草气息的沁香。借用娱乐界的流行语，她大约要归于草根逆袭。是的，草根，扎根于大地深处，守护着生命的本真，以不屈不挠的姿态释放着内心的能量。不夸饰的童心，烂漫而广博的爱心，体贴天道人道的细心，温柔敦厚的温馨，种种难能可贵的品质，共同铸就了她的文学底蕴，而这些美学的、道义的元素，正是文学向来的坚守。

——甘肃省作家协会主席、著名作家　马步升

当下的散文，创作路数多种，不论哪种，都是从作者的心路出发，最终要赢得读者的共鸣。刘梅花，一个生活在西部河套的女子，她与大城市是陌生的，甚至是格格不入的。她把她的目光着眼于西部，甚至就是眼前的一粒沙子、一只虫子、一株小草，她也用极大的耐心去亲近、发现、审视它们，试图从中体会出生命的意义。草木是一种精神的象征，旷野是人生的意境，在二者之间相连接的是文学，近乎宗教的文学。刘梅花的散文是独特的，是万花筒中不可或缺的一道蓝光。

——著名作家、学者　红孩

图书在版编目（CIP）数据

茉苡在野 / 刘梅花著 . — 武汉：湖北科学技术出版社，2019.8
ISBN 978-7-5706-0647-4

Ⅰ . ①茉… Ⅱ . ①刘… Ⅲ . ①散文集 - 中国 - 当代
Ⅳ . ① I267

中国版本图书馆 CIP 数据核字 (2019) 第 059915 号

责任编辑：张丽婷　魏　珩
封面设计：胡　博　陈　帆
插　　图：周一凡
督　　印：朱　萍
责任校对：傅　玲

出版发行：湖北科学技术出版社
地　　址：武汉市雄楚大街 268 号（湖北出版文化城 B 座 13~14 层）
邮　　编：430070
电　　话：027-87679468
网　　址：www.hbstp.com.cn
印　　刷：武汉市金港彩印有限公司
邮　　编：430023
开　　本：700 × 1000　1/16　13.25 印张
版　　次：2019 年 8 月第 1 版
印　　次：2019 年 8 月第 1 次印刷
字　　数：200 千字
定　　价：49.80 元